誤算だらけのケイカク結婚

～非情な上司はスパダリ!?～

奏井れゆな

Reyuna Soui

エタニティ文庫

目次

誤算だらけのケイカク結婚

～非情な上司はスパダリ!?～

第一章　結婚はプレゼン次第

まったく！

そんな罵《ののし》り言葉を吐き散らしそうな面持《おもも》ちで、城藤隆州《しろふじたかくに》は自身の席に座ったまま、近づく碓井深津紀《うすいみつき》を迎えた。

もっとお手柔らかに。普段の深津紀なら物怖《ものお》じすることなく冗談めかして言うところだけれど、いまはそんな気分になれない。

ほかの社員たちが、お疲れさま、と労《ねぎら》いの言葉をかけながらも、心配そうに、あるいは興味深そうに見守っていて、だだっ広《ぴろ》い営業フロアのなか、まるで針の筵《むしろ》の上を歩かされている気分だった。

足が進んでいるのが不思議なくらい深津紀は気落ちしたまま、窓を背にして座った城藤の前にたどり着いた。デスク越しに見上げてくる眼差《まなざ》しは冷ややかだ。

気取《けど》られない程度に息を吐き――

「城藤リーダー、すみませんでした」

深津紀は深々と頭を下げた。

「おれに頭を下げてもなんの利益も生まない。顔を上げろ」

城藤は、眼差《まなざ》しと同様、口調も冷ややかであれば声音も素っ気ないではすまないほどに冷えきっている。

「すみません」

上体を起こして、深津紀はつぶやくように意味もない謝罪の言葉を繰り返した。

案の定、城藤は顔をしかめる。いつもは無表情と言っていいくらい、感情を表さないのに、不機嫌さだけは表に出るらしい。なまじ、端整な風貌《ふうぼう》だけに、冷ややかさについても不機嫌さについても、平凡な見た目の人間と比べて倍増しで伝わってくる。せめて椅子に座っていることで、背の高さゆえの威圧感が軽減されたことは、深津紀にとって幸いだった。

不出来な部下を放り出す前準備のように、繰り返し片方の手のひらに叩きつけられていたボールペンが、無造作にデスクの上に放り出された。城藤は悠然と椅子にもたれて、肘掛《ひじか》けに左右それぞれ肘《ひじ》をのせる。ロッキング機能のおかげでその恰好はふんぞりかえるようで、せっかく軽減されていた威圧感が加わった。

「あれだけシミュレーションをしておきながら、くだらないミスを引き起こすとは、それだけ自分が奇特な存在だっていうアピールか？」

「……そんなはずありません。それに、くだらなくないことです。くだらないのはわたしの頭で、ミスとしては致命傷です、名前を間違えるなんて」

「そのとおりだ。弓月《ゆづき》工業は、新人だったおれが一年かけて開拓した取引先だ。青臭いことを言えば、思い入れはある。それを半年、時間をかけて碓井さんに引き継いできた。営業がはじめてというわけでもない、はじめての営業先でもない。それを初っ端《しょぱな》からしくじるとは……どうやったら部長の名前を間違うなどという初歩的なミスができるのか、まったく理解に苦しむ」

「……自分でもそう思っています。あの、またわたしに行かせてください。アポイント取れるかどうか、わかりませんけど……お願いします」

「お願いするまでもない。あたりまえのことだ。そう言わなきゃ、営業失格の烙印《らくいん》を押すところだ」

城藤は容赦《ようしゃ》なく吐き捨てた。

「まあまあ、城藤リーダー、弓月の外山《とやま》部長は……」

「新谷《しんたに》課長、問答無用です。経験に乏《とぼ》しいとはいえ、碓井さんには非しかありません」

と、城藤のデスクと少し距離を空けた課長席から新谷がなだめようとしたが、城藤ははね返し、それから深津紀に目を向けると——

「釈明の余地も皆無だ」

ぴしゃりと言い渡された言葉は、深津紀だけでなく、このフロア中に向けられたように感じた。深津紀に同情するな、ミスはだれしも許されない、と深津紀の失態に託《かこつ》けてそう知らしめたのだ。

深津紀からすれば、釈明する気など毛頭ない。ただ時間を遡《さかのぼ》って自分に会えるなら、エントランスをくぐるまえに、もう一度きちんと関係者の名刺を確認して頭に叩きこめ、と忠告する。

この会社、ＴＤブローカーは、自社発案や依頼によりロボットと各種センサの研究と開発に取り組んでいる。自社工場を持たず製造は委託という形態を取り、専門的で精密な開発ゆえに製品単価には高額な利益が含まれる。

深津紀は入社して二年目に入ったばかりだ。今日はアフターフォローの定期訪問ではなく、従来のものを新しく入れ替えてはどうかという売り込みの提案を弓月工業に持ちこんだ。そのために、これまでにない緊張を強《し》いられていた。それが悪いほうに出てしまった――とすませればいいけれどそうはならない。

建設機械の部品を手がける弓月工業は、ＴＤブローカーが製造を委託する会社でもある。中堅会社とはいえ、技術力は大企業に劣らないどころか分野によっては抜きん出ている。今回の件は、城藤と入念に打ち合わせをしたうえで、深津紀は単独で弓月工業を訪れた。一機一千万単位の商談となるわけで、今後のことも含めて成立するか否か、会社にとって到底スルーできない取引だ。

ミスという言葉では足りない。大失敗だ。

「碓井さん」

ハラスメント対策で〝さん〟付けで呼ぶのはいまやあたりまえの世の中だけれど、呼び捨てで罵倒されてもしかたがないと思いながら――

「はい」

せめてしっかりと返事ができたことに深津紀はほっとする。

「今日、プライベートで予定があるならキャンセルしてほしい」

業務時間外の要求はやはりハラスメントだ。依頼を装った言葉はパワーハラスメントの回避対策だろうが、その実、城藤の眼差《まなざ》しには断るなどできないだろうと強要が込められている。業務時間外だと開き直るには、正味一年の未熟者とはいえ、深津紀の仕事に対するプライドが高すぎた。

「はい」

営業指導か、指南してもらえるのならいくらだって残業する。そんな気持ちで深津紀は深くうなずいた。


自分のデスクに戻って弓月工業に電話をすること、時間を空けて三回。最初の二回は

『席を外しておりまして』云々《うんぬん》、丁重に受付で断られた。三回目に『お待ちくださ い』と応対されて担当者の鹿島《かしま》が出てくれたときは、まえの二回分は避けられたのではなく、本当に席を外していたのかもしれない、とそう思って深津紀も少しはほっとした。けれど。

「検討してみますが、いますぐにはですねぇ……」

鹿島は気乗りしない様子で言葉を濁《にご》し――

「まあ、外山が会う気になるまで少しお待ちいただけませんか」

と、極めつけの言葉を添えてアポイントの取り付けを退《しりぞ》けた。

突き放《はな》す言い方ではなく、なだめるような気配が感じられる。その解釈が正解だとして穿《うが》てば、鹿島の同情を引くほど深津紀の失態に外山が怒り狂っているということになる。

「城藤リーダー、鹿島課長に連絡はついたんですけど、アポイントは取れませんでした。電話は三回しました。今日はこれまでにしてまた明日にと考えています。鹿島課長に負担をかけるんじゃないかと……どうでしょうか……」

相談してみると、城藤は椅子の背にもたれて深津紀をじっと見つめる。

「鹿島課長はなんとおっしゃった?」

「外山部長が会う気になるまで少しお待ちくださいと……」

城藤はまたボールペンで手遊びを始め、それから深津紀から逸《そ》れた目は思考を巡らすように宙をさまよった。そうしたあとの深いため息はどういうことか。

城藤は背を起こしたかと思うと、デスクに置いた社用のスマホと煙草ケースをまとめて取りあげながらおもむろに立ちあがった。

自分の理想とする背の高さ、百六十センチよりは三センチも足りない深津紀だが、それよりも三十センチ近く背の高い城藤が立つと、ヒールを履いても役に立たない。デスク越しでも圧倒される。

「碓井さんの判断でいい。担当は弓月工業だけじゃないだろう。引きずって時間を潰すような奴は必要ない。新規を取ってきてこそ一人前だ。まずは、半人前なりにやることがあるんじゃないか」

城藤はデスクをまわって脇をすり抜け、深津紀を置いてけぼりにしてさっさと立ち去った。

深津紀は恨めしそうに、自分を突き放《はな》したその背中を目で追う。追いかけていって、その勢いで飛び蹴りでもできたら、とばかげた衝動に駆られた。それができたとしても反対に、分厚い鉄の壁にぶつかったみたいに弾《はじ》き飛ばされそうな気もする。

手厳しい上司だとはわかっていたけれど、失敗したときの叱責は強烈だった。無慈悲で同情もしない。もっとも、今回の件は同情の余地がない。

深津紀はため息をつき席に戻ってはみたものの、気分を切り替えることはなかなか難しく、悶々《もんもん》としながらデスクワークに向かった。

「大丈夫？」

自分でも何度目かわからないため息をこっそりと洩《も》らした直後、声がかかった。デスクとデスクの間にある、手もとが見えない程度のパーティションの領域を超えて、隣席の丸山久美《まるやまくみ》が顔を覗かせる。

丸山は、深津紀と同じファクトリーオートメーション《FA》事業本部の営業部に所属する、四つ年上の先輩だ。大学の先輩でもあるけれど入れ違いで在籍し、大学時代に接点はない。知り合ったのは就職活動時の会社説明会だ。丸山はＴＤブローカーのＦＡ事業の紹介を担当していて、どこの大学か訊《き》かれた際にＯＧとわかった。そうして深津紀は彼女に憧憬を抱き、この会社を第一志望にして、その望みどおりに就活を乗りきったのだ。

「大丈夫じゃないです、まったく」

正直に憂うつな感情を丸出しにして答えると、深津紀の遠慮のなさに丸山は笑った。

「全然、おかしくないんですけど」

拗《す》ねた気分で言いながら深津紀は城藤のデスクのほうをちらりと見やった。休憩のついでに新人研修に顔でも出しているのだろうか、あれからずいぶんと時間が経ったのにデスクに姿はない。だから丸山は声をかけてきたのだろう。いま深津紀が無駄話をしていると気づいたら、間違いなく叱責が飛んでくる。

「きっと大丈夫。もとは城藤リーダーの顧客だし、リーダーがほっとくわけないわ。それに……」

丸山は思わせぶりに言葉を切って、にっこりとした。

「それに、なんですか」

深津紀は丸山の——大げさにいえば話術に嵌《は》まって急《せ》かした。

「実はね、リーダーが碓井さんに弓月工業を譲ったってこと、けっこうみんな驚いてる。研修の一環で城藤リーダーが碓井さんを同行させてるんだと思ってたけど、まさか身を引いて碓井さんに引き継ぐなんてね」

「……だから？」

何を言いたいんですか、とそんな意を込めて深津紀は首をかしげた。

「城藤リーダーは碓井さんに一目《いちもく》置いてるってことよ」

そう聞いて喜ぶどころか、深津紀はさらに落ちこんだ。

「だったら、今日は倍増しでがっかりさせました」

「そう？　むしろスパルタ教育やる気満々て感じ。弓月の担当から外すつもりはないみたいだし」

確かに、また行かせてほしいと言ったとき、城藤はあたりまえだと応じた。そうしないほうがどうかしているといった様子で、それはつまり、深津紀から弓月工業を取りあげるつもりは、少なくともいまはまだないのだ。

「まだアポイント取れませんけど、とにかく粘《ねば》るしかないので」

「匙《さじ》加減が難しいけど、営業の基本はそこね。わかってるじゃない」

「一年もほかの人を見てくればわかりますよ。いくら新人でも……ってもう新人じゃないですよね。新入社員が入ってきてるし。せめて研修期間中で助かりました。新入社員の前で叱られなくてよかったです」

丸山はぷっと吹きだした。

「碓井さん、素直なだけじゃなくて、いちおうプライドはあるわけだ」

「城藤リーダーからこてんぱんにやられてもしかたないくらいのプライドしかないです。こっちのダメージだけ考えればパワハラ上司ってところですけど、リーダーは口先だけじゃなくて実績あるし、怒鳴ったわけじゃないし、理不尽なことも言いませんでした」

「城藤リーダーは恥をかかせようとして碓井さんのミスを人前で晒《さら》したわけじゃなくて、共有したのよ」

丸山がそう思っているとしたら、多くの社員もそう受けとっている。深津紀はほっとした。

ここでは社員がそれぞれ自立していて、かといって個人主義かというとそうでもない。だれよりも抜きん出ようという意識の高さはあっても、蹴落とすような下劣《げれつ》さはいまのところ見受けられず——もっとも、他者を蹴落とす暇などない。そんな時間があるなら自分のために有効に使うほうがいい。そんな考えのもと、仲良くして情報を得て自分の資本にしようという雰囲気がある。上昇志向の深津紀にとっては願ったり叶ったりの職場だ。

「わかってます。失敗も成功も参考にして、いいとこ取りしろってことですよね」

「そういうこと」

おもしろがって相づちを打った丸山は、椅子ごとさらに近づいてくると——

「ね、まえに碓井さんが言ってたこと」

と、内緒話をするように声を潜《ひそ》めた。

「え、なんですか」

「早く結婚したいって言ってたじゃない。ターゲットとして城藤リーダーなんてどうなの？」

「……え!?」

ぎょっとした顔を向けると、丸山は冗談に興じる口調ながらも、本気で深津紀の返事を待っている。

「無理ですよ！」

「どうして？」

「……どうしてって……だってあの顔にあのスタイル、プラスで〝デキる男〟ですよ。年収が半端ないって聞いてますけど、それなのにカノジョがいないわけないじゃないですか。いないとしたら恋愛や家庭に興味ないってことです。仕事にしか生き甲斐を見いだしてない感じ。それに、あのまんま家庭にいたら、家でも手抜きできませんよ」

丸山はまた吹きだしながら、でもね、と反論した。

「男女平等、家事も折半《せっぱん》してあたりまえっていう時代なんだから、手抜きしても一方的には責められないと思うけど」

「……そういう丸山さんが狙ったらどうです？」

そう言ってみたら、丸山は目を丸くして、次には呆《あき》れた面持《おもも》ちになった。

「わたしはそもそも結婚をしたくないタイプ。言ったことあるでしょ。だから、独りで余裕で生きていけるように、年収が段違いにいいこの会社を選んだの。実績次第だけど」

「母もキャリアウーマンで、わたしもそうなりたいって思ってたし、この会社には丸山さんのそういうところに憧れて来ました。結婚に関しての考えは正反対ですけど」

「ありがと。じゃ、とりあえず終業まで一時間、がんばりましょ」

丸山は満更《まんざら》でもないといった顔で言い、自分のデスクに向き直った。

深津紀から見た丸山は、インターンシップに参加したときにその仕事ぶりから受けた印象どおり、〝デキる女〟そのものだ。彼女に言ったことはおべっかでも誇張でもなく、心からの本心で、深津紀の目標だ。憧れにとどまらず、キャリアを積んで丸山と肩を並べられるまでになりたい。

加えて、結婚もしたいし、子供も欲しい。できるだけ早く。その気持ちは強迫観念に近く、自分で自分を急《せ》かしているようにも感じる。あれもこれも可能なら全部経験してみたい、と欲張っている自覚はある。仕事も結婚も人生計画のうちであり、夢ではなく目標だ。

目下のところ、結婚よりも仕事で、深津紀は丸山に倣《なら》ってパソコンに向かった。

城藤に言われたとおり、営業先は弓月工業だけではない。別の案件に取りかかり、提案書を作成しているうちに終業時刻になった。そこでぴたりと腰を上げる社員はめったにいない。

城藤から呼びつけられたし、少しだけ気分転換に休憩をしよう、とノートパソコンを閉じた刹那。

「碓井さん、出かけるぞ」

城藤の声がして、見るとすでに椅子から立ちあがって彼はジャケットを羽織っていた。

深津紀は本能的に立ちあがり、椅子の背にかけていたジャケットを取り、デスクの下に置いた籠《かご》からバッグを取りあげると、いってきます、とだれにともなく声をかけて慌てて城藤を追った。

「城藤リーダー、どこに行かれるんですか」

エレベーターに乗るなり訊《たず》ねると、城藤は深津紀を一瞥《いちべつ》した。

「弓月工業だ。呼びだされた」

端的な言葉だからこそ大きく響く。上司を呼びつけるということは、それだけ深刻だということにほかならない。

「すみません」

「だから、おれに謝ったからといってどうなるものでもないだろう」

素っ気ない。その言いぐさが深津紀を絶望的な気分にさせる。いまから城藤と謝罪に向かったとしても、それが受け入れられる保証はない。

深津紀は口を開くのが億劫《おっくう》なほど意気消沈する。いつもと違って営業車ではなく電車で移動して、人込みに紛《まぎ》れたこともあり、会話がなくても沈黙で気詰《きづ》まりするのは避けられた。もとい、これからのことを思うと緊張するばかりで、沈黙を気にする余裕もない。

タクシーに乗り換え、弓月工業に到着すると、エントランスをくぐる寸前、深津紀の足が止まった。斜め後ろから追ってくる足音が消えたことに気づいたのか、少し先で城藤が足を止め、体の向きを変えながら振り向く。

気落ちしているあまり自分にしか目を向けていなかったけれど、ひんやりした眼差《まなざ》しを受けとめてはじめて、城藤が気に病んでいるふうでもなく悠然としていることに気づいた。

「大丈夫です」

思わずそんな言葉が飛びだして、深津紀は一歩踏みだした。

城藤は口を歪めて笑う。皮肉っぽくもなく嘲《あざけ》るのでもなく、こんな状況なのにおもしろがっている気配を感じた。否、気が張っているあまり感情がキャパシティオーバーしたすえ、深津紀が気楽になろうとして、勝手にそう思いたがっているのかもしれない。

「行くぞ」

いざ出陣、とばかりに声をかけられ、城藤が先導する形で弓月工業を訪問した。

終業時刻をすぎて人がまばらななか、通されるのが部長室とわかったとき、深津紀の緊張感はピークに達する。引き返したい気持ちもあるが、逃げるなど言語道断だ、深津紀は覚悟を決めてなかに入った。

「失礼いたします」

城藤に続いて深く一礼をして顔を上げたとき、鹿島もまたやってきた。会釈を交わしていると――

「やっと来たな。座ってくれ」

きみもだ、と、深津紀に向かって続けた外山は少しも不機嫌な様子がない。

「碓井」

状況が呑みこめず、しばし呆然とする深津紀を城藤が促《うなが》した。

「はい」

　ハッとしてすぐさま返事をすると、失礼します、と深津紀は外山と鹿島が座るのを待ってソファに腰をおろした。

　だれから口を開くか。それは深津紀にほかならない。

　外山の広いデスクにはさらにサイドデスクが付けられている。その上に置かれている船の模型を一見し、それから深津紀は立ちあがって頭を深く垂《た》れた。

「外山部長、本日は失礼をしてしまい、本当に申し訳ありませんでした」

「そのことはいいから、頭を上げて座ってくれないか」

　昼間、名を呼び間違えたとき、外山は咳払いをして仏頂面になったすえ、すぐさま深津紀が謝罪したものの、今日は帰ってほしい、と自《みず》らが席を立って部屋を出ることで深津紀を疎外した。鹿島のほうは『検討はしておきますから』と、そんなフォローをして深津紀を帰らせたのだ。

「はい」

　城藤の正面に座った外山はいま、穏やかという以上に友好的で、深津紀は狼狽《ろうばい》してしまう。思わず隣を見やると目が合って、城藤は薄く笑みを浮かべた。どうやら、訳がわからないのはこのなかで深津紀だけらしい。

「あれは気に入ったかね」

外山はサイドデスクのほうを指さした。戦時中に海に沈んでしまった戦艦の立派な模型がある。

「はい。フォルムにとても惹かれます。はじめて拝見したときに調べてみました。戦いの主役という幻想に縋《すが》ってその結果、進化の犠牲になったことがよけいに美を強調しているように感じます」

深津紀がためらいつつも正直に感想を述べると、外山は愉快そうに顔を綻《ほころ》ばせた。

「進化の犠牲か。なるほど、時代遅れで役に立てなかったことをそんなふうに言い換えられるのなら本望だろう」

「伝統は別ですが、ものづくりは常に進化を求められるものなので、少し複雑にも感じました」

外山は賛同したように大きくうなずきながら、深津紀から城藤へと目を転じた。

「城藤くん、いい目をしているな。文句の付け所がない人材だ。だが、きみもたまには顔を見せにきてくれ」

どういうことだろう。深津紀はついていけず、理解するまえに城藤が口を開いた。

「もちろん顔は出します。ですが、これ以降は勘弁してください、新人をからかうのは」

「だが、おもしろいじゃないか。きみと同じ間違いをするなど、普通はないだろう。ここに来てこの戦艦大和の造形美に惹かれる者に、わたしと気の合わない者はいない。わたしの名を〝ヤマト〟と呼び間違えるほど、きみたちには印象に残った。そういうことだろう？」

外山の発言に深津紀は混乱した。苦笑する城藤の隣で考えを巡らせ、まもなく把握する。目を丸くした深津紀を見て、正面に座った鹿島が推測を裏づけるようにうなずいてみせた。

「戦艦大和と外山ですから、関連付けて名を覚えようとするとかえって混乱してしまう方がいるみたいですよ、碓井さんのほかにも」

と、鹿島は興じた様子でちらりと城藤を見やる。

つまり、城藤も深津紀と同じミスをしたということだ。思わず城藤に目を向けた。

「そういうことだ」

深津紀が報告をしたときは散々冷ややかに批難したくせに、城藤はいけしゃあしゃあと認めた。

城藤とふたりきりなら文句をぶつけたいところだ。けれど、あいにくと得意先である。お詫《わ》びだといって外山から食事に招待され、城藤が遠慮もしないで応じると、深津紀はひと言を返す余地すらなかった。

招《まね》かれた食事処《しょくじどころ》は、弓月工業の近くにある日本料理店で、話題にのぼるのは仕事のことよりも、戦艦大和の話からそれをモデルにしたアニメの話だった。

果たして城藤は外山を口説くために——つまり仕事のために見たのか、それとも深津紀が好奇心に駆られて検索したように、見てみたいと思って見たのか、打てば響くように受け答えをして、外山との会話は暴走ぎみに弾んだ。

和《なご》やかな雰囲気で二時間もたたずに会食は終わり、深津紀は城藤とともにタクシーで駅に向かった。少し気が抜けると、考える余地も増えてくる。城藤が営業車を使わなかったのは、宴席が設《もう》けられると予測していたか、もしくは決まっていたのだろうと思いついた。

「駅まで少し歩くけど、いいか」

「はい」

深津紀がうなずくと、その辺で、と城藤は運転手に告げ、程なくふたりはタクシーから降りた。

「酔い覚まし兼ねて煙草が吸いたい」

城藤はつぶやくように言って歩きだす。

会食は酒を伴《ともな》った。深津紀は酒が好きか訊《き》かれた際に、好きだけれど弱いと答えていたから必要以上に勧められていない。一方で、城藤はほどほどに外山たちと酌《く》み交わしていた。酒に酔った様子はないけれど、人にはペースがあって城藤が無理しているのは確かだ。もし体調が悪ければ悪酔いもする。

「予定外で面倒なことをさせてしまってすみませんでした」

城藤は半歩後ろをついてくる深津紀を一瞥《いちべつ》し、何も言わずに歩き続けた。夜の八時をすぎて、都心部を離れた通りは人も車も少ない。

「ここだ。すまないって思ってるなら一服に付き合え」

まもなく着いた場所は、喫煙マークのついた仕切りの立ったところだった。特に密室になっているわけでもなく、隣の自動販売機に行くと城藤は深津紀を振り向いた。

「コーヒーでいいか。甘いやつ？　無糖？」

「甘いのが好きです。自分で――」

――買います、と言いかけた言葉は――

「これくらい黙っておごらせろ」

という強引な言葉にさえぎられた。

缶コーヒーを手渡した城藤は、ビジネスバッグから煙草ケースを取りだし、煙草を一本取って口に咥《くわ》えた。ライターの火をともし、それを片手で風からかばいながら煙草につける。カチッとライターをしまうしぐさといい、ひと息吸ってわずかに目を細めつつ煙を吐きだす表情といい、城藤は何から何まで様になる。外灯のせいで、端整な顔に絶妙な影が差すから尚更だ。

「美味《おい》しい」

コーヒーを一口飲んだとたん、深津紀はしみじみとつぶやいた。やっと〝生きた心地がしない〟という緊張から解放されていくような気がした。

城藤は、椅子のかわりに設置されている鉄パイプに腰かけ、煙草を燻《くゆ》らせながら斜め前にいる深津紀に目を向けた。

「おもしろいだろう、外山部長」

「……え？」

きょとんとしたまま問い返すと、城藤はハハッとおかしそうに笑った。こんな砕《くだ》けた空気の城藤ははじめて見る。

「わかってないのか。外山部長は、碓井さんがおれと同じ間違いをしたことがおかしくて笑いを堪《こら》えきれなかったんだ。だからそれを隠すために仏頂面で切りあげたらしい。碓井会食中、碓井さんが席を外してる間にそう言われた。……外山部長は度量が広い。碓井さんが落胆していることを承知していながら、苦情を言ってきたり、電話に出なかったりしたのはおれを呼びだす口実だった。外山部長はお詫《わ》びだって言ってただろう。……部長はまったく怒ってない。部長流のちょっとした洗礼ってところだ」

城藤は時折、煙草を吹かしながら、深津紀が驚くようなことを教えた。いや、驚く以上だ。

「よかった……」

ほっとした反動で一気に気が緩んだ。とたん、缶コーヒーを持った手にぽたりと水滴が落ちた。涙腺までもが緩み、ぽたぽたと続けざまに水滴が手を叩く。

潤んだ視界のなか、時が止まったように表情を止めた城藤の顔が映る。

「すみません。ちょっと……安心しすぎました。泣くのは卑怯《ひきょう》だって……わかってますから」

「確かに卑怯《ひきょう》だ。けど、解決するまえに泣かなかったことは褒めてやる。それに、自分のことを棚に上げておれは碓井さんを批難したし、フィフティフィフティってことでどうだ?」

深津紀は涙が止まらないまま笑ってしまう。

「泣き笑いも卑怯《ひきょう》だな」

と、その言葉は独り言のように聞こえ、それから——

「弓月工業はこれで安心して碓井さんにやれる。失敗がなければ成長もない。営業歴一年生にしては上出来だった。意識してやってないだろうけど、強みだな」

と、城藤は吐息混じりで笑う。ほっとして見えるのは、城藤もまた気が張っていたのだろうか。

深津紀にとっては思いがけない言葉で——きっと褒め言葉に違いなく、涙が止まるほど驚いてしまう。いや、胸がいっぱいになるこの感覚は感動しているのかもしれない。

手厳しく冷ややかに見えて、城藤はリーダーらしくきちんと部下を見守っている。

城藤は鉄パイプに休めていた片手を上げると、そう乱れてもいない髪を掻《か》きあげながら、煙草を持ったもう片方の手を口もとに持っていく。

今日はこの人についてはじめて知ることばかりで、ふと発想が飛ぶ。

例えば、寝起きのくしゃっとした髪とか、ソファに寄りかかってくつろぐ時間とか、仕事を離れたときこの人はどんな顔を見せるのだろう。部下のことをきちんと考えられる人だから、プライベートで傍にいる人のことはもっと大切に見守るはずで——

「城藤リーダーってカノジョいないんですか」

気づけば不躾《ぶしつけ》に訊《たず》ねていた。

ふっと城藤は煙を混じらせて息を吐き、出し抜けだな、と呆《あき》れたように首を横に振る。

「面倒だ。デートに誘ったり、相手の機嫌に振りまわされたり」

「……もったいないですね」

「はっ。褒め言葉として受けとっておく」

城藤は軽く肩をすくめ、わずかに口を緩めて笑む。その顔も思わずときめいてしまいそうなほど魅力的だ。

やっぱりもったいない。

――という、城藤隆州を見る目が変わった日から一カ月をすぎた五月の終わり、深津紀のなかで確かなビジョンが完成しつつある。仕事ではなく、プライベートのことだ。

仕事では、弓月工業の一件で少し営業に対しての度胸が据《す》わった気はする。入れ替え提案も纏《まと》まり、納入日も決まり、城藤の手を借りたとはいえ大きな取引をひとつ終えた。

「深津紀、なんか〝やった！〟って感じの顔してるな」

会社近くのパスタ店で、正面に座った石川誠人《いしかわまこと》が、ランチを食べ終えてしげしげと深津紀を見つめる。

「ふふふ、わかる？」

笑みが堪《こら》えきれないといったように深津紀のくちびるが弧を描くと――

「気持ち悪いな」

と、誠人は身も蓋もない言葉であしらった。

昼食の待ち合わせをするにあたり、誠人には先に来てもらって席取りを頼んでいた。おれは召使いか、と冗談ぽく文句を言いながらも請け負ってくれた誠人は、深津紀より三つ年上だ。帝央《ていおう》大学の大学院生で微生物の研究をしている。

誠人との縁は、高校生のときに家庭教師をしてもらったことから始まって、途切れることなくいまに続いている。いよいよ大学受験となった際、ひと昔前とすっかり変わった入試システムや手続きに戸惑《とまど》う母を見兼ねたのだろう、誠人は家庭教師という枠を超えて母のかわりに受験の手続きを手伝ってくれた。

第一志望の合格は予想外のトラブルもあって叶わず、恩返しはできていない。けれど誠人は深津紀を励まして、次へと奮い立たせてくれた。受験でつまずいたことを深津紀が引きずらないよう、大学生になってからも度々連絡をするなど気にかけてくれたのだ。

こうなると恋に発展してもおかしくないのに、そうならないのはあまりに自然体でいられるからだと思う。深津紀と同じひとりっ子の誠人は、『深津紀みたいなとぼけた妹がいたら人生を楽しめそうだな』と言ったことがある。それまで兄妹という関係はぴんと来なかったけれど、誠人の言葉に合点《がてん》がいって、深津紀も兄妹みたいな関係を居心地良く楽しんでいる。もっとも、〝とぼけた〟という漠然とした評価には納得していない。

「失礼な言い方。いままでで一番おっきな仕事が成立したんだよ。まだ納品が残ってるけど、そのときは付き添うだけだし、やったーって感じ」

「余裕こきすぎて失敗するなよ」

「余裕なんて無理。営業は区切りがつくけど、メンテナンスやフォローに終わりはないし」

誠人はおもむろにテーブルに左の肘《ひじ》をついて、手のひらに顎《あご》をのせるとため息をついた。

「おれがやってることも終わりがないんだよなぁ。けど、つまらないわけじゃない。結果が出なくて投げだしたくなるときはあっても」

「わかる。やっとできた提案書がひと目で却下って言われて、丸ごとゴミ箱に移動されて削除されたとき、そんな気持ちになる」

深津紀が回想しながら恨みがましく言うと、誠人は伝染したようにしかめ面になった。

「それ、論文で同じ経験あるな」

「気が合う」

「こんなことで気が合ってもなんにもならないだろ」

「でも、独りで落ちこまなくてすむ。自分だけじゃないんだってわかると、しょうがない、がんばろうって気になるでしょ」

「まあな。深津紀の上司……城藤って言ったっけ、相変わらずひどいのか」

誠人は研究に没頭して家に帰らない日もあり、この一カ月は会う機会がなかった。以前、深津紀は城藤のことを何度か話題にしたけれど、その際にろくな人間ではないと印象づけてしまったようだ。

「ひどいんじゃなくて、容赦《ようしゃ》ない、ね。べつにハラスメント上司ってわけじゃない。まともに仕事しないとか、できない上司から言われるんだったら腹が立つかもしれないけど、城藤リーダーは実力あるから。年収だって一千万を超えてるって話」

「は？　城藤さんていくつって言ってたっけ？」

「誠人くんより三つ上、今年三十歳。うちの会社、そういう人がごろごろいるって言ったでしょ。だから、お金を貯めて実力を養って、独立とか転職とか円満に外に出ていく人もいるみたい」

羨ましいとばかりに誠人は首を横に振った。

「成果報酬がそんだけあるなら容赦《ようしゃ》なくなるわけだよなぁ。人の世話なんてやってられないだろうし」

「それがそうでもない。ちゃんと時間を割《さ》いてくれるし、面倒も見てくれる。結局はだれのどんな成績でも会社にかかってくることだし」

その言葉に何やら引っかかったのか、誠人はテーブルから肘《ひじ》をおろして椅子に寄りかかると、まるで周囲のオーラから答えを見いだそうとするかのように深津紀を観察した。

「……なんか、いいことあったのか。発言が前向きだらけだけど」

「そう？　余裕はないけど、本当に仕事に慣れてきたのかも」

「ふーん。で、一番の目的は達成できそうなのか」

「んー……どうかなぁ……」

言おうか言うまいか。いや、打ち明けるのは実行してからだ、とそんな迷いがあって曖昧《あいまい》に応じながら、深津紀は何気なく窓のほうを見やる。直後、目を丸くした。

深津紀と同じように外食なのか、今日は専《もっぱ》らデスクワークだった城藤が、すぐそこの歩道を歩いている。

深津紀があまりに驚いて、その感情がテレパシーとなって伝わったかのように城藤がこっちを見やる。果たして外から深津紀を捉《とら》えられたのか、その視線は誠人のほうへと流れてまた深津紀へと戻り――いや、通りすぎて正面へと向き直った。目が合っても平然としているのはさすがだが、少し腹立たしい気もする。完全に無視された気分だ。

「どうしたんだ、深津紀？」

誠人に声をかけられ、深津紀はハッとしながら正面を向いた。

「いま会社の人が通りすぎたからちょっとびっくりしただけ。なんの話をしてたっけ？」

「だから、深津紀のいちばんの目的、結婚相手は見つかったのかって訊《き》いたんだ」

「候補選定中」

「深津紀の望みどおりになったとして、社員が使いものになるまえに結婚するって、会社としてはどうなんだろうな」

「大丈夫。結婚したからってやめるわけじゃないし、出産とか子育てとか、休んでもちゃんと復帰できるように発言力のある人を選ぶから」

「……ってどんな奴なんだよ。すっげーおじさんと結婚するつもりか」

「年は近いほうがいいけど……誠人くん、悪いけど、いまそこを通った会社の人を追いかけるから、わたしのぶんも払っててくれる？　おつりはおごり。席取りしてくれたから」

深津紀は言いながら、バッグから財布を取って二千円をテーブルに置く。

深津紀は席を立つと、呆《あき》れている誠人に手を振って店を出た。

「善は急げ！　じゃあね！」

「何急いでんだ？」


ＴＤブローカーはパスタ店と同じ道沿いにあり、税理士事務所のほかいくつか小ぢんまりした会社を経て、すぐそこと言えるくらいに近い。奥に長い社屋は四階建てで、この辺りでは巨大に映り、ひと際目立つ。

深津紀が歩道に出ると、城藤は会社の敷地沿いに差しかかっていた。

普段、深津紀は社員食堂を利用する。たまたま外食して、しかも城藤のことを話していたときに本人を見かけたのは、偶然ではなく深津紀にとってきっと後押しだ。

小走りになるくらい深津紀は急いだのに、会社のエントランスに着いたときにはすでに城藤を見失っていた。短い階段をのぼり、自動ドアを抜ける。

広めに空間を設《もう》けられたロビーは、会社のイメージカラー、クリーム色と紫色を基調としていてモダンだ。正面にある受付用カウンターの背後の壁には、大きく社名とロゴをデザインしたプレートが嵌《は》めこまれている。

通常、受付は無人で、ＴＤブローカーオリジナルの人工知能《ＡＩ》ロボットが迎える。顔認証が作動するため社員証をかざす手間は省《はぶ》け、立ち止まる必要もなく深津紀は受付を横切った。

建物の隅にあるエレベーターホールに行くと、数人が待つなかに城藤の姿はなかった。追いかけていた距離が少しも縮められないままひと足遅れたのかもしれない。もう営業部に戻ったとしたらまったくタイミングを逃《のが》してしまった。

落胆していると、エレベーターではなく、もっと向こうの階段スペースへと入っていく人影を見かけた。途端、もしかしたら、とぴんと来て深津紀は階段に向かう。

二階に上がり、深津紀は階段の隣の自動販売機が並ぶオープンスペースに入った。向かい側は社員食堂だ。隣の艶消《つやけ》しガラスで仕切られたところは喫煙スペースで、だれだか判別はできないけれど、いま人影が見えている。

煙草を吸う人は食後に吸いたくなるという。時勢に沿《そ》って社内には喫煙スペースが二カ所しか設《もう》けられていない。帰ってきた城藤が一服をしにここに来た可能性はある。

昼休みが終わるまで十分を切り、幸いにしてここにはだれもいない。艶消《つやけ》しガラスにそっと近づいた。すると、なかから声がして、深津紀は耳を澄《す》ませた。

『……はどうするんだ？　決めたのか』

『決めてない。っていうよりも考えてないな』

前者の声の主はわからないが、後者の声はこもって聞こえているものの、淡々とした喋り方と低めの声のトーンが城藤に似ている。なんの話かわかるはずもなく、聞きとるには自分の呼吸音さえも邪魔になる。深津紀はそのまま息を潜《ひそ》めた。

『普通なら、そもそも考える必要ないのに、おまえも大変だな』

『べつに大変じゃない。おれは自由にしてるし、任せられた兄のほうがよっぽど大変だ』

『確かに城藤は自由にやってるよな』

やっぱり城藤だった。相手の声はうらやましそうで、城藤の笑い声が短く響いた。

『平尾《ひらお》、自由をうらやましがるって、おまえのほうこそ子供が生まれて大変なのか？　欲しいって言ってたし、楽しんでるんじゃないのか』

『うれしいけどなぁ、扱《あつか》いに戸惑《とまど》ってる。人間を育てるのってさ、修正は難しいし、おれが扱《あつか》ってるマシンとは違うからな』

『へぇ、真面目に父親やってるな』

『意外じゃないだろ』

心外だと言わんばかりの不満が声音に表れている。会話の相手はきっと平尾雅己《まさき》で、確か城藤と同期だ。微生物センサ事業本部で営業部に所属している。

『そのまえに、平尾が結婚して子供を持つって想像がつかなかった』

『なんだよ、それ。おまえはどうするんだよ、跡継ぎはいらないのか？　親からせっつかれてるんだろ』

『子供はともかく、女の面倒は見きれない』

『ははっ。よっぽど束縛されたくないみたいだな……』

言いかけていた平尾は着信音にさえぎられて言葉を切った。電話に応答したのは平尾の声だ。続いて、先に行く、と聞こえ、スライドドアの静かな開閉音がしたかと思うと、廊下に背を向けた深津紀の後ろで足音が通りすぎた。

その後、ほかに声はせず、喫煙スペースはふたりきりだったのか。物音を立てづらい。深津紀がじっとして様子を窺《うかが》っているなか、平尾は立ち去ったのだろう、足音がだんだんと遠ざかる。

「何してるんだ、碓井さん、こんなところでこそこそと」

平尾の足音に気を取られていた。突然、呼びかけられて、それが城藤の声だと判別するまでもなくわかって、深津紀は飛びあがりそうなくらい驚いた。たまたま帰りかけたところで深津紀に気づいたのか、『こそこそと』とわざわざ付け加えたのは城藤らしいと思う。

パッと、とはいかず、おそるおそるといったふうに、深津紀はゆっくりと振り返った。

城藤は廊下と喫煙スペースの境目《さかいめ》に立って、深津紀の逃げ道を断《た》っている。いや、何も逃げる必要はない。それどころか捕まえようとしていたのだから、願ったり叶ったりの状況のはず。目が合うと、城藤はシャープでいて強固さの覗く顎《あご》を挑むようにわずかにしゃくった。

「あ、いえ……お茶しようと思って……ここそはしてません」

城藤はゆっくりと視線をおろしていく。

「その『お茶』はどこなんだ？」

バッグを肩にかけただけで深津紀が手ぶらなことを確認すると、城藤は嫌味ったらしく問うた。

「じゃなくて、言い換えます。その……城藤リーダーとお茶したいと思って」

率直に——かどうかはわからないけれど、深津紀が言ったことはどう受けとめられたのか、城藤の眉が片方だけ跳《は》ねあがる。

「いまパスタ店でカレシと食べてお茶してきたんだろう。それともおれの見間違いか？」

「カレシとは違います。高校時代の家庭教師で、友だちとか兄妹みたいなものです。それに、お茶ではなく昼食でした」

「そんなことはどうでもいい。お茶するには時間がないだろう」

自分で話を振っておきながら、城藤はどうでもいいと言う。いかに深津紀に興味がないか、その証明にほかならない。いま素通りせずに、嫌味であろうと声をかけられたぶんだけ、まだましだ。城藤にとって深津紀の存在感はゼロではない。果たして、それがなぐさめになるのか。

脱いだジャケットを腕にかけた城藤は、左の肘《ひじ》を折り、腕を軽く上げるとシャツの袖を少しずらして時計を覗いた。

「あと三分だ」

深津紀に午後の業務開始までの時間を告げると、城藤はさっさと体の向きを変えた。

「あ、待ってください！」

深津紀は慌てて追いかけたが、城藤は振り返ったり立ち止まったりすることもない。営業部はすぐ上のフロアだ。エレベーターを使わず階段スペースに入っていく。

本当に素っ気ない。——というより、この場合は無視だ。同じ場所に行くわけで、同伴してもいい場面なのに。

「城藤リーダー、いまは時間がないので帰りにいいですか」

深津紀は物怖《ものお》じするほうではないが、ずうずうしい性格でもない。だから『こそこそと』することもある。いま勇気を出さずともすんなり言えたのは、無視されてかちんときたこととの反動だ。

「なぜ碓井さんとお茶しなくちゃならないんだ」

そのうえ無下《むげ》にされれば意地を張りたくなる。

「このまえ缶コーヒーをおごってもらったし、面倒かけてしまったので、そのお礼です」

「仕事だ。それに缶コーヒーくらいなんだ、微々たる出費だ」

「ということは、年収一千万を超えてるって本当なんですね」

あのときのことを出費とビジネスライクに片付けられ、腹いせ紛《まぎ》れで不躾《ぶしつけ》に言い返したけれど、どうして腹が立つのだろう。あの日は仕事中に休憩したようなもので、缶コーヒーは労《ねぎら》いにすぎないのに。

「年収はあとからついてくるものだ。羨むまえに早く一人前になれ」

超えているかどうか、はっきりとは答えてもらえなかったけれど、城藤の言うことはいちいちもっともで、煽《あお》るのも難しい。

「そうなるつもりでこの会社に入りました」

深津紀が答えている間に、ふたりは三階の営業部フロアにたどり着いた。

「城藤リーダー！　得する話、聞きたくありませんか！」

階段スペースを出るまえにと、深津紀は叫ぶように呼びとめた。

城藤の足がぴたりと止まる。後ろを振り返って、ようやく深津紀は城藤の視界に入りこんだ。

「得する話？　おれはいま以上に得することにこだわってないけどな」

裏を返さずとも充実していると言っている。本当に羨ましいくらい自信たっぷりだ。

「きっとあります。話を聞いても損はしないと思います」

城藤は、なんの勧誘だ、と呆《あき》れたように薄笑いをして――

「セクハラとかパワハラとか、まさか罠にかけようって気じゃないだろうな」

と、深津紀が驚くようなことを付け加えた。

「もしかして、そういうことがあったんですか」

「世の中、真っ当な奴ばかりじゃない。それくらい、わかってるだろう」

「わかってます。でも罠じゃありません。話しても気に入らなかったらスルーしてもらっていいですし」

「お茶するだけじゃないのか」

その言い方から少し譲歩した気配を感じて、深津紀は急いで口を開いた。

「お茶するのにお喋りは付きものです。戦艦のアニメの話も聞きたいから……でも、本題は人に聞かれたくないので……あ、邪魔が入らなければ会社でもいいです。残業のあとに。だめですか」

早口で捲《まく》し立てた言葉は――

「考えておく」

という、どっちともつかない返事で放り出された。

曖昧《あいまい》でも可能性を絶たれるよりはずっとましだ、と深津紀は自分に言い聞かせた。

午後から外回りだった深津紀が会社に戻ったのは、終業時刻の夜六時を十分ほどすぎた頃だった。いつものとおり、外出先から戻った人も含めて多くが残業している。真っ先に見た城藤は、何やら資料と照合しながらノートパソコンの画面に見入っていた。

「お疲れさまです」

だれにともなく向けると、輪唱のようにあちこちから同じ言葉が返ってきた。肝心の城藤は目線だけ上げて、深津紀の帰りを認識したのか否か、少なくとも口もとは動き、応じたのは確かだ。

考えてみれば、今日は金曜日で週報やら来週の計画やら、月曜日のミーティングに備えて整理しなければならない。城藤は自分の営業に加えて、リーダーとして部下たちについてもチェックしなければならず、忙しい日だ。

考えておく、と返事を濁《にご》されたのはそんな忙しさのせいかもしれない。——と思うのは、そうあってほしいという深津紀の願望だろう。

お茶を口実にして城藤を誘ったことは、営業に出てしばらく忘れていたのに、帰るときになってどきどきした気分が戻ってきていた。実を言えば、城藤を誘いだすなど、大それたことをしたとあとから実感が湧いて、営業先を訪ねるまでうまく仕事に集中できていなかった。いまその気持ちがぶり返して、報告書をきちんと作成できるか怪しくなってきた。

だめだめ——と、深津紀は椅子に座りながら小さく頭を横に振って、よけいな思考を払った。こんなことでは、もし『得する話』が受け入れられたとき、オンオフを切り替えられないで失態を晒《さら》してしまう。

まだ何も始まっていない。ここで集中できなければ、先が思いやられる。自分を諭し、深津紀はパソコンを開いた。

日報を週報に纏《まと》めていく。すると、日報作成時には見えなかったことが見えてくることもある。例えば、営業先を訪問中に担当者が漏らしたひと言によって、メインとは別の製品も提供できることに気づき、セットで案内できそうだと考え直すきっかけが見つかる、といったことだ。取引先との会話は、訪問にしろ電話にしろ、いちいちメモに書き溜める。それが役立つこともあるのだ。

なんとか報告書が仕上がり、そして来週やることも決まった。ほっとひと息つこうとした間際、人影を感じたと同時に、デスクの隅が指の先で小突《こづ》かれた。深津紀は、その指先から腕をたどって視線を上げていく。男っぽく形の整った指先を見て直感したとおり、城藤がいた。

「碓井さん、残業可能なら、槇村《まきむら》製作所の書類と週報を持って会議室に来てほしい。三〇三だ」

「だ、大丈夫です。行きます」

「煙草休憩してから行く。五分後だ」

「はい」

第一声はつかえたし、短い返事は声がうわずっている。城藤はうなずいただけで、咎《とが》めるとか呆《あき》れるとか特段の反応はせず、深津紀はほっとした。

約束の時刻までの五分、仕事が手につかないのはわかりきっている。深津紀は早々と営業部フロアにある会議室スペースに行き、念のためノックをして三〇三会議室に入った。少人数用の会議室で、白いテーブルの上に書類を置いて椅子に座った。

そわそわして落ち着かない。何から話そう。話すことは決まっているけれど、話す順番はまったくシミュレーションできていなかった。

〝得する話〟を実行に移すには、失敗を覚悟して城藤とふたりきりで話すという、無謀な最初の第一歩を踏まなければならない。先月から考えていたことだが、この一カ月、ためらいが邪魔をして、機会も見いだせなかった。昼間、城藤の視線が深津紀を素通りしたことで衝動的に動いたけれど、本当に機会が得られたのは、そのあとの盗み聞きのおかげだ。最初の一歩はクリアした。問題はこの先だ。

会話の糸口が見つからないままドアのノック音が響く。深津紀は体がすくみ、返事ができないうちにドアは開いた。

入ってきた城藤から目を離せず、前の席に座るのを見守った。会議室の椅子は肘《ひじ》掛けがないせいか背中をもたれることなく、城藤は軽く手を組み、腕をテーブルにのせた。わずかでも前のめりになることでふたりの距離は詰《つ》まり、深津紀の気分はさながら狼に追いつめられた羊だ。

「槙村製作所はどうだ」

深津紀をじっと見て、城藤はいつものとおり事務的に報告を促《うなが》した。

緊張していた深津紀には一瞬、城藤が外国語を喋っているように聞こえた。つまり、まったく意味が把握できなかった。すぐに反応しなかったことで待ちかねたのか、城藤は片手を伸ばして深津紀の手もとから書類を奪う。それに目を通す城藤を見ながら、深津紀は狐につままれたような気分になった。

「槙村については碓井さんが思うとおり、修正案を出すのが妥当だ。見積もりが終わったら、提案のまえに見せてくれ」

そこまで言われると、ここに呼びだされたのは昼休みの誘いを承諾してくれたのではなく、本当に槙村製作所のことを話したかったのかもしれなくて、深津紀の自意識過剰ぶりが露呈《ろてい》する。

「はい」

安堵と落胆がせめぎ合い、どうにかそれを隠そうとしたのに、返事をした声は自分の耳にも陰《かげ》って聞こえた。返ってきた書類を手もとに引き寄せたときだ。

「それで、得する話ってなんだ。お茶は出ないらしいが」

城藤はまた手を組んで、皮肉を忘れず、出し抜けに問いかけた。

いや、もともと深津紀が誘ったことだ。出し抜けではなく、城藤は深津紀に応じてくれたのだ。

最初で最後のチャンス。そんな言葉が浮かび、どこから始めるか決められないまま口を開いて出てきたのは――

「子供が欲しくないですか」

という、せっかちな言葉だった。

さすがに城藤にとっても不意打ちだろう。彫像のように固まって見え、深津紀をますます緊張させる。言ってしまったことをなかったことにはできないし、返事も聞かないまま撤回するには、内容にかかわらず無責任だと言われそうだ。

やがて、無駄に見目のいい彫像は、たったいま命が宿ったようにすーっと息を呑み、そして吐いた。

「どこがどうなったらそういう飛躍した話になるのか、まったく理解に苦しむ」

驚きつつも動揺することなく軽く往《い》なしたのは、城藤ならではだろう。

「……自分でも出だしを間違ったって思います。でも、繋がりというか、きっかけはあるんです」

「どんな？」

呆《あき》れきってはいても、聞く耳をふさいだわけではない。それとも、おざなりの礼儀として訊《たず》ねているのか、城藤は首をひねりながら促《うなが》した。

「その……昼休み、盗み聞きしたので……。女の人は面倒だけど、子供は欲しいって。だから、そこから攻めたほうがいいって、わたしの脳が勝手に考えたのかもしれません」

深津紀の他人事のような言いぶりに、はっ、と城藤はため息混じりの笑みで応じた。

「おれの言葉を正確に捉《とら》えてない。子供を欲しいと自発的に言った憶《おぼ》えはない。それで営業やっていけるのか」

「都合よく解釈して、ずうずうしく入りこまないと営業はやっていけません。……と思います」

薄く笑った城藤の笑みは、純粋におもしろがっている。

「なるほど。その手で来るわけだ。おれが見込んだだけある」

深津紀は意外な言葉を受けて目を丸くした。

「見込んだ？　わたしを、ですか」

「だから、おれは弓月工業を譲ったんだろう？　弓月はうちの開発には欠かせない部品屋だ。譲ったという価値をわかれ」

「……丸山さんからそんな話を聞いたことあります」

「なら、おべっかでもなんでもないってわかるだろう。まあ、おれが碓井さんにおべっか使う必要はどこにもないけどな。ずうずうしさも謝るときも、碓井さんには嫌味がない。それが碓井さんの強みだ」

強みという言葉はまえにも聞いた。嫌味がないというのがどういうことかはわからないけれど、またこんなふうに褒められるとは思っていなくて、深津紀は拍子抜けするくらい驚いてしまう。

「ありがとうございます」

と言いつつ、深津紀は城藤がちらりと壁のほうに目をやるしぐさを見て、そこに時計があることを知ると、城藤は話をうまく逸《そ》らしたのではないかと思った。

「城藤リーダー、ずうずうしさに嫌味がないなら、話の続きを……遠慮なくずうずうしくなっていいですか」

深津紀は引き止めるように早口で言った。

「それがおれにとって『得する話』になるって言うのか」

「はい。……じゃなくて、そこは城藤リーダーの解釈次第です」

「はっ。『得する話』は釣りか」

「ごめんなさい。そうなります。でも、ウィンウィンの話です、きっと」

「それなら……おれにプレゼンしてみたらいい」

城藤は例のごとく椅子にもたれて、隙あらば取って食う、と豹《ひょう》が威嚇《いかく》するようにゆったりとかまえた。

プレゼンなんて、仕事みたいだ。

ビジネスライクなウィンウィンという言葉を使ったのは深津紀だ。いや、いまから話すことはビジネスそのものだ、お金が伴《ともな》わないだけで。それなのに、何かがしっくりこない。

城藤が挑むように顎《あご》をしゃくる。ここでためらっている場合ではない。しぐさひとつで深津紀をそんな気にさせるのは、城藤の営業のやり方でもある。

脅しばかりではなく、城藤は人を思うように促《うなが》すことに長《た》けている。弓月工業に謝罪に行ったときもそうだった。戦艦アニメの話では、城藤は深津紀と鹿島を会話に引きこもうと、解説と見せかけながら自然と質問してしまうように話していた。城藤のそんな営業力に気づくまで、深津紀が自発的にやっていると思わせられていたくらい、巧妙なのだ。

深津紀は観念して――いや、観念するも何も、深津紀がそうしたくてやっていることではあるが、とにかく駄目で元々、と口を開いた。

「わたしがこの会社に入ったのは、簡単に言えば〝デキる女〟を目指しているからです。だれかに頼らなくても生きていくのが理想なんです。でも、人生ってやり直しはきかないし、だからやれることはひととおりやって、本当に完璧な人生を送りたいっていう野望があります。つまりその……結婚と子育ては一度は経験したい。かといって、恋するってよくわからないし、それに、そういう人が現れるのを待ったすえ、アラサーになった頃に子育てで仕事が中断されるような支障が出るよりも、大変な時期を早いうちに一気に乗り越えてしまうほうが、残りをひたすら走っていけると思うんです。正直に言えば、入社するまえからこの会社で結婚相手を見つけられたらという下心もありました。城藤リーダーのこと嫌いじゃないし……わたしが選ぶなんてずうずうしいし、贅沢《ぜいたく》すぎますけど、女性は面倒だって言われてましたし、親から結婚を急《せ》かされてるってことも聞きました。でも子供はいてもいい。それなら、わたし、きっと城藤リーダーにとって都合のいい妻になれると思います。そうじゃなくなったら離婚も受け入れます。だめですか」

深津紀は一気に言い、その間、城藤は黙って耳を傾《かたむ》けていた。その表情からは何を感じているのか、少しも読みとれない。

「つまり、碓井さんはおれとの間に子供が欲しいってことだ」

「はい、もちろん、そういうことです」

「碓井さんに好きな奴が現れたら?」

それが博愛のような意味ではなく、恋という意味だとは察せられる。思いがけない質問に戸惑《とまど》って、深津紀は少し考えた。

「……城藤リーダーはだれかに負けたって思ったことあります?」

「勝ったとも思ったことはない」

城藤を客観的に見たとき、少し言葉が辛辣《しんらつ》な点を除《のぞ》けば良識的だし、容姿も経済力も、問題ないどころかパーフェクトに映る。恋には定義がなくて、よくわからない。そんな深津紀がこれからさき、城藤を差し置いてだれかに恋することがあるのだろうか。それをまわりくどく答えたわけだけれど、城藤の返しもまわりくどい。

「わたしは……いま言ったことが叶ったら満足して、きっと恋するとか、そういう対象として男の人を見ることはない気がします」

「おれが浮気したくなったら？」

「……離婚してください」

再び思いがけない質問を受けて、深津紀は言葉に詰《つ》まったうえに、胸が詰《つ》まるような感覚も覚えた。そのせいだろうか、城藤の浮気現場だったり、それを見つけたときの自分の感情だったり、そういったことを想像するよりもさきに答えていた。

「つまり、おれは碓井さんに束縛されるわけだ」

城藤は抜かりなく、鋭いところを突いてくる。

「そうなりますね……」

「詰めが甘い」

「はい。あの……少なくとも、子育てっていう夢が叶うまでそうしてもらえたら……。わたし、男性経験がないんですけど、その……愛想尽かされたり飽きられないようにがんばります」

なぜだか城藤はその言葉に目を瞠《みは》った。かと思うと、直後には笑いだす。いつもは短かったり皮肉っぽかったり、そんな笑い方しかしないのに、ツボにはまったような心からのものだ。

おかしい話をしたつもりはなく、笑われることで傷つけられたように感じて気を悪くしたのは一瞬、少年ぽくもある城藤の新たな一面を目にして、深津紀のなかにもっと知りたいと欲張りな気持ちが芽生えた。それに伴《ともな》う、この焦るような気持ちはなんだろうと首をかしげる。

まもなく笑い声がやんで、室内はしんと静まる。城藤へのプロポーズがなんとか叶ったことでいったん解けていた緊張が俄《にわか》に復活した。成功したか否かはまだわかっていない。

「おもしろいプレゼンだった」

終止符を打つように城藤は立ちあがった。深津紀もまた急いで立ちあがる。

「あの、返事は……考えてもらえるんですか」

焦って呼びかけている間に城藤はテーブルをまわってきた。目の前に立たれて、深津紀はその顔を振《ふ》り仰《あお》ぐ。

「都合のいい妻って言ったことを忘れるなよ、碓井深津紀。契約は成立だ」

びっくり眼《まなこ》の深津紀の瞳に映る城藤の顔がだんだんと大きくなって、すぐにいっぱいに満ちた。

たぶん、成功したのだ。〝たぶん〟と確信が持てないくらい深津紀は混乱している。

煙草の薫りが鼻腔をくすぐり、直後、くちびるがくちびるでふさがれた。

第二章　結婚のメリット

はじめてのキスから――いや、プロポーズした日から十日目の日曜日、互いの家族を呼び、レストランでささやかな結婚祝いの食事会を開いた。

この十日間、〝はじめてのキス〟と、つい深津紀はこだわってしまう。会議室のキスは吸いつくように触れただけで、城藤――否、深津紀も『城藤』となるいまに至っては隆州か――隆州は時間を置かずにくちびるを離した。触れただけで、とそう言うと物足りなく感じているように聞こえる。実際に、不意打ちで混乱したまま襲われて、くちびるに触れた体温がなくなると深津紀はさみしいような気持ちになった。

深津紀の戸惑《とまど》いを知ってか知らずか、隆州はくちびるを歪めた笑みを浮かべた。それをどう受けとめればいいのかはわからない。隆州は、『打ち合わせは日曜日だ』と言った。

『両親に紹介しないとだめだろう？』と続けて問われるまで、仕事のことかと思ったくらい事務的な言い方だった。

　プライベートの携帯番号を教え合う間も、深津紀はどきどきするよりも戸惑《とまど》ってばかりで、拍子抜けするほど普通に残業に戻った。おかげで、気にかけてくれている丸山から、『槙村の件、どうだった？』と訊《たず》ねられたときは、『大丈夫でした』とすんなり答えられた。

　そうして翌々日の日曜日、打ち合わせで隆州の住《す》み処《か》を訪ねたものの、用事があって時間がないからと極めて端的にすまされた。キスもなかった。

　――と思ってしまうあたり、やはり物足りなく感じているのだ。あのキスは契約締結の署名捺印《なついん》みたいなものだったのか、なんとも無味乾燥な婚約（？）期間だった。

　そもそも恋愛のすえに成り立った結婚ではないのだから、そうあっても不思議ではないし、かまわない。そのはずなのに、やはり何かがしっくりこない。何が計画と違っているのだろう。

　深津紀が両親に打ち明けたのは、隆州のマンションを訪ねたあと家に帰ってからだった。プロポーズをした日にそうしなかったのは、どこか現実ではない感じがしていたせいだ。あれから仕事を切りあげて帰る段になっても隆州は至って平常どおりで、打ち合わせの日、駅に迎えに行くというメッセージが来るまでは半信半疑だった。隆州に対する大胆な自分の行動も、隆州の承諾も。

深津紀本人がそうなのだから、両親が青天の霹靂《へきれき》とばかりに呆気《あっけ》にとられ、しばらく言葉を失っていたのも致し方ない。その間に隆州のことを話すと、両親の驚きは理解に変わり、そして安堵に変わった。それは、深津紀がひとりっ子であり、行く末を心配していたからこそだ。

母は三十六歳で深津紀を出産したからもう六十歳になる。深津紀が結婚しなければ、同年代の子よりも早く娘が孤独になるのではないかと母は案じていた。確かに、小学生の頃までは同級生の親と比べて両親のことを年上に感じていた。けれど今時、三十代での出産はあたりまえだし、ひとりっ子も多いし、子供を持たないという選択をする人もいれば、もとから結婚しない人も多いのに。とはいえ深津紀自身も結婚したいと意気込んでいたから人のことは言えない。

そして、その碓井家の孤独ぶりはこの顔合わせの食事会にも表れている。出席者は、碓井家は両親のみ、城藤家からは両親と隆州の兄夫婦、そして甥と姪に当たる四歳と二歳の子が参加している。

本来は両家にそれぞれ挨拶をしにいくのが筋だけれど、隆州がかわりに食事会を提案した。深津紀と隆州の家族、そして互いの家族同士は初対面だ。隆州は昨日、深津紀が隆州のマンションに荷物の引っ越しをしたときに両親との挨拶をすませている。

城藤家にとっても結婚は唐突で、貸し切りスペースのなか和気あいあいとは言い難い。

深津紀はといえば、食事もあまり喉を通らない。幼い子供たちの無邪気さに気が紛《まぎ》れ、助けられている。一方で、隆州はマイペースだ。隆州に契約と称された結婚だ。だからここまで冷静でいられるのだろう、言いだした深津紀のほうがあたふたしてばかりだ。

「その拗《す》ねた顔はいったいなんだ」

食事がすんで、デザートが来るのを待っているなか、突然、剥《む》きだしの耳もとに吐息がかかって、背中を中心にしてぞくっとした感覚が走る。深津紀は首をすくめ、危うくあげそうになった悲鳴をどうにか堪《こら》えた。恥をかかなくてすんだことにほっとしながら隣を振り向くと、隆州の顔が間近にあった。ドキッと鼓動が高鳴り、深津紀は息を呑んだ。

「……拗《す》ねてません。緊張してるだけです」

動揺から立ち直るまでに二拍くらい要しただろうか、鼓動はまだ乱れていて、それを引き起こした原因から遠ざかるように深津紀はわずかに顔を引き、声を潜《ひそ》めてほかの会話に紛《まぎ》れさせた。

「接客は仕事で慣れてるだろう」

隆州もまた声を忍ばせて呆《あき》れたように言う。

「それとこれとは違います」

「せめて笑え。おまえの両親から、おれの能弁ぶりをいかにも信用できないって目で見られてる」

そんなことがあるはずないのに、隆州の言い方は至って真面目だ。それがおかしくて深津紀の口もとが綻《ほころ》ぶ。隆州も釣られたようににやりとした。

「ふたりでこそこそ何を話してるのかしら」

そんな言葉が割りこんで、隆州は深津紀に近づけていた顔をゆっくりと上げていき、自分の母親に目をやった。

「これまで周囲に隠してきたんだ、こそこそするのが癖になってるのかもな」

「そうよね。わたしたちにも内緒にしてるなんて。いきなり『結婚する』だもの」

深津紀の母も会話に交ざり、隆州の言葉に同感しているというよりは、自分を納得させるように何度もうなずいている。

「男の人と付き合うのははじめてだから、言うタイミングを逃《のが》してただけ」

深津紀が弁明すると、まさか、と隆州の母親が不穏な気配を漂わせ、いったん言葉を区切った。そうして――

「子供ができたんじゃないでしょうね。だから急いで……」

「母さん」

隆州は薄く笑い、首を横に振りながら母親を制した。

深津紀の両親はぎょっとした目で深津紀と隆州をかわるがわる見やっている。

「どうなの？　体面があるでしょう」

隆州の母親はさすがに隆州の遺伝子の素《もと》だけあって、きれいな人だ。それゆえに、顔をしかめるとその威力が増す。

「あ、いえ、わたしたちは……」

「彼女はやっと実績を積みだして仕事に慣れつつある。無責任なことをして台無しにする気はない」

隆州は深津紀をさえぎって諭すようでいながら、きっぱりと伝えた。

「そう？　それならいいけど」

「母さん、隆州も三十になる。子供は早いほうがいいだろう、せっかく結婚するんなら。母さんも言ってたじゃないか、隆州に早く結婚してほしいって」

隆州の兄が口を出した。隆州をもっと彫り深くした顔からうんざりした様子が覗けなくもない。

「それはそうだけど……」

「まあ、いいじゃないか」

と、隆州の父親は、完全に納得したわけではない妻をなだめ、深津紀に目を向けて続けた。

「やっと隆州が結婚したいと思う女性に巡り合ったんだ。歓迎するよ、深津紀さん。隆州をよろしく頼む」

「はい、わたしのほうこそよろしくお願いします」

深津紀に次いで、あらためて自分の両親が娘をよろしくと頼んでいるのを眺めながら、深津紀はここでもしっくりこない。なんだろう。隆州の母親からは何かしらの不満が見えるし、父親のほうにも『まあいい』という曖昧《あいまい》さがある。

デザートが運ばれてきて、はしゃぐ子供たちを眺めながらうわの空で笑みを浮かべ、そして深津紀は隣を向いた。そうしたのは同時だったのか、ふたりの目が合い、するとテーブルの下で隆州は手を伸ばして、腿《もも》に置いていた深津紀の手の甲に手のひらを重ねた。

大きな手の中で手をひっくり返すと指を絡めてぎゅっと包まれる。握り返すと、上司と部下の関係を飛び越えて個々として近づけた気がして——きっとうまくいく、深津紀はそんな予感めいた心強さを隆州からもらった。


食事後に、父親たちに証人として婚姻届に署名してもらい、どうにか間に合った結婚指輪を家族の前で交換した。ちょっとした儀式の恥ずかしさもありつつ、深津紀はこれまでになく伸びやかな気持ちでうれしくなった。

レストランを出ると、その足で婚姻届を提出して、隆州のマンションに向かった。今日からは深津紀の住《す》み処《か》でもある。

新築で購入してまだ二年目だという住まいは、リビングが広くて2ＬＤＫの間取りでも狭くは感じない。個室のひとつは収納用だというが使われることなく、深津紀の家から運んだ段ボール箱が余裕でおさまっている。もうひとつ、寝室として使われている部屋は二分できるくらいに広い。

セキュリティも行き届いたエントランスからエレベーターに乗って七階で降り、ふたりは角部屋にたどり着く。隆州に促《うなが》されて先になかに入り、靴を脱いで上がった刹那、深津紀はスリッパを履こうとしてとどまった。

「城藤リーダー、これ……」

「呼び方が違う」

途中で隆州はさえぎった。

深津紀が言おうとしたこととはまったく違っていて、なんのことかと考えを巡らせたのは一瞬。

「……癖です。じゃあ隆州さん……これ、ついてなかったですよね」

深津紀はかがんで、スリッパを手に取りながら振り向いた。

まったくなんだ、『じゃあ』って――とぶつぶつ言いながら隆州は顔をしかめた。

「おまえは詰めが甘い。六月の結婚だから、せっかくなら西洋のジンクスにのっかろうってサムシングフォーにこだわったのは深津紀だろう。完璧にするには六ペンスのコインを花嫁の靴の中に入れるってあった。中に入れて外出するのはどうかと思ったから――」

隆州は深津紀の手もとを指差した。ヒール三センチのスリッパは、甲の部分にサテンのリボンがついていて、左足のほうに六ペンスコインのチャームが留められていた。

「だからスリッパに？」

「そういうことだ」

深津紀はびっくりして大きく目を見開き、次いでめいっぱいくちびるに弧を描いた。ジンクスのことを思いついたのは先週の日曜日に打ち合わせをしたあと、結婚が現実だと実感してからだ。その夜に隆州にメッセージを送って、それから一週間のうちにこんなサプライズが待っているとは思ってもいなかった。

隆州は深津紀の笑顔を見て目を細め、それから何かを振り払うように首をひねった。

「しろふ……隆州さんてすごいですね」

「おまえがリサーチ力なさすぎだ。まだまだだな」

その『まだまだ』という言葉で深津紀は隆州に訊《たず》ねたかったことを思いだした。

「隆州さん、訊《き》きたいんですけど……」

「早く奥に行け。玄関で話しこむ気か」

隆州に急《せ》き立てられつつも深津紀はスリッパに丁寧に足を忍ばせる。これが結婚生活のまさに第一歩だと、感慨深く履き心地を確かめながら奥に向かった。

「コーヒー、淹《い》れてもいい？」

「そういうことで、いちいちおれの許可を取るつもりか。干渉されるのは好きじゃないけど、干渉するのもごめんだ」

新婚らしからぬ突き放《はな》した言葉は、つい今《いま》し方《がた》の幸せな気持ちに水をさす。バッグをリビングのソファに置いて、深津紀はちょっと拗《す》ねた気分ですぐ後ろから来た隆州を見やった。

文句があるなら言ってみろ。そう言いたげに隆州は顎《あご》をくいっと上げる。きっとそうすることでこの結婚を勘違いさせないよう、一線を明確にしているのだ。

そのくせ、隆州は深津紀の縁起担ぎにきちんと付き合ってくれた。

サムシングオールドは母からネックレスをもらって、サムシングニューは隆州がパールのチャームをつけてこのマンションのキーをくれた。サムシングボローは隆州の同期の平尾から万年筆を借りて婚姻届に署名をしたし、その婚姻届は青色のオリジナルのものにしたことで、四つめのサムシングブルーも成立した。

それらこそ面倒な儀式にすぎず、隆州はくだらないと言いそうなのに、大事に扱《あつか》ってくれる。

さっきのようにサプライズで深津紀を喜ばせるのは、言うのが面倒なだけだったのか。それとも隆州が生まれ持った、無意識のなせる気配りスキルなのか。〝営業の達人〟と陰《かげ》で異名がつけられるのもうなずける。

ただし、深津紀が顧客でない以上、口にする言葉や口調には、飾り気も愛想もない。

「干渉って……しろ……隆州さんのテリトリーをどこまで侵していいのかつかめてないだけです」

深津紀が言い返すと、隆州は何か発見したような様子で目を凝らして、それからにやりとした。

「隙のないフォローだ」

そう言いつつ、深津紀の隙をついて隆州は身をかがめたかと思うと、深津紀の頬をくるみ、わずかに尖《とが》らせたくちびるに喰《く》いついてきた。驚いたあまり、深津紀のくちびるが開く。小さな悲鳴は隆州が呑みこみ、引きかけた顔はしっかりと手のひらで固定された。そして、チャンスを逃《のが》さず、隆州は開いた口から舌を忍ばせた。

隆州の舌が頬の内側を撫で、奥に伸ばしたかと思うと、深津紀の舌をすくうようにして絡めてくる。甘く感じてしまうのはキスがもたらす作用なのか、うまく呼吸ができず口の中には蜜が溢れて、クチュックチュッと粘着音が絶え間ない。

息苦しいのはキスに不慣れなせいだ。キスはまだ生涯二度目なのに、同化しそうに濃密で、深津紀はキスを受けとめるだけで精いっぱいだ。すぐに酔いがまわるお酒を飲まされているかのようにのぼせていく。

「んんっ」

呼吸するのにも限界が来て、深津紀は大きく喘《あえ》いだ。すかさず隆州は深津紀の舌を甘噛みして吸いつく。同時に口の中に溜まった蜜を呑みこみ、あとを追うように深津紀もまた残った蜜を呑みくだす。そのしぐさによって舌を巻きこまれた隆州は、唸《うな》るように声を発しながら顔を上げた。

深津紀は、いつの間にか閉じていた目をゆっくりと開けていく。視界はほのかにぼやけていて瞬《またた》きをした。かすかに開いた深津紀のくちびるに指先が添う。

「言うことなしだ」

荒っぽい吐息と一緒に低い声がつぶやき、その瞳は陰《かげ》りを帯びてくすんでいる。

「……言うことなし……って？」

「誘惑も、反応も」

「誘惑なんてしてない」

反応していたのはそのとおりで、隆州にとって不足がなかったのなら、この結婚に肝心なことも心配はないはず。キスにのめりこんだのは不意を突かれたせいだ。そうやって別の理由を考えて気を逸《そ》らそうとするほどに、深津紀はいま家のなかで隆州とふたりきりであることに緊張している。

「してない？　なるほど。無意識にやってるのなら、子作りするにはおれたちは相性がかしくなった。

いいんだろうな」

露骨に結婚の目的を口にされると、自分が言いだしたこととはいえ、深津紀は気恥ず

「……そう、なんですか」

「キスはよかった？　それとも嫌だった？」

「そんなことない」

隆州は、いったいどっちだ、と笑い――

「コーヒーはおれのぶんも淹《い》れてくれ。ベッドに入るには明るすぎる」

まだ昼の三時だ、とカーテンのない窓の外をちらりと見やった。

深津紀の頬がかっと火照《ほて》りだして、ごまかすように口を開いた。

「夜は何がいいですか？　食料品の買いだししないと……」

「デリバリーを頼んだ。ビーフシチューの美味《おい》しい店がある。コースで来るから何もしなくていい。いくらなんでも結婚した日に料理させるのも料理するのも味気ない」

隆州の気配りは、隆州の言葉を借りれば、言うことなし、だ。

「ありがとうございます」

隆州はなんでもないことのように肩をすくめた。そして問いかけてくる。

「煙草を吸っていいか」

「いちいちわたしに許可取ります？」

冗談混じりにやり返してやれば、隆州は声を出して笑った。

低くこもった笑い声は、録音しておきたいくらい耳を幸せにする。うきうきしてくるこの感じは、深津紀に申し分のない未来を予感させた。これからいくらだって隆州のこの笑い声が聞けるのだ。

隆州の言葉に甘えていちいち訊《たず》ねるのをやめ、深津紀はコーヒーを淹《い》れる間に対面式のキッチンを勝手にプチ探検してみた。基本的な調理器具だったり鍋だったり、調味料などのストックもあった。食材も少し備蓄されていて、ちゃんと生活感が見える。

「隆州さん、お料理するんですか」

深津紀はリビングに行き、ソファの前のテーブルにコーヒーを置いた。ジャケットを脱いだ隆州は、ソファに座ってすっかりリラックスした様子で煙草を吹かしている。深津紀は向かい側にまわってラグの上に腰をおろした。

喫煙場所は少ないいし、健康にも良くないし、臭いがつくのもいただけないし――と煙草を吸うメリットはゼロに等しいけれど、隆州に限っては深津紀にメリットがある。火をともしたり煙草をつまんだり目を細めて紫煙《しえん》を吐いたり、それらはしなやかに歩く豹《ひょう》を眺めているような、うっとりした気分になる。言葉を換えるなら、色気だろうか。

「外食ばかりだと飽きる」

「何が得意ですか？」

「好きでやってるわけじゃないから得意ってのはない。食えるように作ってるだけだ。おまえは？」

「カレー。あ、ルーから作ったり長く煮込んだりなんていう面倒なことはしません。市販のルーのブランドにこだわってるだけ」

隆州は不意を食らった顔で「は？」と返し、それからおかしそうに首をひねった。

「それ、得意って言うのか」

「つまり、期待しないでって言いたかったんです。わたしは親と同居してたし、だいたい料理はお母さんが作り置きしてくれてたから、するとしてもチャーハンとか唐揚げ、料理の素を使ったものとか、簡単なものだけ」

「充分だろう。おれも似たようなものだ。それに、べつに深津紀を家政婦がわりにしようと思って、結婚したつもりはない」

その言葉でまた訊《き》きたかったことを思いだした。

「隆州さん、訊《き》いていい？」

「訊《き》くのは深津紀の自由だ。答えるのはおれの自由」

あたりまえのことだけれど、隆州が言うと狡猾《こうかつ》に聞こえる。踏みこんでくるなという警告だったり、深津紀が質問を躊躇《ちゅうちょ》するように仕向けていたりする可能性が無きにしも非《あら》ず。ただし、それで怯《ひる》むほど深津紀はおとなしくはない。

「訊《き》くっていうより確かめたいんですけど……。今日、子供のこと訊《き》かれたときに、わたしがちゃんと仕事ができるまで待つみたいなこと言ってましたよね？」

「あの場ではああ言わないとおさまらないだろう。早く持ちたいっていうおまえの考えは理解している。ただ、親の世代の感覚だと、妊娠したら仕事はやめるものだからな」

「……やっぱりやめなくちゃならない？」

「それを理由にやめさせられる時代じゃないし、おれがフォローする。そこはおれの出番だ」

聞きたかった言葉が聞けて、深津紀の顔から不安が消えて一気に綻《ほころ》ぶ。

「結婚するなら隆州さんだって思ったのは、それを期待してたから」

ずうずうしくもあり打算的でもある深津紀の言葉に、隆州は呆《あき》れ返った笑みを漏らす。

「おれが断ったらどうする気だったんだ。別のターゲットを探したのか」

すぐ答えるには良心的に難しい質問だ。若いうちに子供が欲しいという願望はずっとあって、けれど実際は、隆州のほかに候補がいたわけではなく、むしろ隆州しか考えていなかった。

大学生のうちに探すには為人《ひととなり》を見極める力もないし、そんな場でもないと思っていた。就職してしまうと仕事のことで手いっぱいでそんな余裕はなかった。隆州のことは丸山にも言ったとおりで、窮屈な私生活なんてたまらないと思っていた。それを弓月工業の一件が覆《くつがえ》したのだ。

深津紀が答えないうちに隆州は何かしら自分で見当をつけたのだろう、からかうように笑む。

「まあ、こうなったからには無意味な質問だ。けど深津紀、この結婚が大きな賭けだってわかってるんだろうな」

「わかってるつもりだけど……」

「そうなのか？　子供に関しては、人工的な手段は別にして、おまえの計画どおりに事が進むかどうかってのは運任せだ。不妊症かどうかって検査はしてない、少なくともおれは」

「……わたしもしてないけど……」

「やっぱり甘い。不妊症じゃなくても、男と女の相性も関係するって聞くけどな？」

ぐうの音も出ない。散々、隆州から詰めが甘いと言われてきて、いまもまた深津紀がまったく言い返せないところをついてくる。

「……期限……決めますか……」

「期限？」

「はい。子供ができなかったら……」

「いまは先のことなんてどうだっていい」

深津紀の言葉をさえぎり、隆州は乱暴に灰皿に煙草を押しつけて立ちあがった。テーブル越しに深津紀の左腕を取ったかと思うと、テーブルをまわりながら腕を引きあげた。そうして、いきなり体をすくう。なぜだかひどく不機嫌だ。

「きゃ……っ、隆州さんっ」

「明るかろうとどうだっていい」

何が隆州を焚きつけたのか。隆州は深津紀を抱きあげて歩きだした。手が自由にならないのにもかかわらず、深津紀を抱えたまま器用にドアを開けて寝室に入っていく。

落ちないよう思わずつかまった隆州の肩は、分厚くて硬い。漠然とはわかっていたけれど、深津紀を大したことのないように抱えるなど、腕力の違いは歴然としている。ただ、そんな男女の格差など、この状況下、どうでもいい。それなのに考えてしまうのは、いま起きていることを、あるいはこれから起きるだろうことを確実に予測できているうえで、直視できないせいだ。

隆州が立ち止まった直後、深津紀は背中からベッドへと弾むようにおろされた。隆州は深津紀の下になったふとんを剥《は》がしにかかる。そうしながら、突発的な状況に対処できずに息を呑んだ深津紀をごろりと裏返しにした。

「城藤リーダーっ」

深津紀はもがくようにしながら手をついて体を起こしかけたが、ベッドがまた弾み、バランスが取れず起きあがれないうちに隆州が深津紀のお尻を跨《また》いだ。

「逆らうな。じっとしていればいい」

覆い被さるように耳もとに顔を寄せて、隆州は囁《ささや》いた。脅迫じみているのに熱っぽくて甘い。

緩く編みこんでいた髪に隆州の手が触れ、留めていたバレッタを外す。そして、ワンピースのファスナーが引き下げられていく。その音は、自分の鼓動のせいで鮮明には聞きとれない。ファスナーがおりてしまうと、下に着ていたキャミソールの裾《すそ》から大きな手が入りこんだ。

素肌に手が触れ、腰から肩へと手のひらが這《は》いのぼってくる感触は嫌いじゃない。否、心地が良すぎる。ただ、いざとなると尻込みしそうなくらい困惑してしまう。

「城藤リーダーっ、あのっ、シャワーとか……」

「おれは潔癖症じゃない。一週間も風呂に入ってないわけじゃないだろう。セックスは人工的な香りに邪魔されるより、生物の本能に還るほうがいい」

それは一般論か、それとも好みか、隆州は深津紀のためらいをあっさりと一蹴した。

パチンとブラジャーの留め具が外される。こんなふうに抜かりのないしぐさといい、ためらいのなさといい、いまの言い分といい、隆州は深津紀とは正反対にこんな場面に慣れている。

「あの、どきどきしてるんですけど……」

「背中からでも、触れていればわかる。なぐさめを言えば、セックスは動物の本能だ。自然体のままで充分だ。緊張することも感じることも、そのままでいい。何もおかしなことはないし、恥ずかしがることともない。ただ……」

いつもの色気も何もない口調に近いのは、不慣れな深津紀が落ち着くよう配慮してくれているのだろうか。隆州は途中で言葉を切ると、ワンピースの袖から左右の腕をそれぞれ抜いた。

「城藤リーダー……」

「さっきから呼び方が違う。それはそれで背徳感あっていいけどな」

前言撤回、深津紀には手に負えないセリフだ。どうにか流されるままにはなるまいと言葉を探す。

「……隆州さん、さっきの続きは？　〝ただ〟何？」

「ああ。ただし、セックスには際限がない。一度に押しつける気はないし、ひとつずつ開いていけば、楽しみも持続する。深津紀は飽きられないようにがんばるって言ったし、おれはかなり期待している」

なんでもやらせてくれるんだろう、と隆州は耳もとで含み笑い、その吐息の感触に深津紀は背中から体をふるわせた。それがおさまらないうちに、腰のくびれに手が添い、するりと腹部とベッドの間に潜りこんできた。そうして手は胸のほうへと這《は》いのぼってくる。

「あっ」

胸の麓《ふもと》に差しかかって、深津紀は小さく悲鳴をあげた。ブラジャーを引きあげていきながら、ふくらみはすくい上げられ、そうしてトップが弾《はじ》かれる。

「んん……っ」

そこは予想外に敏感だった。入浴をすれば自分で体を洗うが、そのとき特別な感覚はない。それを自分以外が触れるとこうも繊細に反応してしまうのか。

「隆州さんっ」

悲鳴じみた呼びかけは一種の怖さゆえに生じたものだ。セックスの知識はあってもその感覚は未知数で、これからさきどんな感覚に襲われるのか深津紀は想像もつかない。

「ああ。おれに面倒をかけたくないんだろう？　なら、今日はされるがまま素直な反応を見せろ」

隆州の手は胸から離れ、腋《わき》から腕へと滑って深津紀に万歳の恰好をさせた。『今日は』とその言葉は強調されたように感じたけれど、それを気にしているどころではなくなる。

キャミソールとブラジャーを頭のほうから、逆にワンピースは腰へとずらされて、ストッキングとショーツが一緒に脱がされていく。

抵抗はせずとも、うつ伏せのまま全裸にされたとたん、深津紀は口を開かずにはいられなかった。

「隆州さん、わたし、自分の背中もお尻もちゃんと見たことないんです」

隆州の吐息が短く繰り返される。おそらく笑ったのだろう。深津紀は自分でも滑稽《こっけい》な言い分だと思った。吐く息さえも色っぽい隆州とは逆に、色気も何もない。ただ、恥ずかしい。

「普通に見られないだろう。おれも自分の背中がどうなのか知らない」

隆州は言いながら身動きをしていて、ベッドが揺れる。衣擦れの音、そして金具のぶつかる音がして、隆州が何をしているのか、目の隅にすら捉《とら》えられなくても想像がついた。

背中の上にかがんでくる気配を感じたかと思うと、右側を向いた深津紀の耳もとに呼吸が迫る。隆州は頬にかかった髪を後ろへと払い、首筋に口づけた。

「んっ」

ぞくっと背中からふるえが走り、それを増長するように指先が脊柱をたどって腰へと伝う。お尻にのぼりかけたところで指先はふと脇に逸《そ》れた。

隆州は、ここ、と指を止めた。双丘の境目《さかいめ》よりも若干、右寄りのお尻の部分だ。

「ホクロがひとつある」

「おっきい？」

「いや、肌がきれいなぶん目立つだけで……最大のポイントだな」

「ポイントって……あっ」

指先が離れた直後、そこは熱く濡れた。隆州が口づけたのだ。口を開いてくちびるでやんわりと咬《か》み、そうして吸いついた。そこを出発点にして背中のあちこちにキス音が散らばり、肩までのぼってきた。丁寧にやさしく扱《あつか》われているのがわかる。

その間に、深津紀の羞恥心がいくらか薄れた。肌がきれいだと、その隆州の言葉がうれしくて、安堵と自信をもたらしている。

「深津紀、肘《ひじ》をついて」

性的に、というよりは、ただ心地よい口づけがちりばめられるさなか、隆州が要求した。何も考えることなく言われたとおりにベッドに肘《ひじ》をつくと、隆州は深津紀の膝の裏をつかみ、左右に押し広げた。俄《にわか》に焦った深津紀が脚を閉じる間もなく、隆州がその間に割りこむ。それから深津紀の体の脇に同じように肘《ひじ》をついて、背中から覆い被さった。

隆州の体重はきっと半分もかかっていない。深津紀は隆州の体にすっぽりとくるまれる安心感と、肌と肌が触れ合う心地よさを知る。

肩の先に口づけて、小さいな、と隆州は独り言のようにつぶやき、そうして――

「態度はでかいくせに」

と、よけいなひと言が付け加えられた。

「でかくなんてありません」

「おれにプロポーズしてくるって怖い物知らずだろう。恋愛関係にあるならともかく、ずうずうしいこと極まりない。セックスまで主導権を取らせるつもりはないからな」

「そのまえに、主導権を取れるほど……ん、あっ」

深津紀が言い終えるのを待たず、腋《わき》のすき間から隆州の手が入りこみ、左右それぞれの胸をくるんだ。指先で麓《ふもと》をぐるりとたどったあと、ぎゅっと絞るようにつかまれる。

「うまく隠してたな」

耳もとでつぶやかれ、深津紀は上体をぶるっとさせた。なんのことかわからないでいると――

「細いと思っていたけど、おれの手に充分だ」

よすぎる、とおそらくは褒め言葉だろう言葉を忘れず、隆州はふくらみを自在にこね始めた。背中には熱くねっとりと舌が這《は》う。

感触を楽しむように揺らされ、深津紀の胸もとには熱がこもっていく。喘《あえ》ぐような呼吸も熱く湿っていき、そうして胸のトップが親指の腹で弾《はじ》かれた刹那、深津紀の口から短く悲鳴に似た嬌声が漏れた。

隆州は胸先を抓《つま》み、扱《しご》くように動かす。そこにはやはり敏感な神経が集まっているのだろう。隆州は何度も抓《つま》んでは放《はな》つことを繰り返し、深津紀はびくびくとした反応が止められない。声も合わせて飛びだしてしまう。肌を重ね合わせたときのような単なる心地よさとは違う。ほかの感覚が無効になって、それだけに制覇される、そんな快感だった。

「あっ、あっ、あっ、あっ……」

胸先にともった快感は、なぜかおなかの奥に伝わり、熱く疼《うず》かせる。無自覚に腰をよじったとき、お尻に硬いものが触れていると気づいた。経験はなくてもそれが何かわからないほど無知ではない。それはお尻をつつくように触れてきて、その感触も危うい妙な心地を生む。

感じているのは深津紀だけではない。背中にかかる吐息にわずかに唸《うな》るような声が混じり始めた。

「隆州、さ、ん……」

「ああ。はじめてはきついだろうし、一度は果てを知ってたほうがいいんだろうな。深津紀が感じるぶんだけ、おれも感じる。だから恥ずかしさは必要ない。感じるままに感じろ」

隆州の手は胸から離れ、かわりにおなかの下に潜ると、さらに下腹部に滑りこんでいく。指先が体の中心に忍びこんだと同時に、深津紀は大きく首をのけ反らせ、宙に悲鳴を放《はな》った。

「ああああっ」

そこは胸先よりももっと敏感で、指がかすめただけなのに体がびくんと跳《は》ねてしまう。間を置かず、花片の先端を指先に捕らえられ、痺《しび》れるような快楽が深津紀を襲った。

隆州の指先はすっと奥に進み、体内の入り口をまさぐった。撫でるようにうごめいてまもなく、指先はぬるりと縦方向に滑りだした。クチュッと小さな水音が聞きとれる。深津紀の体内から発生しているのだろう。指先はもとの場所に引き返し、繊細な場所をつつき始めた。

「あ、あ、ぁふっ」

さっきとは感触が違って、ぬめった指先は絶妙な強度でそこを摩撫《まぶ》する。指はゆっくりとその場所に集中して纏《まと》わりついているだけなのに、感度はどんどん上昇している。深津紀の口から飛びだす悲鳴が絶えない。その都度、ぴくっぴくっとお尻が浮く。けれど、隆州の体に伸《の》しかかられていて反応は抑制され、そのぶんだけ快楽が内に溜まっていくような気がした。指はますます滑りやすくなって、体の中心が濡れそぼつ、そんな感触がひどくなっていた。

「深津紀は感じやすいんだな。おれの手にこぼれてくる」

ぐちゃぐちゃだ、と悦《えつ》に入《い》った声が深津紀の感覚を裏づけ、羞恥心を煽《あお》った。

「あっ、ち、がうっ……」

そう答えてしまったのは恥じらいからくる本能にすぎない。感じっぱなしなのは自分でもわかっている。それが隆州に伝わってしまうから恥ずかしいだけで。

「違う？　腰を揺らしてるくせに？」

いやらしく、挑むような問いかけの直後、隆州は秘芽を捲るようにして揺すった。

「あっあああっ……あっ、待ってっ……感覚……んっ、おかしくて……こぼれそ……なのっ、ああっ」

隆州の言うとおり、ひどく濡れている。きっと快楽は限界を超えそうになっている。こぼしてしまうのを自分で止められないことに、深津紀は不安を感じていた。

「それが果てだ。深津紀がイったら、次はおれの番だ。セーブするなよ」

隆州は秘芽をこねまわし、深津紀の耳朶《じだ》を甘噛みする。たったそれだけの熱のこもった吐息が快楽を生むとは思わなかった。痙攣《けいれん》するようにお尻がふるえだした。

深津紀の胸の下に潜った隆州の左腕は、右の胸までまわりこみ、胸のトップを抓《つま》む。

「あ、あああっ」

胸も体の中心もぐるりと指先で弄られ、快感が二重になって深津紀の感覚を責め立てる。体の反応も激しくなって、けれど、隆州の体と腕にがんじがらめにされて快楽から逃れる術がない。

「あっ、だ――めっ」

ずっと向こうの果てへと引きずられていく。そんな感覚に陥《おちい》り、深津紀は引き返せなかった。重しになった隆州を揺らすほど、腰がびくんと激しく跳《は》ねる。

「あああああ――――っ」

救いを求めるように嬌声は長引いて、途切れたあと体が小刻みにふるえだした。痙攣《けいれん》に似たその快楽の名残《なごり》が消えないうちに体から重しが取れ、深津紀は仰向《あおむ》けにひっくり返された。

頬が手のひらに挟まれ、喘《あえ》ぐ深津紀の口もとを隆州がふさぐ。思うように呼吸ができず、快楽に思考は麻痺したまま深津紀をますますのぼせさせる。手が頬から滑り落ちると、胸をそれぞれにくるんで撫でまわし、さらに下へとおろしていくと隆州は深津紀の腿《もも》をつかんで脚を広げた。右側の脚が膝の裏から支えられて持ちあがる。体の中心に充てがわれたものは、芯がありながら柔らかく、そして太いと感じさせる。それがぐっとのめり込んできた。

快楽の果てにイった体はまだ敏感で、深津紀の中心はせん動し、喘《あえ》いだ声はくちびるごとふさがれて隆州の口の中に消えていく。隆州は口づけたまま、深津紀の中心にそれを押しつけた。さらに入り口が広げられ、隆州はゆっくりと抉《こ》じ開けていった。快楽に脱力した体はきつさを感じながら隆州を受け入れていく。それがある地点に来たとき痛みが目覚めた。

「あ――っ」

と、深津紀が無自覚に叫んだ声は隆州が呑みこんだ。深津紀の舌に舌を絡めて吸いつく。こわばった体が緩み、そうして隆州は重量感を伴《ともな》って奥へと貫いた。

「う、ふぅ――っんんんん――っ」

隆州の口の中に悲鳴をひとしきり放《はな》ち、深津紀は息を詰めた。最大の痛みは長くは続かず、ぴりぴりとした痛みも少しずつ引いていく。それは快楽の余韻がまだ体を火照《ほて》らせているせいかもしれない。ピークを越えたことに安心してまもなく深く息をついた。それもまた隆州が呑みこむ。そうして、隆州はくちびるを浮かし、口の端に一度キスを落としてから顔を上げた。

「深津紀」

目尻に隆州の指が沿って拭《ぬぐ》うようなしぐさをする。ゆっくりと目を開けると、真上に隆州の顔が見えた。

「どうだ？」

「いっぱいな感じ」

「光栄だ」

隆州はにやりと口を歪めて笑い、痛みは？　と訊《たず》ねた。

「すっきり痛くないとは言えないけど、もうひどくない。隆州さんはどう？」

「狭くてきつい。けど、深津紀の中は作りたてのカラメルソースみたいに熱くてドロドロして、おれに絡みつく。気持ちがよすぎてる」

隆州は仕事をしているときからは考えられない、濫《みだ》りがましい言い方をする。恥ずかしさが甦《よみがえ》って、抗議するように隆州の腕を叩いてみるが、思いのほか脱力していてなんの効果もなく弱々しい。逆にその右手を隆州にさらわれ、指と指が絡み、左も同じようにすると、深津紀の肩の横でベッドに縫いつけられた。

「なんだか……城藤リーダーとこうなってるって信じられない」

素直な気持ちだけれど、隆州は何か気にかかったようにかすかに顔をしかめた。

「それだけ、こうなるには省略したことが多すぎるってことだ。まるで行きずりみたいに。けど、そういう扱《あつか》いをされるのはごめんだ。深津紀はおれを利用するんだ、覚悟しろ。代償はとことん都合のいい妻になってもらうことだ」

不機嫌さと脅迫を込め、それから隆州は身をかがめて、おれの番だ、と深津紀の口もとで囁《ささや》くように誘惑を吐いた。

隆州はわずかに腰を引く。すると、痛くはなくとも引きつるようなきつさが生じる。

「んっ」

ちょっとした怖さに深津紀が身構えると――

「ゆっくりやる」

すぐさま隆州がなだめるように言った。

奥のほうで浅く緩い律動が始まった。おれの番だと言いつつ、隆州は深津紀のペースを優先している。最初こそかまえていたけれど、それは隆州の形を確かめることになり、すると、いつしか痛みを超えて別の感覚が芽生えていた。体内が摩擦熱に蕩《とろ》け、そこから溶けだしてしまいそうだ。

ゆっくりと同じリズムだからこそ、感覚は研ぎ澄《す》まされていくのかもしれない。

「くっ……」

隆州が堪りかねたように呻《うめ》き声を漏らすのと、深津紀が消え入りそうな陶酔を覚えたのは同じタイミングだった。

ピチャッピチャッと水たまりの上を歩んでいるような音がしだした。深津紀の体の奥で蜜は次から次へと生成されている。隆州が奥に来るたびに脳内が痺《しび》れるような感覚に侵され、脱力しながらもその接点だけが隆州を確かめるようにうごめく。自《みずか》らで生みだしたその快楽に自《おの》ずと腰がよじれ、片方で隆州は堪《こら》えきれないといったように唸《うな》った。

「深津紀、イクぞ」

「う、んっ」

隆州の動きがわずかに速まり、伴《ともな》ってその口から漏れだす唸《うな》るような声は切羽詰《せっぱつ》まって聞こえた。深津紀は閉じていた目を開け、隆州を見上げると待っていたように視線が合う。

絡めた指が手の甲に喰《く》いこみ、それは一体感を示すようで、深津紀は満ち足りたような気になる。そうして、隆州の顔が苦痛に耐えているかのようにわずかに歪んだ直後、腰をぶるっとふるわせながら深津紀の奥を突いた。

歯を喰《く》い縛った口のすき間から呻《うめ》き声が漏れ、その瞬間の隆州は堕天使の誘惑のように濃艶な様で悩殺的だった。伴《ともな》って体内は熱に塗《まみ》れていき、深津紀はくすぐったいような感触に喘《あえ》いだ。

隆州は手をほどくことなくベッドに肘《ひじ》をつき、深津紀の肩に顔を伏せる。荒っぽい息が耳もとで繰り返され、肩は隆州の呼吸で熱く濡れる。やがて絡めた指が緩むと、隆州は吐ききるように長く息づいた。

「少しは慣れた？」

痛みを通り越して快楽を得ていたことは、慣れたことになるのか――

「感じるのには慣れてない」

含み笑いに耳もとがくすぐられて、深津紀は身を縮めるようなしぐさをする。すると、体内も縮こまったのか、隆州の形が感じとれて、その鮮明な刺激にぴくりとお尻が跳《は》ねた。連動して、隆州も体内でぴくりとさせ、呻《うめ》くような吐息を放《はな》った。

「深津紀の中は病みつきになりそうだ」

「ほんと？　結婚のメリットになる？」

「ああ」

「よかった」

ふっと吐息をこぼし、隆州はゆっくりと深津紀の中から抜けだす。摩擦からくる刺激に喘《あえ》ぎながら、深津紀はさみしいような気持ちになった。隆州の体温が離れて体が寒いと感じているせいかもしれない――と思いかけたとき、真上から隆州の顔がおりてきて深津紀のくちびるを襲った。

いきなりのキスは飢えた豹《ひょう》さながらに喰《く》いつくようで、口の中で隆州の舌が暴れまわる。いくら貪《むさぼ》っても満ち足りない。そんなふうにあまりに激しい反面、欲するあまり訴《うった》えるようで、そして乞うように熱っぽくもあり、のぼせるくらいに気持ちいい。

「深津紀の番だ」

隆州は顔を浮かし、くちびるが触れそうな距離で荒い息をつきながら熱く囁《ささや》く。目を開けてみるものの焦点が合わないのは潤んでいるせいか、間近すぎるせいか。深津紀は喘《あえ》ぎながら口を開いた。

「さっき……」

「一度でおれの気がすむと思う？」

脅迫じみた言葉は、甘いオブラートでくるんだような声音で放《はな》たれた。

再びくちびるが襲われ、今度はキスだけではすまなくて、片方の胸先が抓《つま》まれる。隆州の口内に嬌声を放《はな》ちながら、びくんと胸をせりあげた。まったなしで、もう一方の手は体の中心を襲う。深津紀の悲鳴じみた声を隆州は呑みこみ、最初の緩やかさとはまったく違って、深津紀の快楽点をしつこく攻め立てた。果てを経験した体は簡単に快楽に溺れてしまう。

また果てに行ったのに、隆州は、まだだ、とつぶやいてやめる気配はなく、やがて深津紀は本当にのぼせてしまった。二度目、隆州を体内の最奥で受けとめた瞬間が、深津紀にとっては限界だった。痙攣《けいれん》するように体をふるわせ、力が尽きた。

——二度でも気がすまない。けど、結婚は一度きりだ。放《はな》さない。

心の奥底で重厚にリフレインする声が心地いい。

それは夢だったのか。

「深津紀」

頬に何かが触れ、すーっと耳のほうへと滑ってそのまま耳の形をたどる。

「ん……」

深津紀はくすぐったさに首をすくめて、それから瞬《またた》きをして横向きのまま目を開いた。

グレーのジョガーパンツを穿《は》いた脚が目について、見慣れないシチュエーションに一気に頭が冴える。深津紀はさっと起きあがって後ずさった。うさぎみたいな跳躍力があったら三メートルくらい飛びのいているところだ。

見開いた目に映った顔は呆《あき》れて、穿《うが》った見方をしてしまえばうんざりしたようでもある。

「深津紀の望みを叶えて結婚した。痛い目に遭わせたけど、それ以上に気持ちよくさせたつもりだ。何が不満だ」

隆州が喋っている間に、深津紀は状況を把握した。ただ、慣れていないだけだ、家のなかに男の人とふたりきりであることに、と深津紀が言い訳をするまえに、それとも、と言って隆州はベッドに片方の膝をつく。

「襲ってくれって誘惑してるのか」

ベッドに両手をついて身をかがめた隆州は、深津紀の胸もとに顔を伏せていき、口を開いたかと思うと、剥《む》きだしになっていた胸のトップを咥《くわ》えた。

「あっ」

隆州の口の中は驚くほど熱く濡れている。びくっと上体が跳《は》ね、直後には口に含んだまま舌でぺろりと絡めとられる。おなかの奥が疼《うず》いて深津紀はお尻をよじった。すると、とくんと体内から粘液がおりてきた。

「城藤リーダー、こぼれちゃう！」

隆州は強く吸着したあと、そのままひどい吸引音を立てながら離れ、そしてくちびるを歪めるという、隆州らしい笑みを浮かべて深津紀をからかった。

「せっかく最大の望みを叶えられたかもしれないのにな」

隆州は言いながらティッシュ箱をベッドのサイドテーブルから取った。

「可能性はゼロじゃないです」

願望を込めて言いきると、そのうち想像妊娠するんじゃないか、と隆州はからかって——

「確かにゼロじゃない」

ティッシュ箱を受けとろうと伸ばした深津紀の右手を隆州がつかむ。その手を強引に引っ張られ、深津紀はすかされた恰好で左手をベッドについた。

「あっ、自分でやりま……っ」

「おれが、自分でやる」

隆州に手を取られたままでバランスが取れない。抗議も虚しく、隆州がいいように拭《ぬぐ》っていく。

「あ、あ、待って……」

場所が場所なだけに深津紀の腰が揺れてしまう。制止しても隆州は聞かず、含み笑う。

「いやらしいな」

まもなく隆州の手が緩んだ隙に、深津紀は体を引いてようやく逃れた。

「いやらしくないです！　……わざとですよね」

隆州は明らかに楽しんでいる。深津紀からの疑いの眼差《まなざ》しを澄《す》ました顔で受けとめた。

「夕食が届いてる。必要ならシャワーを浴びてこい」

隆州は枕もとから服を取って深津紀に差しだした。見ると、ワンピース型のルームウェアだ。クローゼットから探しだしてくれたらしい。

「ありがとうございます」

隆州はうなずいて踵《きびす》を返し、深津紀はその背中を見送った。

極めてラフな恰好は、上司とはまるで別人だ。そもそもベッドの中のことは上司とすることではないし、逆に、仕事中に上司として割りきる自信がなくなりそうだ。いつも冷静にしか見えない隆州には情熱的な一面があった。いつの間にか眠ってしまうほど深津紀は抱き尽くされた気がする。

未経験は承知されていても、隆州につまらない思いをさせたらどうしようという心配はあった。二度でも気がすまない、と、あれは不安が見せた夢だろうか。ただ、深津紀からは何もできなかったのに、二度目があったことを思うと不安は払拭《ふっしょく》される。

放《はな》さない、と、その声音には隆州の独占欲を見た。望めばすべて叶うと保証をもらったような幸せな気分になって、だから深津紀にとって都合のいい夢だ。夢から醒めても、うきうきしたうれしい気持ちは少しも陰《かげ》らない。抱き合うことが気持ちよくて、こんなふうに満ち足りることを知らなかった。自然と顔が綻《ほころ》ぶ。

深津紀は服を着て、あらためて部屋を見回してみた。カーテンのない窓の外には、すっかり陽が落ちて夜景が広がっている。自分がここにいることをやっぱり不思議に感じる。けれど、さっきのちょっかいを出すような戯れは、いかにも親密な日常だ。格別に居心地がいい。家にふたりそろっているのなら、ふたりで時間を共有するほうが断然いい。触れ合えればなおさら。そんな欲求が深津紀のなかに新たに芽生えた。

深津紀は寝室の照明を消してリビングに行った。隆州の『必要なら』という言葉をそのまま受けとって、シャワーは後回しにする。体に残った隆州の痕跡をリセットする気になれなかった。

隆州はダイニングテーブルのところから手招《てまね》きをする。夕食はすっかり準備ができていた。

空腹感はなかったのに食べ始めると意外におなかが空いていたようで、深津紀はシーフードの前菜やスープを平らげ、メインのビーフシチューを半分ほど夢中で食べた。

「美味《おい》しい」

ひと休みして、深津紀は心底から感想を口にした。簡単な言葉でも気持ちは伝わって、隆州は満足そうにうなずく。

「だろう？　デリバリーもお手軽ってだけじゃない。ここはイケる。わりと近くにある店だ」

「ほんと？　この町をいろいろ探検しなくちゃ」

「休みに連れまわってやる」

「……いいんですか」

思いがけない申し出に驚いて深津紀が確かめると、隆州は気に喰《く》わなそうにした。

「逆に、何が悪い？　人目を避けなきゃいけない関係じゃない」

「裏はないです。びっくりしてるだけで……だって、面倒じゃないかと思って」

「この辺、通勤で通るだけでおれもめったに出歩かないし、あらためて見てまわるのもいい」

「はい。お願いします」

結婚したばかりだから隆州は気を遣ってくれているのか、深津紀は遠慮するなと言われたように感じて不躾《ぶしつけ》なことを訊《たず》ねる勇気が湧く。

「あの、隆州さん、訊《き》きたいことがあるんですけどいいですか」

「なんだ。まわりくどいのはナシにしてくれ」

「はい、じゃあ……あの、結婚のこと、隆州さんのご両親はあまり喜ばれてなかった気がします。大丈夫ですか。……婚姻届を出してしまってから言うのもおかしいですけど」

「はっ。確かにおかしい。後の祭りだな」

じっと目を凝らしていても隆州から後悔が窺《うかが》えることはなく、城藤家の両親がどういう気持ちであろうと深津紀は少しほっとできた。

その気持ちを察したのか、深津紀がそうしていたようにじっと見ていた隆州はかすかに笑った。

「親のことは気にしなくていい。おれがだれと結婚しようが気に喰《く》わないんだ」

「気に喰《く》わないって、平尾さんは隆州さんが結婚をせっつかれてるって言ってたのに？」

「……あのとき、どこから聞いてたんだ」

「なんのことかわからないけど、決めてないとか考えてないって隆州さんが言ってたところから」

呆《あき》れた面持《おもも》ちは消え、隆州は記憶をそこに投影しているかのように宙に目をやっている。

「油断ならないな。まさかゴシップ収集屋じゃないだろうな」

「たまたまです。隆州さんと話したくて追いかけただけだから」

「肝心なことを聞かないまま、おれを選んだってことは、よほど深津紀はついてるんだって肝に銘じてろよ」

「……なんの話？　話を逸《そ》らそうとしてませんか？　ご両親のことを聞きたいんです

けど」

「逸《そ》らす気はない」

そう答えながら薄く笑ったところを見ると、逸《そ》らす気だったことが明々白々だ。

「べつに、もう結婚したんだから隠すことないと思います」

「そのとおりだ。両親は……特に母は見合いさせたがってた、自分が相応と考える相手と」

深津紀は目を丸くした。

「お見合い？　……って今時あるんですか。あ……婚活って似たような方法もありますけど、隆州さんの場合、そんなことにお金をかけなくても女の人のほうから寄ってきそうだし」

「おれの場合？」

隆州は深津紀の言葉をおもしろがって繰り返した。

「わかってますよね？　隆州さんは顔がきれいだし、体型も文句ないし、経済力もある」

「セックスの項目は？」

隆州は挑むように付け加え、深津紀の顔が俄《にわか》に火照《ほて》る。無視してやりすごそうとしたのに――

「下手か、うまいか、どっちだったんだ？」

からかっただけかと思いきや、あくまで答えさせる気らしい。

「それをちゃんとわかるには、もっと経験が必要だと思います……」

隆州から不服そうに睨《ね》めつけられ、深津紀は「今日は……よかったです」と補足した。

本当は、よかったという言葉ですませるには物足りなさすぎる。それ以上の感想だとか点数をつけろと追求されても返事に困るけれど。

「隆州さんて、性格はともかく、口説かれたら断る女性なんてほぼいないですよ」

隆州が納得したかどうかは有耶無耶《うやむや》のままにして、深津紀は話をもとに戻した。

「性格はともかく、って、おれほど気が利く人間はいないと断言しておく。第一、おまえの希望に沿って結婚したんだ。深津紀には性格悪いって言う資格はない」

「悪いとは言ってません、きついけど。わたしはきれいでもないし可愛くもないし、なんの取り柄もないし……」

「そんなことはない」

途中でさえぎられ、深津紀は素直に驚いたあと、がっかりしてため息をついた。

「……同情とかお世辞とか社交辞令とか、隆州さんはそんなことは言わないだろうって思って言ったのに」

「は……？　どうしてそこで不機嫌になるんだ。おかっぱで、若干目がきついけどそれをぽってり気味のくちびるがやわらげてる。害のなさそうな雰囲気で得してきただろう？」

「……得ってあんまり意識したことないです」

「少しは自分の幸運に気づいて謙虚になれ。あからさまに嫌われたことないだろうって話だ。むしろ可愛がられるはずだ。それは生きていくのに最大の強みになる」

隆州からそういう言葉が聞けるとは思っていなくて、深津紀はただ驚いた。

「嫌味がないってまえに言われましたけど、それと同じこと？」

「ああ。深津紀のずうずうしさは、信頼関係を築いている間柄でしか発揮されないだろう。謝罪するときは心からそうしている。それが相手にダダ漏れしてるからな。ほとんどの人間は、信頼されて悪い気はしない。弓月工業の件でおれが社員たちの面前で手厳しく対応したのも、深津紀がおれを上司として信頼していると思っていたからできたことだ」

思いもよらなかった。それは、隆州もまた深津紀を信頼して、買っていると言っているのと同じだ。

「……そんなふうにはじめて言われました。うれしいっていうより、びっくりです」

「やっぱり自覚がない。自分の強みを利用しないって無駄にすごしてるな」

「じゃあ……隆州さんのお母さんたちにもいつか可愛がってもらえると思います？」

「どうだろうな」

内心でびくびくしながら答えを待っていたのに、隆州はここでは明言してくれなかった。深津紀はくちびるを尖《とが》らせる。

「さっき褒めたばかりなのに、それ、無責任発言です」

「褒めてない。客観的に言ってみただけだ。これでも上司として一年見てきた」

やさしいのか、ただ冷静沈着なだけなのか、もしくは——

「ひょっとして、隆州さんてツンデレですか」

隆州は、は？　と間の抜けた声を発し、それから鼻先で笑ってあしらった。

「勝手に言ってろ」

話を打ちきりたいのか、隆州はビーフシチューをスプーンですくって口に運んだ。

深津紀も同じように食べていると、肝心の話が途中で終わっていたことに気づかされ、そして思いついたことがあった。

「隆州さん、お義母《かあ》さんはお見合いの相手をだれにするか決めてたってことですか？」

隆州はスプーンを持った手もとから目線を上向け、深津紀を見やった。わずかに目を見開いたしぐさはふざけたふうだ。

「よく頭がまわるな」

「出身大学が二流だからってバカにはできないはずです。そうなるしかなかったって人もいますから」

「……どういう意味だ？」

深津紀がほのめかしたことを隆州は取りこぼさなかった。

「インフルエンザでセンター試験を受験できなかったんです。追試は受けられたけど思うようにいかなくって、本命の国立はダメになりました」

「追試は難しいって言うな」

「ついてませんでした。それもわたしの実力って思うべきですよね……」

「納得いかないってわけだ」

深津紀は曖昧《あいまい》に首を横に振った。すぎたことだけれど、いまそれなりにうまくいっていて、こんな未来が待っていると知っていたとしても、あのときのような後悔とか悔しさとか虚しさとか、二度と経験したくない。

「負け犬の遠吠えです。ほぼ一本っていう気持ちでやってたから切り替えがうまくいかなくって、私立もうまくいかなくて、だから、ほんとにその程度の実力しかなかったんです」

「負け犬だって？　そこが終着点じゃないし、そこで終わらなかったからいまがあるんだろう。それにだ、ついてなかったぶん、いまツキがまわってきて文句なしのおれと結婚できた」

「自分で言います？」

隆州は不遜な面持《おもも》ちで肩をそびやかした。決して本音として言っているわけではなく、わざとそういう言い方をしているのはわかっている。ただし、あながち、隆州の発言は否定できない。打算的な結婚に至った今日、文句なしだ。

「いずれにしても、おれは、勉強ができることと頭が切れることは別物だってわかってるつもりだ」

「隆州さんて……余裕がありますよね。そういうとこ、懐が深いっていうんでしたっけ」

「余裕じゃない。性分《しょうぶん》だ」

「性分《しょうぶん》て……？」

「その話はいい。見合いは、決まっていたことはない。母の希望に沿った候補が何件かあったようだけどな、その相手には見合いの話すらいってなかったはずだ。セッティングしたところで、おれが出向かなければ相手の顔を潰すことになる。両親とも、立場上それはできない」

「立場上ってどういうこと？」

「父が建設会社を持っていることは教えただろう」

「城藤工務店ですよね」

「ああ。父には、いまよりもっと会社を大きくしたいっていう野望がある」

その言葉に、ふと深津紀は考えこんだ。

城藤家が建設業を営んでいることはふんわりとしか捉《とら》えていなかった。ひっそり検索して調べるのはフェアじゃない気がして、追い追い隆州から聞ければいいと思っていた。

けれど、『もっと』という言葉が引っかかる。

「もしかして……会社ってけっこう大きいんですか？」

「いや、準大手のリストにも入らないし、上場もしていない。年間の売上高一千億ってところだ」

深津紀は目を丸くした。一千億もあれば、勝手に想像していたような個人レベルの会社ではない。

「工務店ていうから、なんとなく個人宅主体の住宅メーカーだと思ってました」

「そういうのもやってるけど、いまは元請けだったり、中、大手ゼネコンの下請けだったり、規模の大きい工事に重点を置いてる。その仕事の廻《まわ》りがいいように、パイプとしておれにひと役買ってほしかったってところだ」

「……政略結婚みたいな？」

「相手からすればなんの得にもならないから、政略にはならない」

「でも、相手が隆州さんて知ったら得したって思うかも」

気づけば思ったことがぽろりと出てしまい、深津紀は遅まきながら口もとに手を当てて口を噤《つぐ》んだ。

「皮肉じゃなくて、褒め言葉だろうな」

「もちろんです。でも、よく跡を継げって言われませんでしたね。家業があるのに一緒に仕事をしていないから、小ぢんまりした工務店だと勘違いしてたんですけど。お義兄《にい》さんがいるからですか。順番からして、社長にはならないにしても上の立場になれるかもしれないのに」

隆州は即座に首を横に振った。まるではね除《の》けるようだ。

「家に縛られるのはもうたくさんだ。深津紀の言うとおり、兄さんがいるから跡を継げとまでは言われない。けど、大学も建築系の学部に行かされたし、会社に入れとは言われていた。それを、外で修業してくるって押しきってTDブローカーに来た。建設系の機械を扱《あつか》ってるし、理由にするにはちょうどよかった」

「……もしかして、いつかお義父《とう》さんの会社に？」

「考えてない。言っただろう、家に縛られたくないって。兄さんが結婚したことをきっかけにして、なし崩しで家を出た。そして二年前、この家を買った。兄さんはおれが逃げたってことをわかってる。不仲とまではいかなくても折り合いが悪い。つまりだ、深津紀が城藤家に歓迎されていないいんじゃなくて、おれと家族の間に問題があるんだ」

思うとおりに生きているイメージだったけれど、隆州にも悩みとか、ひょっとしたら迷いなどもあるのだ。力になれたらとまで思うのはおこがましく、けれど、話してくれたのは打ち解けている証拠のようでうれしい。ただし。

「隆州さん、もしかして家から干渉されないように、わたしの申し出を受けたとか」

「ウィンウィンだろ？　文句は言えないはずだ」

隆州は冗談めかしたけれど、したたかな面はある。深津紀が懸命に訴《うった》えている間に、こういう算段をして引き受けたとしたら、『都合のいい妻』という深津紀の言葉を聞いたとき、してやったりと思ったのではないだろうか。

深津紀が露骨に疑り深く見つめても、隆州はどこ吹く風でくちびるを歪める。

「怒ることはないだろう。おれたちの結婚は相性がいいってことは確かだ」

「確かだって……まだ結婚一日目だけど」

「確かめただろう。セックスの相性がよければうまくいく。とりあえず目標もできた」

「目標って何？」

「深津紀にセックスを教えこんで中毒にさせる。見込みありそうだから」

深津紀は思わず顔を引いた。ひょっとしてこの人はおかしな性癖を持っているんじゃないか。そんな危機感がよぎった。

「……都合のいい妻って、おもちゃになるって意味じゃないです。聞き分けのいいっていう意味で言ったつもりですけど」

抗議というにはいささか戸惑《とまど》いが見え隠れして迫力に欠ける。そのかわりにかすかにくちびるを尖《とが》らせると。

「ついでに言えば、いますぐそのくちびるに喰《く》いつきたい」

隆州は軟派なことを言い、深津紀は慌てて尖《とが》らせたくちびるを引っこめた。

第三章　バラ色の危険シグナル

深津紀が名前と住所の変更を会社に申し出たのは、結婚して四日後の昨日だった。社内のことだ、当然、ゴシップもどきで話が広まるだろうし、それなら木曜日に届け出て金曜日一日を我慢すれば、休みが入って噂話も冷めるだろうというのが隆州の読みだ。

「城藤リーダー、戻りました」

朝一の営業から帰ると、隆州のデスクの前に行き、深津紀はひと呼吸置いて呼びかけた。仕事中に呼び間違えたらひんしゅくものだ。おかしな関係ではないし、社内恋愛も結婚も禁止されていないけれど、線引きは必要だ。

隆州はパソコンの画面から視線を上げて、深津紀を捉《とら》えた。

「どうだった？」

「三村《みむら》リーダーが引っ張ってくださったので、手応《てごた》えは感じました。資材搬送ロボットと化学センサが一体化すれば、手間も場所も省《はぶ》けるとおっしゃっていただけたので。仕様について宿題をあずかってきてますけど、槇村製作所からは前向きに検討するとの回答をもらってきました」

　隆州は大きくうなずいた。

「化学センサ部としては新規になるから力も入るだろう。以降、三村リーダーと抜かりのないようにやってほしい。これがうまくいけば、販売先も開拓できる」

　この件は自分の案がもとだ。新たな売り上げに繋がれば、深津紀にとってはじめての純粋な実績となる。昨日まで、ほかの部署とタッグを組み、隆州を交《まじ》え、開発研究者を加えて綿密に打ち合わせをしてきたけれど、その甲斐があった。ちょっとした達成感が深津紀の顔に表れる。すると。

「ここで喜ぶのは青二才の反応だ。『前向き』という言葉はいつでもひるがえる」

　隆州は容赦《ようしゃ》なく水をさす。ここでへこまなくなったのは、深津紀が精神的に強くなったのか、容赦《ようしゃ》なく言う張本人と結婚しているせいか。深津紀は気を引き締めると同時に、顔も引き締めた。

「わかっています」

「同席してほしいときは言ってくれ」

「はい」

　隆州はうなずき、次にはパソコンに目を戻した。

　会社では結婚するまえとまったく変わらず、隆州は本当に素っ気ない。おまけに、いまの視線を外すしぐさは眼中にないと追い払うようで、深津紀を視界から排除する。べつにプライベートタイムのように砕《くだ》けてほしいわけではないけれど、もっとやわらかい言い方もあるはずだ。

せめて、眼差《まなざ》しだけでも笑みを覗かせればいいのに。

そんな不満はお門違いだともわかっている。深津紀は内心でため息をつき、気持ちを切り替えて自分のデスクに向かった。

そのとき、歩きながらちらほらと視線を感じた。営業部の半分近くが出払っているなか、さっき出先から戻って隆州のデスクに向かう間にも視線は感じていた。やはり、人事部から話が広まっているに違いない。昼休みは社食にするつもりだったけれど、めったにやらないお一人様ランチでもかまわないから、今日は外食しようと決めた。が――

「碓井さん、お昼、一緒に社食しよっか」

と、昼休みのチャイムが鳴ったと同時に、丸山が軽やかに呼びかけた。わざとらしく、さあ自白してもらおうか、という脅しが見え隠れする。

見ると、好奇心という文字が浮かびあがりそうなくらい、丸山の瞳はわかりやすく深津紀を見返している。いま断っても、丸山の場合はその機会が来週に延びるだけだ。

「……了解です」

警戒心をあからさまにして同意すると、丸山は気味悪いほどにっこりとして立ちあがった。

社員食堂にはほぼ一番乗りで入った。丸山の好奇心の度合いが並々ならないことを示している。

「さて、と」

好きなものを選んでトレイに並べたなかからサンドイッチを抓《つま》み、空腹感が落ち着いたところで丸山は切りだした。テーブルに肘《ひじ》をつき、組んだ手の上に顎《あご》をのせて深津紀をまっすぐに見つめてくる。まるで拷問を楽しむ目つきだ。

深津紀は口の中のミートパスタをよく噛みもせず呑みこんだ。

「あ、あのですね丸山さん、これは急展開で……」

「でしょうね。一カ月くらい前には確かとんでもないって言ってた気がするし」

「嘘は言ってません。本音でした」

「それがどうなって城藤リーダーと超特急で結婚なんてことになってるの？」

「ひと言で言えば見直したってところです。弓月工業の一件で、同行したときに……」

「あのとき、直帰だったわよね」

丸山は待ちきれないといったように口を挟み――

「まさか、そのまま……」

と、その先にどんな発言が待ちかまえているかは歴然で、「持ち帰りされてませんから！」と深津紀は慌ててさえぎった。

「丸山さん、いくらなんでもそこまで猪突猛進《ちょとつもうしん》型じゃないですよ、わたし。準備期間というか、プロポーズするまでいろいろ考えたんです……から……」

深津紀は尻切れとんぼになりながら言葉を切った。丸山が吹きだしたのだ。大声で笑うところをなんとか堪《こら》えているといったようで、その表情は泣きそうにも見える。

一つ深呼吸をして、あーおもしろい、と丸山は組んでいた手をほどき、口もとに手を当ててまたプッと笑う。

「プロポーズって、城藤リーダーにプロポーズしたわけ？　碓井さんから？」

「そうです。相手がだれだって、プロポーズしてもらうのを待ってたら一生が終わります。城藤リーダーは特に女性と付き合うのが面倒くさいってことを言ってたから、相当お眼鏡にかなった女性がいないかぎり結婚する気なかっただろうし」

「それを碓井さんが口説いたんだ。どうやったの？」

「自分のプレゼンしてみろって言われて、それやっただけです。完璧な人生を送るためにできることはやりたいっていう野望を話しました」

「プレゼンて……城藤リーダーらしいけど……ふーん、それに乗ったわけだ」

丸山は呆《あき》れた顔から、何やら納得したような、おもしろがっているような面持《おもも》ちになった。

「自分でプロポーズしてて言うのもおかしいですけど、一緒に暮らしてて不思議な感じです」

「こっちのほうがもっと不思議よ。ね、恋愛感情がまったくないわけじゃないでしょ？」

「……逆に恋愛感情って……それが恋愛だってどこでわかるんですか。城藤リーダーのこと、はっきり言えば好きだって思います。弓月工業の件の前にはなかった気持ちです。でも、丸山さんのことも好きなんですよね、わたし」

丸山はりんごジュースのコップに口をつけたまま、むせたようにぶっと噴いた。

「ちょっと！　もう、飲み食いしてるときにおかしなこと言わないでくれない？」

「べつに笑わせようとして言ったわけじゃないですよ」

深津紀は至って真面目に応じた。

はあー、と丸山はため息をついて、気持ちを切り替えようとしているのか首を横に振った。

「まあ、碓井さんはそんなんだから〝結婚相手を探す〟なんてことをしてたんだろうけど。確かに、性別も年齢も問わずに、友情だったり好きっていう気持ちだったりはあるわけだから、恋愛感情との差別化は難しいかもしれないわね……」

考えこむように丸山の言葉は尻すぼみになり、深津紀はフォークにパスタを絡めていた手を止めた。

「どっちにしろ、城藤リーダーにも結婚することで問題が解消することもあったみたいで、ウィンウィンという感じだから……。城藤リーダーはそもそも恋愛感情なんて邪魔だって思ってるみたいだし、いまがちょうど居心地がいいんです」

「それなら逆に、恋愛感情にならないように気をつけるべきかも。結婚して片想いってバランス悪そう」

だけど、と丸山は思わせぶりに言葉を切ってにやにやする。

「丸山さん、『だけど』なんですか」

「何もないところからお互いに結婚するって、結局その時点で気持ちは動いてるってこと……あ！」

丸山は言いかけているさなか、突然、何か思いついたように――いや、何かに気を取られたように深津紀の背中の向こうに視線を向けた。

「どうしたんですか」

深津紀は何気なく背後を見やった。あ、と丸山と同じ反応をした直後。

「碓井さん、お引っ越ししない？」

言った傍から丸山はさっと立ちあがる。

「丸山さん!?」

「お願いがあるのよ」

意味深な笑みを深津紀に向けると、「行くわよ、ほら」と丸山はせっかちに催促《さいそく》して自分のトレイを持ち、さっさと歩きだした。

迷ったところで丸山が引き返してくるはずがなく、深津紀は立ちあがってトレイを持った。

丸山が行く先には、隆州と平尾がいる。隆州はどういう反応を見せるだろう。不安混じりで、周囲の視線に耐えつつ深津紀はテーブルに向かった。

食堂内はもうずいぶんと席が埋まっている。好奇の目が向くのは本当に今日だけだろうかと疑うほど注目されていて、それは覚悟のうえだったけれど、実際にそういう目に遭うと怯《ひる》まなくはない。

「城藤リーダー、平尾さん、お邪魔します」

丸山は〝お邪魔していいですか〟と許可を求めるのではなく、意思を押し通した。

隆州にとってはこんなことも予測のうちだったのだろう、薄く笑い、平尾のほうはおかしそうに、どうぞ、と応じた。

隆州の目が丸山から深津紀のほうへと向かってくるのに従って、どきどきしてくる。いや、いまに限ってはびくびくなのか。すると、隆州は自分の隣の椅子を引いて、暗黙のうちに座るよう促《うなが》した。そのしぐさに深津紀は安心させられる。それどころかうれしくなる。

「城藤リーダー、ご結婚おめでとうございます」

必然的に平尾の隣に座った丸山から直球で来た言葉に、隆州は薄く笑う。苦笑いにも見えた。

窓際の席から中央に移ってきたことと、丸山の明瞭な声のせいで、周囲から目は向かなくとも耳は傾《かたむ》けられている。自意識過剰でもなんでもない、深津紀はそれをひしひしと感じた。

「丸山さんさえ今日まで気づかなかったとしたら、おれたちふたりとも、会社ではうまく仕事モードに切り替えられているということだな」

隆州は丸山に向けて問うようにかすかに首をひねった。

「本当に、まったく気づきませんでした。平尾さんは知ってたんですか」

「おれは、ふたりの結婚にひと役買ってるからね」

「その節はありがとうございました」

平尾の答えを受けて、深津紀はすかさず、あらためて礼を言った。

「何があったの？」

丸山はかわるがわる深津紀と平尾を見やった。

「結婚の縁起担ぎでサムシングフォーってあるのを知ってます？　そのうちのひとつで、

幸せな結婚をしてる人から何かを借りるっていう、サムシングボローを叶えるのにお世話になりました。城藤リーダーが平尾さんのところがいいんじゃないかって言ってくれて、婚姻届を書くのに万年筆を借りたんです。平尾さん、赤ちゃんもいて幸せいっぱいって感じだから。ですよね？」

「ああ、間違いない」

平尾が力強く受け合う。

深津紀が丸山を見やると、へぇ、と彼女はやたらと感心した様子だ。

「中身よりも形にこだわるところ、碓井さんらしいけど、城藤リーダーがそれに付き合うなんて驚きです」

丸山の言葉を受けて隆州を振り返ると、それに気づいた隆州は深津紀を見返す。何かと思いきや。

「合わせる以上にパーフェクトだったたって言ってくれないのか」

「あ、そのとおりです。城藤リーダーは完璧な結婚の日にしてくれました」

「城藤、何をやったんだ？　深津紀ちゃんから褒められてるけど」

丸山よりも早く平尾のほうが興味津々で問う。

深津紀は隆州と顔を見合わせると、無言のうちにその意――深津紀に説明を託《たく》すといった意を察した。

「城藤リーダーは、縁起担ぎの仕上げに六ペンスのコインをチャームにして、靴のかわりにスリッパにつけててくれました」

「サプライズってこと？　抜かりないですね、城藤リーダー。意外ですけど」

「それは意外じゃなくて、丸山さんがおれを知らないだけだな」

丸山は、それじゃあ、と独り言のように言いながらちらりと深津紀を見る。何やら策略がありそうな様子で、すぐにまた隆州に向き直った。

「碓井さん、わたしのことが大好きらしいんですよ。わたしは独身主義者だから結婚はしないけど、城藤リーダーとはライバルになるわけです。夫として、もっとわたしに自分のことを知ってもらいたいと思いません？　自分のほうが最高のパートナーだって主張したいじゃないですか」

丸山に結婚を申しこんだ憶《おぼ》えはないが、それはさておき、隆州たちと合流する寸前に丸山が言った『お願い』は、深津紀ではなく隆州に対するものだと察せられる。何をお願いするつもりなのか、丸山は誘導的だ。

深津紀が警戒ぎみにしている一方で、平尾は「ライバルって……」と吹きだしている。

「深津紀ちゃん、城藤と丸山さんて同等なのか？」

「あー……あの、どっちも好きですよ」

深津紀が少しおどけて答えると、隣からはため息が聞こえ、斜め前からは再び失笑が漏れ、正面からはナイスフォローといわんばかりのご満悦な顔が向けられた。

「丸山さん、ライバルとはいえ、あいにくと結婚したからには断然おれのほうがリードしてるってことだと思うけど」

隆州は丸山の意を探《さぐ》るべく、やんわりとけん制した。

「結婚はゴールじゃないって言いません？　それに、城藤リーダーは卑怯《ひきょう》なことやりませんよね。ということで、正々堂々と敵地偵察の許可をお願いします」

丸山もまた営業マンだとあらためて深津紀は感心する。言いくるめるといえば聞こえが悪いけれど、ここぞと思ったところでぐいぐい攻めに入る。

「敵地偵察ってなんだろうな」

「お祝いを兼ねておうちに伺いますってことです。平尾さん、平尾さんも一緒にどうです？　それとも、もう行かれました？」

「いや、まだだな。言われてみれば、城藤の結婚生活に興味ある。つい、この間まで結婚なんて眼中にないって感じだったのに、それが社内結婚だ。しかも相手が部下って、いちばんあり得ないパターンだ」

「じゃあ、明日って言ったら急すぎるから来週の土曜日でどうですか」

「いいね。じゃ、城藤、瑠里《るり》と晶歩《あきほ》も連れていくからよろしく」

隆州が呆《あき》れ、深津紀が呆気《あっけ》にとられている間に、丸山と平尾の間で勝手に日程が決まった。

「瑠里さんと会うのは久しぶり。それも楽しみにしてます」

「たまには気晴らしさせないとな」

丸山は、育児大変なんですか、と問い、それから平尾とふたりで瑠里の話をし始めた。

瑠里は平尾の妻、晶歩はふたりの子供だ。瑠里はＴＤブローカーの社員で、微生物センサの研究開発に携わっている。平尾とは一年半前に社内結婚をして、いまは育児休暇中という。この例があったから、深津紀は社内結婚に躊躇《ちゅうちょ》しなかったのだ。

去年、入社したての深津紀に瑠里と挨拶を交わす機会すらあったかどうか、秋口から産休と育休に入った瑠里とはほぼすれ違いになり、顔を憶《おぼ》える時間もなかった。会えるのは楽しみだけれど、隆州は面倒だと思っていないか、深津紀はおそるおそる隆州を見やった。

口を開きかけたとき、ポケットに入れたスマホがメッセージの着信を知らせる。すぐさま誠人からだと深津紀は見当をつけた。丸山に強引に社食に誘われ、『昼休みに電話してほしい』とのメッセージをもらっていたことをすっかり忘れていた。

スマホを取って確認すると、やはり誠人からだ。深津紀が電話しないからといって、昼休み時間であろうと、電話ではなくメッセージを送ってくるのは誠人らしい気の遣い方だ。

『新婚生活はどうなんだ？』

そんなメッセージだけで、なんとなく察していた電話の用件がなんなのかが裏づけられた。

深津紀はふと考えを巡らせる。そうして時間を置かずに思いついた。再び隆州に目を向けると、言葉で問うかわりにその首がかしぐ。

「……あの、ついでにもうひとり呼びたいんですけど……大丈夫ですか」

「ついてる」

「……え？」

意味不明の言葉に首をかしげると、隆州の手が視界の隅に入ってきた。直後、親指の腹が深津紀のくちびるの端に触れる。すぐさま離れていった親指を隆州がぺろりと舐めた。

「ミートソースだ。気をつけろ」

びっくりしすぎて止まったように感じた鼓動が、痛いほどドキッと高鳴る。家ではもっと親密に触れ合っているのに、ちょっとしたしぐさに反応してしまった。どぎまぎしながら見開いた目に、間近にした隆州の顔がいっぱいに映り、その瞳が誘惑的でますます鼓動が昂《たかぶ》る。吸い寄せられそうな引力が生じて、けれど、隆州が瞬《また》きをした瞬間にそれは断ちきられた。

気のせいだったのかと思うくらい隆州の目は普通に戻っていて、冷めるぞ、と深津紀のトレイを指差したあと、隆州は自分のトレイに目を戻す。深津紀はハッと我に返った。人前であることを忘れていた。深津紀はつい丸山に目を向けてしまう。のちにからかわれること必至の眼差《まなざ》しにまともに迎えられた。

「城藤リーダーが人前でいちゃいちゃする人だったなんて意外。しかも、それが厚顔《こうがん》ていうよりは、碓井さんは自分のものだっていう主張に見えたけど」

あとで丸山にからかわれたとき、深津紀は焦るような気恥ずかしさの傍《かたわ》らで心が軽くなるような、もっといえば弾んで麗《うら》らかな気分になった。

隆州が社員食堂でやったことは、公言するのではなく行動で示した結婚宣言だ。

「隆州さん、あれ、まずくなかったですか」

その日の帰り道、家の近くの駅に着いて、夜道を歩きながら深津紀は隆州の顔を覗きこんだ。

一時間半の残業後、一緒に仕事を切りあげるという、初の同伴帰宅だ。出勤は一緒になろうが、多くの人と最寄りの駅で合流するから異変を感じられることはなかった。今日はもう一緒にいるところを見られても堂々としていい。それなのに深津紀はどきどきしてしまう。気後《きおく》れだったり、注目を浴びる照れくささだったり、そして隆州の飄々《ひょうひょう》としたいつもの堂々ぶりが頼もしくてときめいたり、深津紀は独りで舞いあがっている。こんなふうに、結婚して安心したはずがなぜか落ち着かない。

「社食を不味《まず》いと思ったことはないけどな」

隆州は流し目で深津紀を見やった。わざと勘違いしていることは、いまの応酬のなかに共通ワード〝昼休み〟が潜《ひそ》んでいるところを見ると明らかだ。

「丸山さんが、隆州さんがいちゃいちゃしたのは丸山さんへの当てつけだって言ってました。独占欲が剥《む》きだしになってるらしいですよ」

「勝手に言わせておけ。ほら、コンビニでベーコン買うんじゃないのか。朝、ベーコンがないって、たったそれだけで大騒ぎしていたのはだれだ」

今朝、ベーコンエッグが食べたくて作ろうとしたら、前々日の夜、じゃがいものチーズ焼きに使ってしまっていたことを思いだした。がっかりしただけのことを、隆州は誇張してからかう。

いちゃいちゃのこと、独占欲のことは、軽くスルーされた。あれが隆州の衝動だったら後悔しているかもしれないし、単に話すまでもなくどうでもいいことと片付けてしまったのかもしれない。それこそがっかりだ。

「そうでした。ついでに、今日の夕食用にレトルトカレーを買っていってもいいですか」

「いいけど、カレールーにこだわってるって言ってなかったか？」

「それとレトルトは別の話です。たまに家では作れない感じのカレーを食べたくなりませんか」

「社食のカレーもイケるけどな」

「社食は月曜日まで待たないと食べられません」

隆州はお手上げだといった様子で笑う。

「もっと早くカレーが食べたいって言ってくれたら、美味《おい》しい店に連れていけた。それとも、帰ってからまた車で出かけるか」

「ううん、レトルトがいいの。というか、隆州さんとの生活に慣れたい感じ。家にもなじみたいし」

「なるほど」

短い返事ながら、おかしそうで、なおかつ満足げな声音にも感じた。

コンビニに入り、買い物かごにベーコンをキープしたあとレトルトカレーのコーナーに行った。好きなブランドを見比べて深津紀が迷っていると……

「どうした？」

「この中辛が好きなんですけど、辛口と甘口しかなくて……」

「なら、その二つを買って、混ぜて二等分すればちょうどいいくらいになるんじゃないか？」

隆州の提案は単純な発想なのに、深津紀が考え至らなかったことだ。

「隆州さん、いますごく感動してるんですけど」

隆州を見上げると、解せないといった面持《おもも》ちで首をひねった。

「意味がわからない」

「二等分て、独りで食べるんだったら思いつかないじゃないですか。結婚て便利という か、応用が利くんだなと思って。可能性が広がりますよね」

「おれは兄さんがいたから普通に二等分だったけど……可能性が広がる、か。いい考えだ」

隆州は心底から納得した素振りでうなずいた。

じゃあこれ、と二つの箱を取ってかごの中に入れたあと、深津紀はまた隆州を見上げた。

「隆州さん、わたしたちのこと、勝手に言われるのを止めることはできないけど、わざわざ増長させることはないと思います」

話を蒸し返すと、隆州はくちびるを歪めて笑う。皮肉っぽくもあり、興じているようでもある。隆州の独特の思わせぶりな笑い方だ。結婚初日もそうだったけれど、隆州は深津紀をわざと戸惑《とまど》わせて楽しんでいるきらいがある。

「あれは、おまえがだれのものか、深津紀に危害を加えた場合はだれが相手になるか、明確に周知させるのにちょうどよかった」

「……社内ですよ。それ、必要です？」

そう訊《たず》ねたのは建前で、深津紀が話を蒸し返してまで聞きたかったことは聞けた。深津紀との結婚は、自分のテリトリーとして隆州の守護下にあると確証をくれた。

「おれにはおれのやり方がある。社内かどうかは関係ない。石川さんに会うのは楽しみだ」

急に話が変わって深津紀は首をかしげた。丸山が言う敵地偵察に誠人を招待することにしたけれど、いまの声は『楽しみ』とは少しニュアンスが違う響きだ。

「誠人くんのこと、いま関係あります？」

「それはこれから次第だ。あの程度でいちゃいちゃって、それならこれはなんて言われるんだろうな？」

隆州は意味不明のことを言ったかと思うと、急に顔を近づけてくる。何が起きるか察したのと同時に、ふたりのくちびるが触れ合った。深津紀は慌てて顔を引いてキスから逃れた。

「隆州さんっ、ようやく冷静になっていたのにまたヒートアップしてしまう。コンビニ、カメラありますよ！」

「いずれ消去される」

隆州は悪びれることもなく、深津紀を困らせていかにも楽しんでいた。


一週間後の土曜日の夕方、敵地偵察、兼結婚祝いにまずは平尾家、それからまもなく丸山の順で、新婚ほやほやの城藤家へ来訪者がやってきた。

深津紀はキッチンカウンターの前に立ち、誠人とメッセージのやり取りを終えると、スマホをカウンターの上に置いた。

「隆州さん、誠人くんが下に来てるから迎えにいってきます」

冷蔵庫からビールを取りだしていた隆州は、体を起こしながら深津紀を振り向いた。

「わざわざ行かなくてもロック解除すればすむ。平尾たちもそうやって来ただろう」

隆州はまるで賛同しないとばかりに、怪訝《けげん》そうに眉をひそめている。

「ちょっと誠人くんと話しておきたいことがあるから。そう時間はかかりません、お客さんがいるんだし」

深津紀はちらりと背後のリビングを見やった。平尾家から赤ちゃんを含めて三人、そして丸山が和気あいあいと談笑している。

「じゃあ……」

「深津紀」

キッチンから離れかけると、隆州が呼びとめた。少し待ってみても言葉は続かない。

「何？」

深津紀が促《うなが》してみると、不自然に感じるような沈黙の一瞬を経て、隆州は目を逸《そ》らした。

「なんでもない。早く行ってこい」

放《はな》った。

　隆州は自分が引き止めたくせに、深津紀がのんびりしすぎだといわんばかりの口調で
　深津紀はくちびるをわずかに尖《とが》らせ、非は自分にないと主張することは忘れず、それから、いってきます、とキッチンをあとにした。

　なんだろう。隆州はここ数日、何か言いたそうにしている。深津紀が『どうかした？』と訊《たず》ねると話してくれるけれど、それは言いたいことではなく、別の話をしてごまかしている感じだ。先刻の『なんでもない』と目を逸《そ》らす反応はめずらしい——というより、はじめてのちゃんとした反応だ。隆州に言いたいことがあるのは確かになった。

「誠人くん、いらっしゃい」

　マンションのエントランスで待っていた誠人は軽く手を上げて応じた。

「遅くなって悪かった」

「ううん、大丈夫。丸山さんたちもさっき来たばかりだよ。誠人くんは研究室から直行？また区切りがつかなかった？」

「区切りがつかなかったのは正解。けど、直行じゃなく家に帰ってシャワーを浴びてきた」

「もしかして、赤ちゃんがいるって言ったから気を遣ってくれた？」

「とりあえずな。研究室への出入りはクリーンルームを通るから研究所の菌は保持していない。逆に普通に菌をつけてきたかもな」

誠人は「はい、これ」と紙袋を差しだした。

「ありがとう。何？」

「ナッツの蜂蜜漬けとマカロンを買ってきた。それとこれ、お祝いのシャンパンだ」

紙袋を受けとった深津紀に、誠人はもう片方の手に持っていた長方形の箱を掲げて見せた。

深津紀の顔が綻《ほころ》ぶ。付き合いが長いぶん何を好んでいるか、その変遷《へんせん》まで誠人は把握している。

「わーうれしい！　じゃあ来て。隆州さんたちみんな待ってるから」

乗ったエレベーターが上昇し始めると、誠人はしげしげと深津紀を見つめた。

「電話で話すかぎり……いま会ってもまえと変わりないけど、深津紀の結婚をどう受けとめたらいいんだ？」

「だから、自分の目で見てほしくて呼んだんでしょ。電話したときに言ったとおり、思ってたよりずっとうまくいってる。〝ひどい〟夫じゃないから、全然。逆にできすぎ」

「へぇ。ま、実際いまから会うんだし、観察させてもらう」

「隆州さんは寄生虫でもウイルスでもないから」

念のため深津紀が正すと、誠人は吹きだした。

「サラブレッドだとは思ってるけどな」

「サラブレッド?」

「遠慮なく言えば、城藤さんは深津紀にとっては種馬みたいなものだ」

深津紀は目を丸くしたあと、その意味がわかってむっとした。

「そういう言い方しないで。隆州さんのこと、そんなふうには思ってない」

「恋愛結婚だったとは知らなかった」

誠人は無遠慮に切りこんでくる。人によっては皮肉とも取れる物言いだけれど、ここは長い付き合いだ、からかっているにすぎない。

ただし、恋愛結婚だといえないし、種馬発言に関しても、誠人の言うことに真っ向から反論はできない。深津紀が一定の条件のもと夫を探していたのは事実だ。けれど、いざ結婚して〝夫〟のことをぞんざいに言われると、不思議と嫌な気持ちになる。

七階で降りると深津紀は足を止め、誠人も倣《なら》った。

「わたしはいまがちょうどいいの。隆州さんにヘンなこと言わないでね」

深津紀は意思を込めて誠人を見た。わざわざ迎えに出たのは誠人に釘を刺したかったからだ。

「結婚祝いをぶち壊そうなんて気はないよ。それに、今日はおれに重要な役目があるらしいからな」

「協力してくれるんだよね?」

「深津紀の人生のリベンジだろ。ちゃんと協力するって。実現したら、おれも論文書けるし。けど、完璧なサラブレッドと結婚したくせに、人生のリベンジまでやるとか、深津紀は欲張りだな。どこかでツケがまわって来ないかって心配だ」

「誠人くん、大学受験が始まりだよ。ツケは最初に払ってる……」

「深津紀」

言い返しているさなか、誠人ではない声――隆州の声がした。その姿を見るには誠人が盾になっている。深津紀は誠人の脇から顔を覗かせた。同時に、誠人がパッと後ろを振り向く。

「あ、隆州さん……」

「城藤さんですか。はじめまして、石川誠人です」

「はじめまして。隆州です。お待ちしていました。どうぞ入ってください」

ホストとして申し分なく、隆州は片手でドアを支えて、もう片方の手で入るよう促《うなが》した。

深津紀は誠人を伴《ともな》って隆州のところに向かい、誠人を先に入らせた。隆州は傍で立ち止まった深津紀をじっと見る。やはり何か言いたそうにしていて、普段から忌憚《きたん》なく言うことを思うと、いまの隆州はまったくらしくなかった。

リビングに行き、誠人が合流して簡単な自己紹介が終わったあと、夕食には時間が早いもののさっそく食事会を始めることにした。

「隆州さん、これ、ちょっと味を見てくれますか」

キッチンでちらし寿司をスプーンですくい、深津紀は隆州に差しだした。スプーンごと手渡すつもりが、隆州は身をかがめて喰《く》いついた。シャンパン用のグラスを手に持ったままだから、そうなってもおかしくはないけれど、ごくごく親しい——もっといえば、恋愛している恋人同士、あるいはラブラブな新婚さんといったしぐさだ。

人前だから戸惑《とまど》うけれど、隆州が身近に感じられる瞬間で、深津紀は気に入っている。

「ちょうどいい」

「よかった。隆州さんは舌が肥《こ》えてるから大丈夫ですね」

そう言うと、微妙な表情が隆州の顔によぎった。〝らしくなさ〟とは違っているけれど、隆州は何か言いたそうだ。

「どうかした?」

「自分が美味《おい》しいか、試食されてみる?」

意味不明だ。

「え?」

隆州はうっすらと笑うと、話を放り出して、待たせてるぞ、とキッチンからさっさと出ていった。

呆けたのは一瞬、深津紀はちらし寿司を持ってあとを追った。

赤ちゃんがいるからラグを敷いた床に座っての食事会だ。リビングにテーブルを二つ並べ、男女に分かれて料理を囲んだ。

デリバリーを頼めばいいと隆州が提案して、ふたりで相談して決めたイタリア料理がメインで並ぶ。深津紀が用意したのはちらし寿司のほかに、ジュレにフルーツを入れてフルーツポンチ風にした、簡単なデザートだ。加えて、誠人のようにそれぞれ持ってきたものが所狭しと並ぶ。

食事をしながら、互いのことをあらためて訊《たず》ねたり答えたり、会話が絶えることはなくにぎやかに時間が進んだ。

「瑠里さん、会社にはどれくらいで復帰するんですか」

瑠里はミルクを飲ませたあと、晶歩を肩から顔が出るくらい抱きあげて背中をとんとんとさすっている。そうしながら、質問をした丸山に目を向けた。

「晶歩が一歳になる頃に戻りたいかな」

「晶歩ちゃん、一月生まれですよね。じゃあ、年末くらいですか？」

「そう。新人が来るまえに勘を取り戻したいし、三カ月もあれば充分だと思うの」

「でも大変ですね。保育園も探さなきゃいけないだろうし」

「ほんと、大変なのは仕事よりも保育園探しね。仕事のほうはしばらく短時間勤務ができるようにしてもらえるっていうから」

「やっぱりそこ、いちばんの問題ですよね」

深津紀がやたらと同意したふうにうなずくと、丸山と瑠里は一様に深津紀を見やった。

「そこって？」

「保育園のことです。ニュースで待機児童って連呼してるときあるから」

深津紀の言葉に対してふたりとも反応は鈍い。特別おかしなことを言ったわけでもなく、神経を疑うようなことを言ったわけでもないのに、身構えたような印象を受ける。

「深津紀、同じことを疑われてる」

女同士の会話に口を挟んだのは、傍観者でいた男性たちのうち隆州だ。呆《あき》れつつ、おかしそうにしている。

「……え？」

深津紀がぴんと来るより早く、瑠里が反応して晶歩を抱いたまままわずかに身を乗りだした。

「城藤くん、違うの？」

「違う」

「なんだぁ。スピード婚だし、今日は正直なところを聞きだそうと思って来たのに」

瑠里ががっかりしているのを見て、ようやく深津紀も気づく。

「できちゃった婚じゃないですよ！」

深津紀は言いながら否定するべく手を振って強調した。

「でき婚だろうといまはめずらしくないし、いいんじゃない？」

「丸山さん、だから違います。人のことはもちろん全然かまいませんけど、わたしは本当に自分の子供かって疑われる余地はつくりたくない派なので」

「結婚しても、浮気する人はするけど」

「それもわかってます。でもそれを許したら、結婚ていう契約の意味がまったくないように思うんです。浮気してかまわないって了解のうえで結婚したなら別ですけど。違いますか、平尾さん？」

と、平尾に振ってみると、ホールドアップするという大げさなしぐさが返ってきた。

「了解のうえでってところが味噌《みそ》だな。おれは瑠里に浮気されるなんてごめんだ」

「自分の浮気はどうなのよ」

瑠里に突っこまれて平尾は苦笑する。

「だから、反対から遠回しに言ってるだけだろう。おれは浮気しない。されるのが嫌だから」

「だよね。結婚しようって言うまでに、バカみたいに時間がかかったくせに、その苦労を水の泡にしたら、それこそ自分を否定するようなものだもの。城藤くん、ちゃんと雅己のことを監視しててよね。いまは特に晶歩がいて、わたしは自由がきかないから」

瑠里から夫のお目付け役を頼まれた隆州は、呆《あき》れた素振りでゆっくりと首を横に振る。

「結婚を自分の意思で決めた以上、浮気は自分を否定することになる。平尾に限らず、確かにそうだな」

「城藤リーダーたち三人、仲がいいのは社内で評判でしたけど、城藤リーダー、平尾さんたちふたりが付き合ってて居づらくありませんでした?」

深津紀は三人が同期だということは知っていたものの、よくつるんでいたというところは初耳だ。言われてみれば、隆州は平尾に対してと同じように、瑠里に対しても屈託がない。

「おれはふたりから付き合うっていうのを抜かして、いきなり結婚するって報告された」

「そういう仲間内の関係って微妙そうだな。ここの御三方はなんのわだかまりもないみたいだけど」

誠人は思考を巡らせるようにしながら言う。

確かに、男二人に女一人とくれば奪い合いにもなりかねない。そうなってもおかしくないくらい、瑠里は美人だ。おまけに、初対面の深津紀にも気さくに接してくれて、性格もきっと申し分ない。

もちろん男女間に友情が成立しないとは思っていない。なぜなら、深津紀と誠人がそうだからだ。疑似兄妹の関係を楽しみつつ、年齢差も超えて親友だと思っている。

「あえて言うなら、石川さん、おれは深津紀と結婚するまで、結婚しようとかしたいとか思ったこともない」

「それって、深津紀ちゃんが特別って言ってる？」

瑠里はからかうが、隆州は少しも動じずに笑ってあしらった。

「結婚はだれだって特別だろう。普通は」

その『普通は』という言葉は単に付け加えられただけなのか、それとも何か意味が込められているのか。深津紀は隆州に目を向けた。

深津紀がそうするのを待っていたように、隆州もまた瑠里からその隣へと視線を流してきて、ちょうどふたりの目が合う。じっと深津紀を捕らえて、それはまるで何か反応しろと催促《さいそく》しているように感じた。

「わたしにとってもこの結婚は特別。ずっと結婚したいって思ってたけど、実際に結婚してみたら、相手は隆州さんしか考えられないって思ってる」

「おなかいっぱいになりそうな告白ね」

丸山がからかう一方で、隆州はまるっきり満足しているふうではなく、まあいいだろうといった雰囲気で首をひねっている。

「隆州さんはまだ足りないって言ってるみたい」

深津紀が感じたまま言うと、平尾と瑠里が笑いだす。母親に抱かれた晶歩にも伝染したらしく、ケタケタと笑っている。丸山はにやにやしていて、誠人は一歩引いたように眺めている。

隆州はやはり動じることもなく、ため息混じりに笑った。それでかわすつもりなのだろうけれど。

「わたしの言ってること違う？」

一方的にからかわれるばかりだけれど、たまには困らせてみようと思って、深津紀は返事を迫ってみた。それなのに。

「確かに、全然、足りない。おれたちは始まったばかりだろう。軽々しく結婚を扱《あつか》うつもりはない。少なくともおれは」

隆州は困るどころか、深津紀に挑んできた。

「わたしは……さっき言ったとおり、結婚には誠実でありたいし、いまは最高だって思ってる。それをなくしたいなんて思ってない」

隆州が嘘を見つけようと思っているなら失敗だ。なぜなら、いま言ったことは、この場に限って取り繕《つくろ》った言葉ではなく、深津紀の本心以外の何ものでもない。

つぶさに見ていた隆州はふっと笑った。

続いて、平尾が口笛を吹いて冷やかすと、しんと静まっていたことに気づかされる。

「いまのは結婚の誓いよね。わたしたち、証人になったみたいよ」

瑠里は丸山と誠人をかわるがわる見て、また笑いだした。

丸山を見ると、うまくいってるじゃない、といわんばかりにおどけたしぐさで深津紀を冷やかす。

誠人は何やら言いたそうな気配で――

「安心したよ。ひとつだけ言わせてもらえば、結婚を永遠に続けるには、ありがとうっていう言葉と気持ちを常に忘れないことだ。欲張りもほどほどにして」

と、気配にとどまらず忠告――いや、からかった。

「欲張りって、結婚したら次は子供が欲しいってこと？　それは欲張りにならないと思うけど」

丸山は誠人を見て首をかしげる。

「丸山さんの言うとおり、それは普通の範囲内でしょうね。欲張りっていうのは、深津紀が壮大なプロジェクトを持ってることですよ」

誠人はおかしそうにしながら、自分がここにいる最大の理由を切りだした。

「壮大なプロジェクト？　なんのことだ？」

口を挟んだ隆州は眉をひそめている。誠人から深津紀へと転じた眼差《まなざ》しは、どこか責めているようにも感じられた。

「仕事の話。瑠里さんが仕事に戻られたときに、アドバイスをもらいたいって思ってます」

「わたし？」

瑠里は目を丸くして自分を指差している。

「はい」

「なんのプロジェクトだ。ここにいる奴はだれも横取りしようって気はない」

隆州はぴしゃりと言った。家では鳴りを潜《ひそ》めている上司モードのスイッチがいきなり入った。

「そんなこと思ったこともない。仕事の話って味気ないから、今日は顔合わせだけって考えてたんだけど……」

「ここには仕事人間しかいない。石川さんもそうなんだろう？」

「そうですね。研究に没頭しすぎてる。ほぼ人間に興味ないほど」

「研究者っぽい」

おもしろがって言う丸山に続いて――

「石川さん、微生物にもいろいろあるけど何が専門？」

瑠里が興味津々な様子で問いかけた。

「ウイルスのなかでも病原体になるものを扱《あつか》ってます。あ、ウイルスは持ってきてませんよ。晶歩ちゃんが感染することはありません。ちゃんと消毒して帰りますから」

誠人の弁明を聞いて、瑠里は笑いながら首を横に振った。

「大丈夫ですよ。わたしも微生物を扱《あつか》うので、その辺りのことは正確に理解できてます。それに、帝央大学ならクリーンルームはうちのセンサを使ってるはずだから」

「はい、そうです。深津紀から微生物センサの研究をされていると聞いていたので、避けられることはないかなと期待してました。病原体ウイルスを扱《あつか》っていると言うと敬遠されることも多いんですよ。おかげで、人との距離はあるけどウイルスとは仲良しです」

誠人の冗談ともつかない、おどけた発言に場の全員が一様に笑った。

「大事な仕事なのにね」

「はい。いつか、研究を形にしたいという野望はありますよ」

「どんな……？」

丸山が言いかけているさなか。

「プロジェクトって、もしかして石川さんの研究とＴＤブローカーが繋がるってことか？」

と、口を挟んだのは隆州だ。

深津紀がまだ本題に触れてもいないのに、隆州はたどり着くのがさすがに早い。深津紀がうなずくと、「どんな？」と催促《さいそく》した。

「簡単にいえば、疫病を止めるプロジェクト」

深津紀は誠人のフォローを受けながら、ウイルス検出用のセンサ開発についてかいつまんで説明した。誠人の大学が提携する製薬会社と組む話に及べば、だれもが理解以上に賛同した様子だ。

「それがうちでできればひと儲けどころじゃないな。疫病に合わせて、センサーに応用がきくんなら世界中が助かる」

「ＴＤブローカーは医療機器に手を出してない。けど提案してみる価値はある。瑠里、どう思う?」

平尾に続いて、隆州は前向きに捉《とら》えた発言をし、結論を任せるといったように瑠里に振った。

「おもしろいと思う。少なくとも、ＴＤブローカーにとっては画期的。実現するためには石川さんと帝央大学にすごくがんばってもらわないといけないけど、その覚悟や可能性があるからいまここにいるってことよね?」

「そのとおりです」

「じゃあ深津紀ちゃん、わたしが復帰するまでの間に、まずは提案書を出してみて」

「あ、でも部署が違うし……」

「やることをやって余裕があるときに検討すればいい。相応の時期に部署異動も考えてやる」

思いのほか、ここにいるだれもが乗り気になっている。そして、一時、仏頂面にも見えていた隆州から期待以上の返事が来た。

結婚してはじめての来客訪問は、気を張ることもなく楽しい時間だった。それ以上に、充実して、結婚してよかったとしみじみと思える。

片付けるにもシャワーを浴びるにも気分は上々で、それはコーヒーカップにコーヒーを注ぐいまも持続している。注ぎ終わったところへ、深津紀のあとにシャワーを浴びていた隆州が戻ってきた。

「さっそく使っているのか」

結婚祝いとしてもらったばかりのコーヒーカップを見て、隆州はおかしそうにした。

隆州の極めてラフな、Tシャツにジョガーパンツという恰好も見慣れたけれど、べつに裸でいるわけでもないのに色気を感じてしまうのはなぜだろう。磁石でいえば、Nの前にSが現れたようにくっついていきそうで、深津紀はその誘惑に抗《あらが》う。

「なんだ？」

目を逸《そ》らしたのは不自然に見えたに違いなく、隆州はそれを見逃《みのが》さない。

「えーっと……うれしいなと思って」

「うれしい？」

隆州は不思議そうに問い返しながら、カウンターに置いたカップを二つとも取って、リビングに持っていく。

「そう。プロジェクトの話、無理だって隆州さんから速攻で却下されたらどうしようって思ってた」

隆州はソファに座り、深津紀はその足もとの床に座った。

「可能性がわずかでもあるのならトライするし、どこよりも早く実現する。それがTDブローカーだ。だからこそ、いち早く市場を独占できて巨大な利益を生み、研究費用には糸目をつけない。知ってるだろう」

「うん。隆州さんにそう言ってもらえると心強い」

すると、隆州は目を泳がせた。何やら迷っているようにも見える。言いたいことを言えないでいるのか。だとしたら、やはり隆州らしくない。隆州はごまかすようにコーヒーに口をつける。

「美味《おい》しい」

深津紀も一口含んだあと、下のほうが少し膨らんだ白磁のカップを眺めた。飲み口のカットといい、上のほうにひとまわり施されたブルー一色のレース模様といい、上品、かつ可憐だ。

「カップが変わると美味《おい》しさも違ってくるかも。食器とか少し買い足さないとって思ってたけど、ペアって想像しなかった。こういうの、結婚て感じですね」

突然の結婚で、いまは必要不可欠なものしかなく、いろいろ〝無駄なもの〟をそろえていくのはこれからだと丸山に話していた。このコーヒーカップは、その丸山がくれた。

深津紀はまた一口飲んでカップをテーブルに置いた。同時にそうした隆州を見ると、なんとなくむっつりとした表情と視線が合う。

「……どうかしました？」

ためらいがちに訊《たず》ねると、隆州は首をひねった。

「なんのことだ？」

その口調は明らかに不機嫌だと深津紀に知らせている。

「……隆州さん、今日はずっと何か言いたそうにしてるから……」

「そのとおり、言いたいことは山ほどある」

「……なんですか」

半《なか》ばおそるおそるといった気持ちで促《うなが》してみたが、隆州が口を開くまでには時間を要した。

「この結婚のプロセスが普通じゃないってことを、おれとおまえ以外にだれが知ってる？　例えば、石川さんと丸山さん以外に」

隆州は問い詰めるような口調で、責められた深津紀は目を丸くした。

「……そのふたりだけです。ほかの人には、早く結婚したいとか早く子供が欲しいとか、理想を話したことはあります。結婚したって言ったらいきなりだったから驚かれたけど、恋愛結婚だって思われてる。丸山さんは同じ部署だから隆州さんをよく知ってるし、それまでも結婚したいけど相手がいないって話をしてて、だからごまかせなかっただけです」

言いながら、深津紀は妊娠さえできれば相手はだれでもよかったのだと隆州が誤解しているかもしれないとようやく気づいた。

「都合のいい妻を手に入れたはずが、都合のいい種馬扱《あつか》いは心外だ」

それは誠人が言った言葉を思いださせた。子供が欲しいとはっきり言ったことは、ふたりの間だけならフェアでも、相手を問わず言っていたと誤解されれば、隆州のプライドが傷つくのは当然だろう。自分のことしか考えていない自分の傲慢さを深津紀はひどく後悔した。

「ごめんなさい。言っておくべきでした。でも、わたしが隆州さんを好きだってことはふたりとも知ってます。そういう気持ちがなければ、隆州さんとの結婚なんて考えません」

隆州は気まずくなるくらい深津紀をじっと見つめる。いま言ったことは嘘ではないし、この結婚は深津紀の人生には欠かせない。それくらい大事になっている。

「いいだろう」

少し間を置いたあと放《はな》たれた言葉は、隆州がまだ気が晴れることもなく不満だと示している。見守っていると、ふっと隆州は薄く笑った。そして、まあいい、と今度は吹っきったように独り言を吐いた。出し抜けに隆州はソファから立ちあがると、ラグの上に座った深津紀を腋《わき》から持ちあげてソファに座らせる。許してもらえたのだろうか。

「隆州さん……」

「ブラックコーヒーには甘いものが合う」

隆州はソファに片方の膝をつき、右手で深津紀の顎《あご》をすくうとくちびるをふさいだ。仰《あお》向《む》けた深津紀の顔に覆いかぶさった隆州のキスは、何かに取りつかれたように攻撃的だ。

ぶつかるように押しつけたり、少し浮かしたりを繰り返す。いつもは絡めとり、戯れるようなのに、口の中で隆州の舌はひたすら追い立てて、深津紀の意思とは無関係に舌が躍らされた。腹部の奥が疼《うず》いて、たまらず深津紀は呻《うめ》いてしまう。

隆州はキスから深津紀を解放すると、ルームウェアをたくし上げ、キャミソールごと引きあげて脱がせた。万歳していた腕をおろすと胸のふくらみが弾み、隆州の目はそこに吸い寄せられる。

テーブルを押しのけながら、隆州はひざまずき、ほぼ同じ高さで再びくちびるを合わせる。上下のくちびるの間に舌を滑らせたあと顎《あご》へとおりていく。

「隆州さん、ここで……？」

「場所は関係ないだろう」

顔を上げた隆州は含み笑いをして、「深津紀は、いつどこで襲われるか油断できない」と冗談めかして脅した。そんな言い方をされると、独占欲じみた愛があるように錯覚してしまう。

隆州はまたくちびるに口づけて、啄むようなキスを繰り返す。物足りなくて深津紀から口を押しつけると、ぶつかってその痛みに笑い合う。

その間に隆州の手は深津紀の背中にまわって腰もとからショートパンツの中に忍びこみ、さらにショーツの中に入ってお尻へと滑っていく。お尻を持ちあげられた次には脚を片方ずつ上げさせられた。裸になると膝が割り開かれ、左側の脚がソファのアーム部分に引っかけられる。

「ん……っ」

キスをしながらもそれが恥ずかしい恰好なのは察知できて、深津紀は抗議を込めて呻《うめ》いた。それを気にも留めずに、右脚は隆州の腕がすくう。深津紀はまるっきり無防備に裸体を晒《さら》している。

「隆州さん！　恥ずかしいんです……けどっ、んっああっ」

訴《うった》えを無視して隆州はいきなり胸のトップを咥《くわ》えた。熱くぬめった口の中で飴玉を転がすように舌がうごめく。びくっびくっと胸が弾んだ。その感覚自体は止めることも抑制することもできない。せめてと、なんとかくちびるを咬《か》んで喘《あえ》ぐ声は出さずにすんでいたのに。

「あああああっ」

腰もとまでもびくんと跳《は》ねあがった。体の中心を隆州の指が滑り、花片の突端にたどり着いたとたんの衝撃には、いつも声を堪《こら》えることはかなわない。

胸先は熱に埋もれて先端を弄《もてあそ》ばれ、吸いつかれながら扱《しご》くように離れていく。その繰り返しのなか、体の中心でも入り口から秘芽へと何度も指が撫であげる。

「ん、ふっ、あっ、あっ……」

胸先は隆州の口内に負けないくらい熱を孕《はら》んで、じんじんと疼《うず》きだしていた。熟して弾《はじ》けそうな気さえする。身をよじると隆州は反対の胸に移り、一から感度を高めていく。指先は秘芽に集中していて、深津紀を一時も快感から解放する間を与えない。

「ああっあああっあっ……」

嬌声は自分の耳にも淫《みだ》らに届く。

隆州は秘芽を揉みこんで、深津紀はぶるぶると腰をふるわせた。そうして、指先は体内に潜りこんできた。

「はあ――ぁっ」

その触れ方は慎重でいながらゆっくりすぎず、指に絡みつく襞から新たな快感が呼び起こされる。深津紀はたまらず腰もとを揺する。いやらしいけれど、生理的な反射でもあり自分ではどうしようもない。隆州が体内の弱点を捉《とら》えると、嬌声は危機に遭遇したような悲鳴に変わる。

隆州が加減しながら指の出し入れを始める。奥に進むたびにくちゅっくちゅっと淫《みだ》らな音が立つ。その音もまた自分では止められない。それどころか、淫蜜はとめどなく体内で生成されて、隆州の指の滑りを加速させている。

「隆州さんっ、あっ、ソファ……ん、あっ……汚しちゃう、かもっ……あふっ」

指をうごめかせながら隆州は胸から顔を上げる。

「いやらしく腰を振ってるくせに、まだ理性があるのか」

深津紀はかっと頬を火照《ほて》らせ、「違う！」と口走る。否定したのはいやらしいということ。けれど、自分のことだから嘘だというのは紛《まぎ》れもない。隆州が熱っぽい目で見つめてきて、笑う。

「足掻《あが》く深津紀を無理やり堕《お》とすのも、それはそれで楽しいけどな」

「隆州さんて……ん、あっ……サドっぽい！」

「けど……好きだろう？」

「ん……。あぅっ……も……だめ、かもっ……」

ちゃんと答えなかった罰《ばつ》か、隆州は深津紀の弱点をいたぶった。隆州からじっと見られていることも気にしている余裕はない。グチュグチュと淫《みだ》らな音はひどく、体は快楽に降伏しつつあった。胸先の疼《うず》きも熱を孕《はら》んだままおさまらない。跳《は》ねていた体がいやらしくうねるような動きに変わる。

「汚したくない？」

「……したく、ないっ」

なぜあらためて訊くのだろう。ぼんやりと思いながら答えた直後。隆州の腕に抱えられていた脚が膝の裏からさらに持ちあげられる。体の中心に息が触れた一瞬後、触点と触点が重なり合った。

「あうっ、ああああっ」

指が触れるだけでもそこは耐えられないほど快感に侵される。それが口に含まれ、吸着された刹那、深津紀は融《と》けだしていくような心地がした。体から力が奪われ、その接点だけが別の生き物であるかのように激しく反応している。

「あ、やっ……も、うっ……イっちゃ……」

隆州が繊細すぎる場所を咥《くわ》えては離し咥《くわ》えては離しと繰り返しているなか、呆気《あっけ》なく深津紀は限界に達した。

体内に入りこんだ指がそこを引っ掻《か》いたとたん、おなかの奥でどくんと大きな鼓動を打つような収縮が起こり、そして快楽は飽和した。

「あ、ああ――ぅ、く……――っ」

体がひくっひくっと痙攣《けいれん》に波打つなか、隆州が指を引き抜く。そうするのを待っていたかのように、出口を求めてとくんと蜜が下ってくる。

「ん……」

呻《うめ》くと、隆州がそこに口をつけた。

「あうっ」

びくっと大きく腰が跳《は》ねた。

隆州がこぼれてくる蜜を舐めとり、その度に果てに行った余韻が強烈な感覚をもたらして腰がひくつく。腰が抜けたような気だるさに襲われた。

やがて、顔を上げた隆州は舌なめずりをしてくちびるを歪めた。いやらしく悦《えつ》に入《い》った笑い方だ。

「あとからあとから溢れてくる。きりがないな」

「……隆州さ……ひどい……」

「気持ちよくなったくせにひどいって？」

「恥ずかしいことするからっ」

「試食させてもらった。感想は、甘酸っぱい。けど……ちらし寿司よりもずっと甘美だ」

深津紀が口を尖《とが》らせると、隆州は素早く口づけて立ちあがった。そのついでに軽々と深津紀を抱えあげる。

「ベッドに行く。本番だ」

しがみつくと、隆州はしっかり服を着ていることに気づく。

「わたしだけ裸ってフィフティフィフティじゃない」

「そこはレディファーストだ」

隆州を舌戦で負かすことなど永久にできない気がして、少し癪《しゃく》に障《さわ》る。隆州の背中を叩くと、深津紀の背中越しに笑みが返ってきた。どうやら機嫌は直ったようで、ほっとする。

寝室に行ってベッドに横たえられると、隆州はその脇で立ったまま服を脱ぎだす。服といっても上半身はTシャツだけで、それを脱げば残りはジョガーパンツとその下のボクサーパンツだけだ。

男性の下着にもいろいろと形はあって、隆州はそのなかでボクサーパンツしか身に着けない。なぜ知っているかといえば、それは洗濯が深津紀の担当だからだ。風呂掃除は隆州で、料理はふたりで、などと役割分担が決まりつつある。

誠人にも言ったとおり、結婚生活は考えていたよりもずっと快適にすごせている。隆州はできすぎだ。いま、パッと目を伏せてしまったけれど、均整のとれた体は深津紀が引け目を感じるほど鍛えられた美しさがあって、その面でもやはりできすぎだ。

「おれはしっかり深津紀を見せてもらったけど、フィフティフィフティを望むくせに、おれのことは見なくていいのか」

隆州はからかいながらベッドに上がると、深津紀の脚を割《さ》いて間に入った。洩《も》らさず深津紀の言葉を利用して、その本人をやり込めるとはとことん抜かりない。

「み……見えたからいい」

「はっ、直視できないってなんだろうな」

「隆州さんが堂々としすぎです」

「堂々とじゃない。自然体でいるだけだろう」

「じゃあ……隆州さんがずっと裸でいてくれたら、あたりまえになって直視できるかも」

「おれは見世物じゃない。ただし、深津紀も同じようにするんだったらそれでもいい」

一瞬、それもいいかもしれないと深津紀は思ったけれど。

「でも、隆州さんのきれいな体を見慣れたくないかも」

隆州は力が抜けたように笑う。そういえば、夫婦になってから笑顔の種類が増えた。

「きれいっていう表現は微妙だ。褒めてるんだろうな」

隆州の目は深津紀の体の上をさまよう。「きれいという基準はわからない。けど」と言いながら、深津紀の中心に自分の欲を押し当てた。

「深津紀の体にはそそられる。裸でうろうろされたら、おれはまさに精根尽き果てる」

含み笑いをして、隆州は深津紀の膝を腕に抱えて欲を沈める。

「ん、ふっ」

侵される痛みはなく、身構えることもなくなった。ただ、埋め尽くされる感覚には慣れることなく、深津紀は喘《あえ》いだ。先に果てへと到達していたせいで敏感になっている。隆州の欲が襞を刺激して快楽を簡単に甦《よみがえ》らせた。

感じているのは隆州もきっと同じだ。腰を進める間、何かに耐えているかのようにかすかに顔を歪めていた。深津紀の中に埋もれてしまうと、望みが叶ったかのように安堵したさまで、もっといえば恍惚として、隆州は喘《あえ》ぐようなため息をついた。

そうわかったことも深津紀の快楽を加速させる。いっぱいに満たされて脳内は融《と》けだしそうな陶酔感に侵された。体には喜悦しているかのように痙攣《けいれん》が走り抜ける。

「おれに絡みついてる。いやらしい体だってこと、わかってるか」

からかいながらもそう余裕のある声音でもない。

「ん……自分の中なんてわからない」

深津紀が手を上げて隆州の肩にすがろうとすると、手を伸ばしきるまえに隆州のほうからかがんできた。深津紀が肩にしがみついたのと同時に、隆州もまた背中の下から逆手にしてそれぞれに肩を抱きこむ。隆州の腕に膝の裏を抱えられたまま、深津紀のお尻が浮いて最小限に折りたたまれた。

「それならわかるべきだ」

五センチも離れていない場所で隆州はつぶやくように言い渡した。かといって、隆州は動くのでもなくじっとしている。

「中でおれを感じてみて」

隆州は真上から腰を押しつけて、これまでになく互いの中心を密着させた。

「んくぅ……っ」

体内にはもっと奥があって、そこに隆州が到達したのかもしれない。一瞬の鈍痛のあと。

「あああっ」

腰がぶるっと揺らぎ、隆州が呻《うめ》き声をこぼす。

「動かないで感じろ」

「動いて、ない。自然体で……んっ……いる、だけっ……」

隆州はふっと笑って、それによって生じた揺れにまた互いに呻《うめ》く。

「そのままだ」

なだめるように囁《ささや》く声は、苦しげにも聞こえる。それを裏付けるのは眉間のかすかなしわだろう。

間近にくちびるがある。けれど、キスをすることもなく隆州の言葉は自身に向けたものでもあったのか、それを守って微動だにしない。

そうして、じっとしていることが体内にある隆州の存在を鮮明にしていった。すき間がなく埋め尽くされ、感覚が隆州に纏《まと》いつく。いや、隆州が言ったように体内の襞《ひだ》が絡みついている。ひょっとしたら脈動までつかめるかもしれない。そう思うと、神経が自《おの》ずとそこに集中した。そうすることが快楽を呼ぶとは思いもしなかった。

「ん、あっ」

体内がどくんと収縮するように疼《うず》いた。軽く果てに踏みこんだのかもしれない。急激に溢れだした蜜に隆州の欲が濡れそぼっていく。

「くっ……」

隆州が唸《うな》り、もがくように体内の欲がぴくりとした。

「あうっ……も、だめっ……――」

刺激という刺激ではなく――むしろ、深津紀の反応が隆州の反応を導いたのだろう、たったそれだけの欲の動きが深津紀を果てに追い立てた。

隆州にがんじがらめにされたまま、弾《はじ》けた快楽が体内にこもり、ひどくお尻が揺れ動く。深津紀のくちびるに熱い吐息が触れた直後、隆州は短く唸《うな》り、そしてその腰がびくりとうごめく。深津紀はくすぐったさに悶えて息苦しく喘《あえ》ぎながら、そこから熱く蕩《とろ》けていくような錯覚に陥《おちい》った。

それから二週間のうちに、深津紀の野望はさっそく動きだしている。善は急げ。その言葉はきっと隆州が作りだしたのだ、と思ってしまうくらい隆州は深津紀を煽《あお》る。隆州流にいえば、励ましている、だそうだ。

今日はアドバイザーとして誠人が家に来て、深津紀は提案書のベースを作成している。

「要約すれば、受験生とか社会人とかを〝不本意な時間の喪失〟から救うため？」

隆州は理解に苦しむといった表情だ。小馬鹿にしているとまではいかないけれど、それに近い声音で深津紀を脅《おびや》かす。『善は急げ』と放《はな》ったのは深津紀だけれど、実は隆州に踊らされていたのかもしれないと、ありもしないことを疑う。それくらい恨めしい気持ちで隆州の横顔を見つめた。

そうして、ダイニングテーブル上のノートパソコンを覗きこんでいた隆州は、ゆっくりと体を起こした。ここが会社で、それが書類であれば、使い物にならないとばかりにぽんとデスクに放りだされているだろう。

「……このまえ話したとき、そこに賛同してくれましたよね？」

控えめに弁明すると、隆州は首をひねり、「この一年、何を学んできたんだ」と乱暴に放《はな》ち――

「そういう抽象的な表現はやめろ。それが通用するのは、このまえ深津紀がおれたちにやったみたいに口説き落とすときだけだ。提案書に夢や希望はいらない。もっと現実的な説得力のある大義名分を書け。そうしたら、国から補助金が得られる」

深津紀は目を丸くした。

「補助金？」

「おれは、それくらいのプロジェクトだと思っている」

違いますか？　と隆州が問うた相手は、深津紀の隣に座った誠人だ。

「はい、僕もその価値はあると思いますよ」

「だそうだ」

のんびりしすぎだといわんばかりに隆州は言い渡す。

「大義名分て……」

「おれを当てにするか、自分で考えるか」

「自分で考えるに決まってる！」

「よかった。前者なら見損なうところだった」

小さく吹きだした誠人を一瞥《いちべつ》し、深津紀は傍に立つ隆州を見上げてわずかに口を尖《とが》らせた。

「〝城藤リーダー〟、ここ、会社じゃないですから」

「おれが買った家だ。それを忘れるような記憶喪失になんてなってない」

そういう意味ではない。それを承知で言っているから始末に負えない。

「念のために言いますけど、隆州さんが力になるって言ったんですよ。でも、当てにするつもりはありませんでした」

「だから、力になってるだろう。いまのはアドバイスだ」

「もう少し、やさしい言いまわしをしてくれてもいいと思います」

「仕事で甘やかしてどうするんだ」

深津紀のささやかな希望はにべもなく退《しりぞ》けられた。

「誠人くんは、勉強するときも遊ぶときも、こうやって仕事をするときも人格は変わらないのに。ね？」

深津紀が同意を求めると誠人は笑った。

「いまの会話からすればつまり、深津紀は仕事以外では城藤さんから甘やかされてるってわけだ」

「そんなことない。ウィンウィンになるためにはフィフティフィフティが基本。わたしが一方的に得してるわけじゃない。ですよね、隆州さん？」

隆州を見上げると、思いがけず気に喰《く》わないといったふうに眉をひそめていた。

「おれが甘やかすのを楽しんでいるという前提なら、フィフティフィフティだな」

同意見を示した肯定ではなく、仮定した言い方だ。その遠回しの言葉にはなんらかの意が込められている。深津紀は首をかしげた。

「コーヒータイムだ」

と、深津紀の無言の問いをあっさりと無視して、隆州はキッチンに行った。つかの間、深津紀は隆州の後ろ姿を追い、それから誠人と顔を見合わせた。誠人は露骨におもしろがっている。

「誠人くん、何か言いたそう」

キッチンでコーヒーを淹《い》れる準備を始めた隆州を一見して、深津紀は声を潜《ひそ》めて誠人に言った。

「あとで、ふたりになったときに話すよ」

隆州だけではなく誠人にまで答えをお預けにされ、深津紀はため息をついた。

結婚祝いで集まった日以来、プロジェクトのことを具体的に考え始めて、今日は誠人からウイルスの検査薬について詳しく聞かせてもらったところだ。隆州がいてくれるから心強い。かといって、さっき弁明したとおり、まるっきり当てにしているわけではない。自分の未熟さはわかっているし、さっきみたいに指南してくれたら助かる。

そもそも、うちでやればいいと隆州が申し出たことなのに、今日の隆州はどことなく不機嫌だ。そういうちょっとした違和感を察せられるようになったのは、結婚したからこそに違いない。

隆州の不機嫌は、三人で夕食を取って、そして誠人が帰る頃になっても改善された様子はない。

「誠人くん、ふたりになったよ。言いたかったことを話して」

誠人を見送ることを口実にして家を出て、エレベーターに乗ったとたん、深津紀はせっかちに訊《たず》ねた。

「このまえ来たときも思ったけど、深津紀たちは普通に結婚してる」

「普通に普通でしょ。普通と違うのは、恋人の延長上じゃなくて、いきなり結婚ていうところだけ。恋愛結婚だからといって、いつまでも恋愛だった頃の感情が持続するかっていったら、それは少数派だと思う。だから、結婚してしまえば恋愛か否かっていう違いは関係ない」

「そこだよ」

「そこって？」

「恋愛結婚とかわりなく見えるってことだよ。ふたりの会話を聞いてれば」

誠もうすぐ一カ月という、まだ短い結婚生活を振り返れば申し分ない。それなのに、誠人はそこに問題があるかのように言う。ふたりの生活に慣れてきて快適だと感じているけれど、ほかとは比べようがない。

「そんなふうに見えるなら、いまのまま普通にしてても、だれも恋愛結婚じゃないって疑わないってことでしょ？　なんにも問題ないけど」

「問題なのは、甘やかされて幸せいっぱい、バラ色っていう結婚が条件付きだってことじゃないか？　出発点が恋愛よりも深津紀たちみたいな結婚のほうが長続きしそうな気はするけど、その条件が合わなくなったら、片方の意思で簡単に終わらせられる。深津紀が気づかずに城藤さんのことを無条件で好きになっていたら傷つくかもしれない。そこは城藤さんにも言えることだけど。例えば、いま結婚が終わるとしたら、すんなり受け入れられる？」

　誠人の問いかけは深津紀の思考を停止させた。それはほんの少しの時間だったけれど、動き始めたところで回転は鈍く、答えは纏《まと》まらない。結婚終了となったときの想像すらできないでいた。

「誠人くんがそういう感情を想像できるって思わなかった」

　自分の戸惑《とまど》いをごまかすべく、深津紀は誠人をからかう。

「人間の感情は複雑に働く。けど、その程度なら、ウイルスの気持ちよりずっと簡単に測《はか》れる」

　深津紀は目を丸くした。そうして、ぷっと吹きだす。

「ウイルス？　ウイルスに気持ちなんてある？」

「少なくとも生き延びようとする意志はあるよ」

深津紀はエレベーターで独り家に引き返しながら、誠人が言った問題を再び考えていた。

　気づかずに好きになっていたら？　もちろん隆州のことは好きだ。でも、誠人のことだって好きだ。どう違うの？　そんな疑問は前にも浮かんだ。比べる相手は丸山だったけれど。

　答えが出ないままリビングに戻ると、寝室から出てきた隆州とかち合った。その瞬間に深津紀は違うと気づいてしまった。

　隆州がそこにいるだけでうれしくなる。手厳しいときもそれはかわらない。誠人や丸山に感じる安堵感とははっきり違う。隆州からも独りじゃないという安心感はもらっているけれど、それ以上に深津紀は離れたくない気持ちが強くて、できれば触れていたい。それは隆州に対してしか生まれない衝動だ。

　あまりに結婚がうまくいって幸せで、誠人に指摘されるまですっかり頭から消えていたけれど、深津紀のプロポーズには条件を付けた。それが終わりへと導く可能性もある。そんな想像を強《し》いられて、不安をもたらす。

　おそらく、幸せに邪魔者は付き物なんだろう。だとしても、まだありもしない不安に振りまわされるよりも、幸せをめいっぱい享受しているほうがきっといい。深津紀は自分にそう言い聞かせた。

隆州はそこに壁があるかのように出し抜けに立ち止まり、深津紀に目を留め、そして一歩を踏みだす。近づいてくるその雰囲気は、獲物を定めた豹《ひょう》に見えた。

「隆州さん、今日も何か言いたそう」

「よくわかってるな」

「夫婦歴、もうすぐ一カ月だし」

おどけてみてもリラックスした様子は見られない。隆州は目の前でぴたりと立ち止まった。

「夫婦？　そうだな、深津紀は結婚にこだわっていたけど、そのわりには秘密があった」

目が据《す》わり、威嚇《いかく》じみた声で放《はな》たれた。

「秘密？」

「プロジェクトの話だ。二週間前までおれはまったく知らされなかった」

「……べつに秘密にしてたわけじゃありません。話すきっかけがなかったし」

「きっかけがなかったわりに、あのときは用意周到に話を持ちだした。石川さんとふたり、打ち合わせをして」

「用意周到じゃない。言ったと思うけど、瑠里さんが来るって知って思いついただけ」

「思いついたときに言わなかった。それはきっかけになったはずだ。それなのに……」

ああ言えばこう言う。そんな応酬のなか、隆州は思わせぶりに言葉を途切れさせ、脅すように顎《あご》をしゃくった。

「わたしの説明だけじゃ、説得力ないと思って……誠人くんがいれば夢物語じゃないって考えてもらえるから」

「つまり、おれは石川さんほど信用がないわけだ。夫なのに。どっちが深津紀にとって、より身内なんだ?」

思いもしない言葉に深津紀は目を瞠《みは》る。〝誠人〟を中心に目まぐるしく思考が働いた。

「……それが隆州さんが不機嫌な原因? 誠人くんのこと気にしてる?」

誠人がいたり、誠人の話題だったり、そのときの隆州はつんけんした気配を纏《まと》う。

深津紀の問いに、隆州は目を見開いたまま微動だにせず、それから口もとを覆う。よけいなことを口走らないようにするためか、もしくはすでに口走ったことをなかったことにしようとしているのか。いったん目を逸《そ》らしたあと、隆州は手をおろしながら口を開いた。

「もういい」

深津紀の問いには答えないまま、隆州は話を打ちきった。

「隆州さん、前にも話しましたけど、誠人くんは高校時代の家庭教師で、いまは親友だし、兄妹みたいでもあって……その、受験を失敗したときに、そこが終点じゃないってことを教えてくれて――」

「わかってる」

言っているさなかに隆州は手で払うしぐさをしてさえぎった。聞きたくないのかと思いきや。

「おまえが相当インフルエンザに恨みを持ってるのは知ってる」

そう言われると、深津紀が変人みたいに聞こえる。眉間にしわを寄せると、隆州は口を歪めて笑った。さっきまでの不機嫌さは少し解消されたようだ。

「ただじゃ終わらないって思ってきたんです。誠人くんはリベンジって言ってるけど」

「はっ。深津紀から恨みを買わないようにしないとな。抹殺される」

隆州はまるでおもしろがっている。そんなことはないと言うかわりに、深津紀は首をかしげた。

「わたしにとって隆州さんと誠人くんは全然、別次元で、比べられない。言ったとおり、いまさらわたしには浮気したくなるような人は現れませんから。隆州さんを全面的に信じていなければ結婚なんて申しこんでません。だから、離婚なんて言わないですよね？」

今度は隆州のほうが呆気《あっけ》にとられて目を見開いた。

「深津紀の思考にはときどきついていけないときがある。なぜ、いきなり離婚の話に飛ぶ？　おれは不必要な秘密は、お互いにナシだと言いたかっただけだ」

離婚の話に飛んだのは誠人の言葉が引っかかっているからだ。もし隆州に好きな人ができたら別れる。それは深津紀が言った条件だ。その打撃が自分に返ってくるとは思ってもみなかった。想像できないというよりも、想像したくない。深津紀のなかに計算外の気持ちが動いている。それがいつからだったのか、しっくりこないと感じていた理由はきっとそのせいだ。

「隆州さんやふたりのことに関わる秘密なんてない」

それは嘘だ。断言できる。後ろめたい気持ちはないけれど、隆州に対する、延《ひ》いては結婚に対する気持ちの変化ははっきりある。この結婚を壊したくはない。

隆州は、それなら、と深津紀のカットソーの裾《すそ》に手を伸ばした。

「すべてを晒《さら》してもらおうか」

にやりとして隆州はカットソーを引きあげた。隆州が意図することは丸わかりだ。

「隆州さん、シャワー……」

「一緒に浴びれば時間の節約になる。生理、終わったんだろう。妊娠してなかったってがっかりしてたけど、また最初からだ。こういう繰り返しは楽しむべきだ」

恥ずかしさはまだ消えないけれど、逆らう理由はなく、そして隆州の言葉が羞恥心を払う。

丸裸にされたあと、隆州に抱きあげられてしがみつく。こういうとき、深津紀は飾り気のない自分そのものをすべて受け入れられているように感じる。

「ひとつだけ言っておいていい？」

「なんだ」

「隆州さんが部署異動を考えてやるって言ったこと。あんまりあっさりしてたから、ちょっとさみしい感じ」

「……離れたくないって？」

「たぶん。いまは二十四時間のほとんど、隆州さんは見えるところにいて、それがあたりまえになってるから」

「そういうことを言うって、おれは甘やかしすぎてるようだ」

深津紀はその言葉に昼間の会話を思いだした。あのときの遠回しの答えはなんだろう。

「甘やかすのを楽しんでる？」

「楽しんでる。けど、フィフティフィフティとは言いきれない」

隆州も深津紀の問いに自分が言ったことを思いだしたのだろうけれど、不公平だという主張は変わっていない。

「どういうことですか」

「それを話したら不利になる」

それなら『楽しんでる』で終わればよかったのに。

「意地悪です」

お預けを食らった気分でつぶやくと、隆州の体が小さく揺れる。

「楽しんでる」

笑っているのだろう、繰り返し言った声にそれが滲んでいる。

「まえに言いましたよね、わたしは可愛がられるタイプだって。隆州さんがわたしを苛めるのって可愛がってるってことですか」

「どこが苛めになるんだ。おれは育ててるだけだ」

「育ててるって、いま言うとヘンに聞こえる」

「ヘンじゃない。いまその言葉を使うなら、深津紀が考えてる、そのとおりのことだ」

抗議するように——それは本心ではないけれど、しがみついた手に力を込めると、また隆州の体が小刻みに揺れる。

育てられることは、隆州に限って嫌じゃない。それどころか、気持ちはバラ色に満ち足りる。

けれど、一抹の不安——そんな予感じみた感覚は消えない。無条件で好きになる。そんな警戒をしなければならないとは思ってもいなかった。

第四章　シナリオの落とし穴

六月の初めに結婚して早五カ月、暦は寒さを感じる十一月に入った。八月に隆州は三十歳になり、今月は深津紀の二十四歳の誕生日がやってくる。

一年前は結婚したい相手すらいない日々を送っていて、結婚したての頃は舞いあがった結果、落ち着かなくて、それがいま順風満帆とくれば不安も不満も微々たるものだ。その充実感によって、仕事に一層、集中できている気がする。

いまは一カ月に一度のペースで開かれる社内勉強会が終わったところで、十時から一時間半、深津紀には有意義な時間になった。

今日は特に、ＦＡ事業本部の報告を隆州が担当することもあり楽しみだった。同じ部署だから聞くまでもない内容はさておき、隆州は質疑応答の際にもそつなく対応して、深津紀は惚れ惚れと誇らしい気持ちで聞き入っていた。普段からお喋りはするし、隆州の低い声は聞き慣れているものの、こういう場では声音がぐっと太く引き締まる。胸もとにその振動が伝わってくる感じでこよなく心地よい。

勉強会の解散後も深津紀は席にとどまって、意見交換の時間に記録したメモを纏《まと》めた。コツコツと、すぐ傍の長テーブルの端が人差し指でつつかれる。見上げると、隆州の警告するような眼差《まなざ》しが向けられていて、深津紀がそれを受けとめたとたん、視線は逸《そ》れて通りすぎていった。

空回りするな、と、警告はそんな感じだろう。

プロジェクトのために知識を習得するべく、専門書を読んだりネット上の情報を眺めたり、深津紀はつい夜遅くまで時間を割《さ》いていることが多い。加えて、十二月の半《なか》ばから瑠里の仕事復帰が決まってわくわくしている。「張りきりすぎだ」と言うのが、隆州から深津紀に対する、最近の口癖だ。

隆州が去って目を戻すと、斜め向かいの席に座った松崎《まつざき》と目が合った。彼女の目がちらりと深津紀の後方を見やって戻ってくる。

「碓井さん、やけに熱心よね」

社内でも社外でも、深津紀は旧姓で通している。隆州とは同じ部署であり紛らわしいからだ。けれど、いま松崎が呼んだ『碓井さん』には何か意味が潜《ひそ》んでいそうな声音に感じた。

「ほんと、部署が違うのにわたしにまでいろいろ訊《き》いてくるよね」

松崎に同意したのは、彼女の部下であり、深津紀の同期である岡村《おかむら》だった。彼女たちの所属は微生物センサ事業本部だ。

「あ、それは、ずっとFAにいられるわけじゃないと思うし、疑問に思ったときに訊《き》いてるだけ。食品工場には微生物センサは欠かせませんし、今日の松崎リーダーの報告も売りこみの参考になりました。ありがとうございます」

　勉強会は定期的な出席が求められる。深津紀はプロジェクトに取り組んで以降、都合のつくかぎり参加しているが、そのまま言うにはまだ手探りの段階で早すぎる。無難に答えてしのいだ。

「お手本みたいなコメント。そんなふうに城藤くんに取り入ったの？」

　松崎は隆州と同期だと聞く。彼女の口調はからかったりおもしろがったりするものではなく、嫌味とか皮肉とか、負の感情から来たものだと感じとれた。松崎をよく知る岡村が神経を尖《とが》らせたようにすっと息を呑むのだから、やはり深津紀が感じたとおりだ。

「……城藤リーダーにはそういうことをしてもはね除《の》けられます。たぶん、ですけど」

「じゃあ、やっぱり『たぶん』だったわね。弓月工業を譲ってもらったんでしょ？　部門を超えた、うちの大口の取引先なのに、それをぽんと奥さんに譲ってしまうなんて、私物化してるんじゃない？　城藤くんも？」

　こんな攻撃を受けるとは思わず、深津紀はただ驚いて目を見開いた。

　ついさっき深津紀が言ったとおり、ＦＡ事業本部は工場のオートメーション化を取り扱《あつか》い、それが食品や薬品の工場であれば微生物センサは欠かせない。ただ、深津紀は建設に特化した産業機械を扱《あつか》っているから、松崎とはあまり接点がなく、彼女の人となりを把握していない。岡村から聞いた話では、四月にリーダーになったばかりらしい。隆州より二年遅れたものの責任者なのだから、仕事ができる人には違いない。

「あの……譲っていただいたのは結婚するまえのことなので……」

「奥さんじゃなくてもカノジョだったわけでしょ。違いはないわ」

大違いだ。それがわかっている人はごくごく限られる。こんなふうに誤解を招《まね》くとは思っていなくて、深津紀は言い訳も用意していない。

「……城藤リーダーは仕事に私情を挟むような人じゃありません。大事な取引先だからこそ、わたしがいいかげんで仕事ができてなかったら譲ってくれることはなかった。そう自惚《うぬぼ》れてます。譲ったすえ会社に損害を出すことになったら、城藤リーダー自身の立場も悪くなりますから」

言いながら深津紀は、社内の恋愛や結婚が周囲にも本人たちにもどんな影響を及ぼすのか、まったく考えが甘かったと思い知った。

結婚して以来、何があっても隆州がいるから大丈夫などと思ってきた。そもそも、深津紀のなかでこの結婚は、育児休暇の取得だったり、それからの復帰だったり、それらがやりやすいように隆州の立場を当てにしていた部分が大きい。まったくの甘えだ。

だから、深津紀は私情と仕事を切り離せていない、と文句を言われてもしかたがない。ただ、隆州に関しては、私情などないと胸を張って言える。

とにかく、と、松崎はタブレットと書類を纏《まと》めて持ちながら続けた。

「いまわたしが言ったみたいに思ってる人は少なからずいるから忠告しておく。城藤くんも碓井さんも、普通以上の成果が求められてるってことよ。がんばって」

その『がんばって』に〝精々〟という皮肉めいた言葉が省略されたのは、松崎の思いやりなのか、それとも本当にがんばってほしいと激励しているのか、深津紀にはつかめなかった。

「ありがとうございます」

すっと立ちあがって去りかけた松崎に、深津紀は慌てて声をかけた。さっきの言葉が皮肉だったらばかだと思われるだろうけれど、言わないよりはましだ。

すると、周りの席に残っていた人たちが、松崎が立ち去るのを待っていたかのように一様に立ちあがっている。そのときはじめて、深津紀と松崎の会話中、聞き耳を立てられていたことに気づいた。すぐに会議室を出ていってくれたから、気まずさがいつまでも残ることなく、気分的には助かった。近くで居残ったのは岡村だけだ。

ため息をつくと、深津紀は用心しながら隣を振り向いた。そこにおかしそうな表情が見え、今度は安堵して息をつく。岡村が同意したのは最初だけで、松崎とまったく同意見というわけではないらしい。

「なんだか、お騒がせしましたって感じ」

「みんな碓井さんが羨ましいんだよ」

「……え？」

「入社してすぐの研修のとき、城藤リーダーにひと目惚れした同期の子は多いよ。わたしもいいなぁって思ってたし。碓井さん、自覚ないってことはないよね？　先輩たちの話だと、城藤リーダーは入社したときから結婚したい男性ナンバーワンだったっぽいから。仕事で実績がついてくればなおさらでしょ。微生物センサ事業本部の平尾さんや瑠里さんと仲がいいのは知ってる？」

「知ってる。お祝いしてもらったから」

「そうなんだ。三人の間に入りこめる感じじゃなかったらしくて――もしかしたら、瑠里さんが城藤リーダーのカノジョかもしれないって思われてたみたいだしね。その頃、城藤リーダーに告白しようってチャレンジした人はいなかったみたいだけど。それで、ちょうど平尾さんたちが結婚して様子を窺《うかが》ってたところに碓井さんが現れて、突然、城藤リーダーを横取りしたわけ」

「横取りって……」

実際のところ、横取りと責められても過言ではない。恋愛として好かれていたわけでもないのに、深津紀は結婚を持ちかけて隆州は受け入れた。

いまはどうだろう。嫌われているとはまったく思わないけれど、仕事ではともかく、隆州は夫として完璧すぎて本心が見えない。一方で、深津紀は結婚を満喫している。そう感じているぶんだけ、自分は夫のことが好きなのだ。

「わたしはチャレンジしなかったほうが悪いって思うよ。たぶん、みんなわかってると思うけど。碓井さんてのんびりしてるっていうかクールっていうか、結婚しました感がなくて、とにかく社内ではベタベタしてないでしょ。ケチをつけるところを探してて、それが弓月工業だったたってことだと思う」

「はあ……。岡村さんに主張してもしょうがないと思うけど、自分で新しい契約もちゃんと取れたし、話が進んでたりするから。でも……城藤リーダーに相談とか報告をしなくちゃいけないし、そういうところで力を借りてるって、きっと思われるんだよね」

深津紀が憂うつそうに吐息を漏らすと、岡村は元気づけるような笑みを向けた。

「そのくらい覚悟してなきゃ。碓井さんはそれだけの逸材と結婚したんだから。ところで、さっきの、なんの合図？」

「え、合図って？」

深津紀が問い返すと、岡村は人差し指でテーブルを二回つついた。さっきの隆州のしぐさだ。

「ああ……あれは合図じゃなくって、落ち着いてちゃんと仕事しろってこと。わたし、勢い余って空回りすることがあるから」

「そういうさり気ないところ、ベタベタしなくても羨ましいってなるからね」

じゃあ、がんばって――と深津紀を励まして岡村は立ちあがった。

ひょっとしたら、その些細《ささい》なしぐさが、松崎がああ言ったことの発端になったのか。結婚してすぐの頃は驚きと祝福を向けられて、やがて沈静化したけれど、深津紀は浮かれていたかもしれない。いや、あの誠人の問いかけによって気づかされた〝一抹の不安〟すら忘れて、はっきり浮かれていた。それをいま、自覚してしまった。


「丸山さん、どう思います?」

深津紀は泣きつく寸前で向かいに座った丸山に迫った。

勉強会での出来事があって、昼休み、さっそく丸山に相談を持ちかけて、いま――夕食に至る。社内ではだれに聞かれるかわからず、帰り道にある駅近くのダイニングバーにふたりで立ち寄った。

「気にしないでいいんじゃない?」

返事はあっさりしたもので、丸山はナイフで一口サイズに切ったローストビーフを口に運ぶ。

「気にしないで、って、相談に乗るって言ってたのに無責任じゃありません?」

「結婚しちゃったんだから、気にしてもしょうがないでしょ。それとも……手っ取り早く離婚する?」

丸山は思わせぶりに間を置いて問うと首をかしげた。

「しません！」

気づいたときにはそんな宣言が自分の耳に飛びこんできた。丸山が吹きだす。

「ごちそうさま。あ、お料理はまだいただくけど」

「ごちそうさまって……」

「打算で結婚したくせに、結婚を守りたいって予想外に幸せだってことでしょ。惚気《のろけ》られたら、おなかいっぱいっていうよりも胸焼けしそう。だから、ごちそうさま」

「ちょっとひどいです」

「違うの？」

「違わないですけど、離婚ありきで結婚したわけじゃありませんから。あくまでも、年を取っても一緒にいられることが理想です」

「碓井さんは理想どおりに生きてるわけだ。だったらなおさら、その程度のやっかみくらい、引き受けてたほうが平等なのかも。理想どおりな独り勝ちなんて贅沢《ぜいたく》よ」

丸山はからかって、もう一切れローストビーフを頬張る。

確かに、あまりにうまくいきすぎるのも、どこかに落とし穴がありそうで怖い気がする。ちょうどいい、そのバランスが気の持ちようを軽くしてくれるポイントかもしれない。

「じゃあ、とにかく仕事をがんばるしかないってことですね」

深津紀は気を取り直して、取り分けたパエリアをスプーンですくい、口に運んだ。

「ここ、美味《おい》しいですよね。そのワインも美味《おい》しそう」

深津紀の言葉に、丸山は問いかけるように目を見開いた。

「飲めばいいのに。碓井さん、お酒は好きじゃなかった？」

「強くはないけど好きですよ。でも、もし妊娠してたらってことを考えると飲めなくって」

「ぷっ。しっかりしてるよね」

「でもいま妊娠なんてことになったら、やっぱり仕事を放りだして好き勝手し放題って思われそう」

「それも、贅沢《ぜいたく》と相殺しなくちゃ」

「そうします。でもわたしの場合は、わたしからはじめた結婚だし、やっかみを引き受けても当然ですけど、城藤リーダーにまで迷惑がかかってるってこと、ちょっとショックでした。丸山さんも弓月工業のこと、驚いたって言ってましたよね」

丸山は何かを思いだすように宙を見やり、まもなく深津紀に目を向けた。

「そのことね。わたしなら結婚の経緯を知ってるし、だから関係ないってことはわかるけど……。でも、そこも気にしなくていいと思うわ。城藤リーダー、ちゃんと次の成果を上げてるじゃない。三住《みつすみ》工業と共同で建設機械のロボット化に携わること、今日、勉強会で発表したんでしょ。新規の取引先だし、しかも財閥流れで上場してる一流企業だから大手柄よ」

「それはそうですけど、松崎リーダーは城藤リーダーの報告を聞いたあとでも、成果が求められてるって言ってました。それって、まだ足りないってことですよ」

深津紀が憂《うれ》えて訴《うった》えると、丸山は呆《あき》れて首を横に振った。

「松崎さんは城藤リーダーの同期だし、ライバル視とか手厳しいところがあるかもしれない。でも、城藤リーダーは着実に成果を上げていくでしょ。上もそう思ってる。心配しなくても……ここだけの話、聞きたい？」

丸山は言いかけて、いったん口を噤《つぐ》み、それから少し前のめりになって声を潜《ひそ》めた。そう訊《たず》ねられて聞きたくないという人がいるのだろうか。そう思いつつ、深津紀も前のめりになった。

「聞きたいです！」

「まだ噂の段階だけど、城藤リーダー、ＦＡ事業本部営業部の課長になりそうって」

深津紀は目を丸くした。

「え⁉　わたしは何も聞いてないですよ」

「はっきり辞令が出たわけでもないのに、たとえ奥さんでも城藤リーダーが軽々しく言うわけないじゃない。でも、次の人事でほぼ確定」

「……よくそんな情報が入りますね」

深津紀が感心すると、丸山はふふっとしたり顔で笑った。

「独りで生きていこうって決めてるから、人脈は大事にしてるの。だから、松崎リーダーが何を言おうとも、大丈夫ってわたしは言ってるんだよ。適当に言ったわけじゃないから。城藤夫婦を本気で敵対視してる人はいない。うらやましさ余って毒づくってことはあるかも、だけど」

「……それが怖いんですけど」

「さっきの繰り返しは言わないわよ。とにかく、今回の三住の件が後押しになってるし、昇進できるってことは結婚が認められてる、もしくはなんのマイナス材料にもなってないっていう証明になってる」

そう言われると俄然《がぜん》、心強い。深津紀の顔がようやく綻《ほころ》んだ。

「丸山さん、ありがとうございます！　よかった、先輩にも恵まれてますね、わたし」

「いま頃？」

丸山はわざと抗議じみて言い――

「何回も思ってます」

と応じると、当然だといわんばかりの驕《おご》ったふりをして丸山は笑った。

丸山はワインを一口飲むと、瑠里さんのことだけど、と少し考えこんだ面持《おもも》ちで口を開いた。

「平尾さんと三人でいて、わたしも城藤リーダーと瑠里さんが付き合ってるのかもしれないって思ってたことがある。瑠里さんの結婚相手が平尾さんて聞いたときは、そうだったんだぁって意外な感じ」

「わたしは、最初から平尾さんと瑠里さんのことを夫婦として見てるからわからないんですけど」

「そうね。真相を訊《き》いてみたいと思ってたんだけど、碓井さんたちの結婚はうまくいってるし、野暮《やぼ》な質問かな」

真相というのは詰《つ》まるところ、隆州が瑠里のことをどう思っていたかということだろうか。

「城藤リーダーに訊《き》こうと思ったんですか？　直接？」

深津紀は用心深く訊《き》いてみた。

すると、ふと丸山の目が深津紀の頭上に移る。直後。

「おれに何を訊《き》くって？」

隆州だ。言いながら、深津紀の斜め向かいの椅子を引きだしてそこに座った。

「……なんでもありません」

少し迷ったのち、深津紀は首を横に振った。気軽に訊《たず》ねるにはためらわれる。

ビジネスバッグを足もとに置いた隆州は、深津紀に向かって首をひねり、それから丸山へと目を転じた。すかさず丸山の挨拶が入る。

「城藤リーダー、お疲れさまです」

「お疲れさまです」

「碓井さん、めずらしく悩んでそうだったのでなぐさめておきましたから」

隆州が怪訝《けげん》そうに目を見開く傍《かたわ》らで、深津紀は不満を込めて丸山に向かった。

「丸山さん、そこをめずらしくって言ったら、能天気か無神経かって思われます」

「結婚してもうすぐ半年たつんだし、しかもほぼ二十四時間一緒よ。城藤リーダーがそこを正確に見抜いていないわけないから、心配ないでしょ」

「そのとおりだ」

「そのとおりって、まさかわたしのことを能天気だとか無神経だとか思ってませんよね？」

「思いこみが激しくて、自分の信条を貫こうとして、そのためには人を巻きこむことも厭《いと》わない。そう捉《とら》えてる」

「……それって、結婚のこと言ってます？」

答えるまでもないだろう。そんな雰囲気で隆州は肩をすくめた。

丸山は忍び笑っている。隠そうとしたのだろうけれど、こんな近くにいて見過ごすはずがなく、深津紀はかわるがわるふたりを睨《ね》めつけるように見た。その効力は皆無で、ふたりはおもしろがっている。

深津紀は気持ちを切り替えて、ローストビーフのプレートを隆州の前に移動する。

「食べてください。美味《おい》しいですから。飲み物は……」

「入ってすぐ店員にビールを頼んできた」

深津紀が露骨に話題を変えたことをからかう様子で言い、隆州は丸山へと目を向けた。

「丸山さん、今日はおれがご馳走する。深津紀の泣き言に付き合ってくれたお礼だ」

「〝今日は〟じゃなくて〝いつも〟ですけど、さすがリーダーです。では遠慮なく」


電車を乗り継いで、途中で丸山と別れ、ふたりが家に帰り着いたのは夜の十時をすぎた頃だった。深津紀は明日の準備をしてシャワーを浴びる。

ダイニングバーではおよそ二時間、話したのは会社のことという殺風景ぶりだったけれど、それは他人からすればそう見えるだろうというだけで、三人は楽しんだ。会社のことといっても愚痴などではなく、本当に仕事の話だからワーカホリックと揶揄《やゆ》されても文句は言えない。

会食は、仕事という共通点から逃れることはできなくても、会社を離れたことで、深津紀は勉強会のときに言われた〝忠告〟のわだかまりをずいぶんと消化できた。明日は土曜日だし、気分転換をするにはちょうどいい休暇になりそうだ。

自然と顔が綻《ほころ》んで、すると隆州とお喋りがしたくなる。深津紀はシャワーを止めて浴室を出た。

下着を身に着けてパジャマを羽織ったそのとき、突然、立ちくらみがして深津紀はしゃがみこんだ。だるさに襲われる。きっと貧血だ。半年に一回くらいあって心配することではない。目を閉じてしばらくじっとしていれば、全快とはいかなくても動ける程度には具合が良くなる。

深津紀は床にお尻をついて壁にもたれた。寝転がったほうがらくにはなれるけれど、いざそうしたら起きあがるまでに時間がかかる。

ゆっくり呼吸をしながら落ち着くのを待っていると、ふいに廊下側のドアが開いた。

一瞬の間のあと。

「深津紀？」

呼びかけたのと同時に、慌てた様子の隆州がさっと傍にひざまずいた。

ゆっくりと目を開くと、ひどく顔をしかめた隆州が視界に映りこんだ。深津紀の首もとを包みこむように手のひらが添う。隆州は様子を窺《うかが》うように息を潜《ひそ》めて、そうして大したことはないと悟ったのか、詰めていた息を吐きだした。

「遅いから見にきた。熱はないな。どうした？　眠くてたまらなかったってことか？」

隆州はからかう。かといって、憂慮が消えることはなく、その眼差《まなざ》しは慎重だ。

「そんなに遅かったですか？　わたしは大丈夫。ちょっとした貧血」

「本当か？」

「全然ホント」

「そういう言い方はやめろ」

隆州はふっと息をつきながら笑う。抱えるぞ、と片方の膝を床につきながら少し体の向きを変えると、深津紀の膝の裏に腕を入れ、壁と背中の間にもそうした。深津紀は慎重に抱えあげられる。

普段なら隆州の負担を軽くするためにしがみつくところだけれど、いまはそうする力に欠けている。隆州はまっすぐ寝室に行って、深津紀をベッドにおろした。

「ひどくなってないか」

「うん、大丈夫」

深津紀は横向きになったまま目を閉じて、明かりを消してくると言って出ていった隆州の足音を耳で追う。それはしばらくしてベッドの傍に戻ってきて止まった。

閉じていた瞼をゆっくり上げる間にベッドが揺らいで、隣に隆州が入ってきた。

「ごはんのスイッチ……」

「入れてきた」

隆州は枕に肘《ひじ》をついて上向けた手のひらに自分の頭を預け、深津紀を見下ろした。

「きつそうにしてる」

隆州は眉をひそめてじっと深津紀の顔を観察する。心配性な言動がいまは嬉しい。

「そう？　ただ、すごくがっかりしてるだけ。明日の朝、起きるときにはきっと平気になってます」

「がっかり？　何が？」

「貧血は持病じゃないけど、たまにあるんです。生理中とか生理前とか。いまは生理前」

ん？　という少し怪訝《けげん》そうな表情をしたあとすぐにぴんと来た隆州は、手に頭をのせた恰好のままわずかに首をひねる。

「よほど子供が欲しいみたいだな」

隆州はおもしろがっていて、うっすらと笑う。

プロポーズの発端は子供のはずなのに、子供を持つということに限っては、隆州はのんびりとしている。これが夫婦の温度差と言われるものなのだろうか。

「せっかく早く結婚できたんだから、子供も早く持ちたいです」

「はっ、どこまで人生設計ができてるんだ？」

「二年くらい空けて子供は二人。理想はそこまでです」

「それは抱き甲斐があるな」

隆州はいやらしい笑みでくちびるを歪めた。単純に本心なのか、それとも深津紀の気分を軽くさせるために軽口を叩いているのか、どちらかは判別がつかない。

「でも、思ったようにはいかない。まだ妊娠しないって不思議ですよね？」

隆州は『抱き甲斐がある』と言ったけれど、もともと〝夜の生活〟は充実している。よその夫婦がどうだかはわからない。深津紀たちの場合は、睡眠を取るだけという日を数えたほうが遥かに簡単で、隆州が飽きてしまわないのが不思議なくらいだ。

「結婚と同じで、タイミングだろう。半年前は自分たちがこうなってることを想像もしていなかった。そうじゃないか？」

そのとおりだ。それに、ふたりで焦ったらぎくしゃくしそうで、隆州がのんびりしていることが深津紀を助けているのかもしれない。

「はい。隆州さんがセックスの依存症か中毒だってことも、想像もしてませんでした。カノジョは面倒だって言うくらいだから、淡白なのかと思ってた」

隆州はおかしそうに吹いた。

「おれも深津紀がバージンだとは思ってなかった。というより、そういうことを考える対象じゃなかったはずが……」

途中まで軽口に興じていたのに、隆州は急に気に入らないといった雰囲気で中途半端に言葉を切った。

「隆州さん？」

隆州は逸《そ》らしていた目を深津紀に戻すと、ため息を漏らした。ただのため息ではなく、嘆息だ。

「いまはほぼ二十四時間、視界に深津紀がいる。追っ払いたくてもできない。結婚が人生の試練になってる気がしてならない」

深津紀は目眩《めまい》をすっかり忘れて目を見開いた。それくらい、隆州の言葉は出し抜けで意味がわからない。嘆息したことといい、そのまま受けとれば隆州は結婚を後悔している。

「わたしを害虫みたいに言ってます。……わたしが面倒だってこと？」

「面倒だろう。独り悠々自適でよかったはずが、深津紀のことまで考えなければならない。おまけに予測不能だ」

散々な言いようだ。加えて、その真意が測れない。

「隆州さんは……結婚解消したいって思ってる？　後悔してるんですか？」

「まえにも離婚がどうとか言ってたな。そのとき、おれは離婚したいって言ったか？」

「……言ってないけど、いまは……」

「後悔はしてる」

自信なさそうに話す深津紀をさえぎって、深津紀が望んでいないことを隆州はわざわざ言いきった。ちゃかして隆州の明言を冗談に終わらせることができない。ショックという言葉ではまったく足りない衝撃だった。

絶句した深津紀のかわりに隆州が、けど、と、もったいぶって口を開く。

「いまの記憶を持ったまま、あのときに時間が戻ってもおれは同じ選択をする。それは間違いない。癪《しゃく》に障《さわ》るけど」

「……ほんとに？」

「ああ、ペースがめちゃくちゃになって本当に癪《しゃく》に障《さわ》る」

「そこじゃなくて！」

確かめたがっていることをわかっていながら焦点を逸《そ》らした隆州に、深津紀は悲鳴じみた声で抗議をした。

隆州は失笑して、結局はごまかすかと思いきや。

「後悔するほど、結婚が気に入ってるってことだ。知らなければ知らないままでよかったのに、知ってしまったゆえに自分から切り離せなくなってる。いま言えるのはここまでだ」

充分だ。深津紀の顔が綻《ほころ》ぶ。

「わたしも結婚は気に入ってます。隆州さんのこと、好きだし」

「はっ、軽いな」

隆州は苦笑したあと——

「おれは、子供は後回しになってもいいと思ってる。それよりも、深津紀を手懐けて仕込むほうが先だ」

「仕込むって……」

「いま深津紀が思ってるとおりの意味だ」

怪しんで見つめると、いけしゃあしゃあとした答えが返ってきた。

「……依存症か中毒か知りませんけど、結婚するまえはどう処理してたんですか」

「おれは依存症でも中毒でもない。まわりくどく女性遍歴を訊《き》いているつもりなら、ナンセンスだ。過ぎたことを話すつもりはない。確かに深津紀とのセックスは気に入ってる。中毒といっていいかもしれない。けど、それを病気にする気か？」

「そういう病気なら歓迎したいかも」

「つまり、深津紀も気に入ってるってことだ」

隆州はにやりとしたあと、いきなり顔を下げてくちびるを重ねた。

ぺたっとくっついては少し浮かして離れ、また吸いつくように触れる。くちびるが触れ合うだけのキスは心地よいけれど、やがてもっとという欲求が芽生える。

「舐めて」

隆州が少しだけくちびるを離して囁《ささや》く。

何も考えることなく、いつもされるように深津紀は舌を出して隆州のくちびるを舐める。とたん、隆州は口を開いて深津紀の舌を咥《くわ》えた。

「ん、ふっ」

まるで呑みこまれそうなくらい、舌が強く吸われて小刻みにふるえた。舐めてと言ったのは隆州のほうなのに、反対に舌が舌で舐めまわされる。隆州は吸着したまま巻きとるように繰り返し絡んできて、気持ちよくてたまらない。眠たさに似た陶酔感が脳内を満たす。融《と》けだすような怖さを覚えながら、深津紀は体をぶるっとふるわせたあと脱力した。

力尽きたのを察したのだろう、最後に音が立つほど強く舌を吸って、隆州は深津紀を解放する。

閉じていた瞼を上げると、間近なせいか、熱っぽく目が潤んでいるせいか、隆州の表情がよく読みとれない。

「深津紀はキスだけでイケそうだな」

隆州の声音にはからかいと満悦至極《まんえつしごく》といった様子が入り混じっている。ただ、深津紀独りがのぼせているわけではなく、その証拠に荒っぽい呼吸がくちびるの間で混じり合っている。

「隆州さんのキスは好き。怪しいって思うくらい」

キスはよかった？　と、結婚した日に訊《たず》ねられたことの答えをはっきりさせて、そのあとに付け加えた言葉は隆州を笑わせた。

「怪しいって？　べつに教わったわけでも数を熟《こな》してきたわけでもない。本能に頼って欲望のままやってる」

「欲望？　わたしに感じてる？」

「問う必要あるのか、それ」

「素敵な響きだと思って」

隆州は呆《あき》れた素振りで首を横に振りながらも、堪《こら》えきれないといったふうに笑う。

「挑発にしか聞こえないが、今日はお預けだな。気分はどうだ？」

目眩《めまい》にくらくらしていたのか、キスでくらくらしているのか、途中でわからなくなっていて、けれど目眩《めまい》に伴《ともな》っただるさはもう感じない。

「たぶん、平気。病人じゃないし」

「たぶんて……まあ、深津紀は病気とは縁がなさそうに見えるけど。患《わずら》うのは精々、恋の病にしてくれ」

「恋の病？」

隆州が口にするには意外な言葉に聞こえて、深津紀は思わず問い返した。

「言葉の綾《あや》だ。無論、結婚しているのに恋の病とか面倒なことになってもらっては困る」

「隆州さんはそうならない？」

「いま充分、気に入っているのに？　他人が入る余地はない」

他人との恋はあり得ない。深津紀がそう思っているように、隆州もまた明言したけれど、少し複雑だ。深津紀の恋の病の原因が、例えば隆州だったら隆州はどう思うのだろう。

「とにかく、体の心配はしたくない」

「……いま心配してます？」

「当然だろう」

その答えに自然と笑みが浮かんでしまう。両親の心配は当然として、隆州の心配は結婚したからこそと思うと、居心地がいい以上に満ち足りる。

「わたしも隆州さんが丈夫でよかったって思う」

「けど、ずっとそうだっていう保証はない。おれが倒れたらどうする？」

含みのある質問だ。ほのめかされたその真意はふたりの間では歴然だ。条件付きの結婚は深津紀の理想から始まった。かといって、深津紀にいくつもの条件があるわけではない。結婚が破綻《はたん》するのはただひとつ、さっきの隆州の言葉を借りれば、隆州のなかに他人が入ってきたときだけだ。

「そのときはちゃんと面倒みてあげます。隆州さんが浮気しないかぎり。それが、家族っていうわたしの理想。だから、仕事はできるときにめいっぱいやることが大事なの」

「確かに。クリスチャンじゃないけど、病めるときも健やかなるときも——それが人生の最良のパートナーだろうな」

「最良のパートナーって、わたしのことそう思ってます?」

「その判断は、人生が終わるときにしかわからない」

　隆州は真っ当な答えを返した。認めたくない何かがあるのか、それとも最良のパートナーとは思っていないのか、つまらない回答に深津紀は少し口を尖《とが》らせて不満を示す。

「わたしは隆州さんのことを最良のパートナーだと思ってるのに」

　あたりまえだ――と自己過信した返事は揶揄《やゆ》した声音で、隆州は薄気味悪くにやりとすると――

「セックスについてなら、深津紀は最良のパートナーだって断言する」

　仕事のときは考えられないくらいのいやらしさを漂わせ、隆州は軟派なセリフを吐いた。

　もっとも、深津紀に異論はなくて、やり込める言葉も、最良のパートナーだと認めさせる仕返しの言葉も見つけられない。

　返事に窮している深津紀を見て、隆州が粋がるかと思いきや、やや不服そうな雰囲気を醸《かも》しだす。

「深津紀は理想にこだわって、おれをターゲットとして射止めて最良のパートナーだって言うけど、それにしては、おれじゃなくて丸山さんに泣き言を言うってどういうことなんだろうな?」

隆州の不満は、自分が結婚のターゲットになったことについてではない。結婚して早々、プロジェクトの話を事前に打ち明けなくて責められたことを深津紀は思いだした。

「それは……ふたりのことだから客観的に見てもらえる人に話しただけ。すぐに解決できることじゃなくて、丸山さんに訊《き》いてから隆州さんに話しても間に合うことだから」

言い訳をしても納得がいったふうではなく、けれど隆州の不機嫌はいつも長くは続かない。隆州は吐息まがいで笑う。

「落ちこんでいるわりに深津紀はいつもと同じでクールだ」

「クール？　そんなふうに見えてる？　全然そんなことありません」

「自分を知らなすぎだ」

「隆州さんはわたしとのお喋りが好きなんだ、ってことは知りました」

隆州が不満なのは、考えだったり悩みだったりを深津紀がいち早く相談しないことだ。自分に話してほしいと、その要求を歪曲《わいきょく》して言ってみると、隆州は目を見開き――

「そうかもしれない」

と堪《こら》えきれない様子で吹きだした。

「今日のこと……隆州さんはわたしのことを可愛がられるタイプだって言ってましたけど、そんなことありませんでした。あからさまに嫌いだっていうオーラまでは感じなかったけど」

出し抜けに深津紀が話を切りだすと、隆州は考えこむようにかすかに顔をしかめた。

「どういうことだ？」

「勉強会のとき、微生物センサの松崎リーダーから、不公平だっていうようなことを言われたんです。弓月工業を譲ってもらったことが私情だって」

隆州ははっきり顔を険《けわ》しくした。

「気にしないでいい」

「わかってます。わたしは気にしてない——というより、気にする権利はなくて……隆州さんがよけいな誹謗中傷《ひぼうちゅうしょう》を受けてるって思ったら、ちょっと後悔しました」

「後悔？　結婚を？」

隆州はさらに顔を歪め、まるで睨《ね》めつけるように深津紀を見下ろした。さっきとは立場が逆になって同じ問いが繰り返されて、それは、深津紀と同じように、隆州がこの結婚を後悔していないと明確に示している。

「後悔は隆州さんのためですよ？　いまさら取り消したいなんて思ってません」

「おれをそんなヤワな人間だと思ってるのか？」

「そんなことない。『よけいな』って言いました。必要ないという意味しかありません」

「そのとおりだな。誹謗中傷《ひぼうちゅうしょう》なんておれにはなんでもない。真実なら気にする必要もあるだろうけど、人の噂話を気にしてどうする。時間と感情の無駄遣いだ」

「隆州さんのことだから――わたしたちのことだから気にしないはずない。……でも、少しほっとしました」

わたしたち、と言い直したことは正解だったようで、隆州の顔から険《けわ》しさが消える。

「松崎にはライバル視されてる。だから、とばっちりを受けたのはおれじゃなくて深津紀のほうだ」

「ライバル視？　丸山さんがそうかもしれないって言ってたけど……隆州さんと松崎リーダーってライバル同士？」

「入社して二年くらいは、平尾たちと一緒で普通に飲みにいってたりした。だんだん突っかかるようなことが多くなって、最初はふざけてるのかと思ってたけど違ったようだ」

「……でもすごいですね。隆州さんをライバル視って。わたしは追いつける気がしないんですけど」

「あきらめる気か？」

「わたしに追い抜いてほしいんですか？」

「俄然《がぜん》やる気が出る」

つまり、どうやったって先を越される気はないらしい。隆州はプライドを誇示しないわりに、競争心や向上心は人一倍ある。だから、丸山が教えてくれたとおりに、ひょっとしたらまもなくまた先を行く。しかも、視界に捉《とら》えられないくらい、ずっと先だ。

「追い抜けなくても置いていかないでください」

「むしろ、引っ張ってるつもりだけどな。松崎のことは心配しないでいい。卑怯《ひきょう》な真似をした時点で、おれと張り合う土俵から自《みず》ら下りたことになる。それとはべつに、仕事に妥協しないかぎり、周りはいずれ黙る。深津紀次第だ」

「はい、城藤リーダー」

隆州はおかしそうにして、自分の手のひらから顔を起こすと、その腕を深津紀の首の下にくぐらせた。頭上の壁に右手を伸ばして照明のスイッチを切り、深津紀の体に右腕をまわした。その重みにはいつも安堵を覚える。

「少し、よくなったか」

「うん。お喋りできたからいい気分」

「はっ。本当にお喋りしたかったのはどっちだ」

「どっちも」

隆州はあきらめの境地でため息をつく。

「お喋りしてやるから、目をつむって寝たいだけ眠れ。起きたときには本当に具合が良くなってるように」

「はい。おやすみなさい」

「おやすみ」

額に隆州のくちびるが触れ、深津紀は目を閉じた。

それから、隆州が入社した頃のことを話してくれているさなかにいつの間にか眠っていたけれど、そのせいか、起きたとき深津紀はひと晩中、隆州の声を聞いていた気がした。


十一月十七日、ちょうど日曜日の今日は深津紀の誕生日だ。碓井家で誕生日会が予定されている。

独身時代、家族間ではケーキを買って、その時々に必要なものをプレゼントするくらいだった。改まって誕生日会など子供っぽいと思ったのに、隆州のほうが乗り気になって快諾して、深津紀の母を喜ばせた。

当日の夜明け、目が覚めると、背中からすっぽりと体をくるむ隆州の腕の中で、深津紀は寝返りを打った。すると、鎖骨辺りを左から右側へと何かが滑り落ちる。深津紀は無意識のうちに隆州の胸に頬をすり寄せる。そうしながら首の辺りを手探りで探してみた。

裸の胸に当てた頬から、トクントクンと規則正しい小さな震動が伝わってくる。至福の時間だ。そして首もとで硬く小さいものを指先が捕らえる。触ってみてもそれが何かはわからず、確かめようと持ちあげてみると首の後ろでつかえてしまい、指先からそれはすり抜けた。

深津紀はゆっくりと瞬《また》きを繰り返し、体をひねりながら上半身だけ仰向《あおむ》けた。再び胸もとを探って、首に引っかかる限界まで持ちあげてみる。それは窓から差しこむ光を浴びてきらりと反射した。

「二十四歳の誕生日、おめでとう」

起き抜けで緩慢な声が深津紀の頭上から降りかかる。顔をそちらに向けると、素早く隆州がくちびるをふさぐ。ぺたりとくっつくキスは短くて、惜しむように離れた。

「これ……誕生日のプレゼント？」

ようやく察して訊《たず》ねると、隆州はゆったりと笑みを浮かべる。

「それ以外に何がある？」

ネックレスは深津紀が眠っている間につけたらしく、もう一度、目を伏せて見ると、イエローとブルー、そして透明の宝石がそれぞれに小さな光を放《はな》っている。

「トパーズ？」

隆州のことだから十一月の誕生石を調べたはず。隆州は寝転がったまま、ああ、とうなずいた。

「ありがとう。うれしい」

「ネックレスを贈る意味を知ってるか」

素直に喜んだ深津紀を見て、隆州は悪巧《わるだく》みがありそうな気配でくちびるを歪めた。

「何？」

「だいたい見当がつくだろう」

はぐらかしたのか、答えは聞けない。

隆州は深津紀の左の腿《もも》をつかむと持ちあげて自分の脚の上にのせる。大きな手のひらが左側のお尻を撫でると、開いた脚の間に滑ってきて後ろから中心に触れる。

「あっ、隆州さんっ⁉」

無自覚に逃れようとして腰を反らすと、隆州の腹部にぶつかって欲が下腹部に触れた。そうわかるくらいだ。隆州の欲求は露骨に現れている。

「男の反応はおもしろいだろう？　生理現象プラス深津紀のせいだ。解消してもらおうか」

「解消って……っ、起きなくちゃ……あぅっ」

体内に潜った指先がうごめき、くちゅりと音を立てる。

「準備万端だ。昨日、派手にイってたからな」

何度も、と付け加えて隆州はいやらしく含み笑った。

昨夜は、いったんともに果てたあと、呼吸が整ってきた頃にまた隆州が挑んできた。何回果てたのかもおぼろげなくらい、深津紀はいつの間にか眠っていたから、気絶したんじゃないかとも思う。

「生理でできなかったせい。一週間ぶりだったから……」

「感じすぎたって？」

「それはっ……隆州さんもそう！　二回もなんて」

「確かに、一度で満足できないってなんだろうな」

他人事みたいに言って嘆息する隆州を見つめながら、深津紀は結婚した日の夢を思いだす。

二度でも気がすまない、と夢の中で隆州は言っていたけれど、ひょっとしたら現実――？

「満足できないのが不満？」

「迷惑で、困っている。不満は……そのとおりだ。満足させてくれ」

散々なことを言いながら隆州は体をもぞもぞさせて、横たわったまま腰を押しつけてきた。

深津紀の中心に硬いモノが触れたかと思うと、その入り口が抉《こ》じ開けられて、隆州がうごめくたびにじわじわと貫かれる。小さく喘《あえ》ぎながら受け入れてしまうと、深津紀の体がぶるっとふるえて隆州が呻《うめ》いた。

隆州は深津紀の腰もとからすくい、ふたりの体をともに回転させる。深津紀はうつ伏せで隆州の体に跨《また》がる恰好になった。隆州は左右それぞれ腿《もも》をつかんで、膝の裏へと手を滑らせながら深津紀の脚を引きあげた。

「やっ、隆州さん、んっ……蛙みたいな恰好だけど……っ！　あっ……」

深津紀は慌てふためいてベッドに手をついて逃れようと試《こころ》みた。けれど、脚の自由がきかず、加えて隆州が腰を浮かして突き、その感覚に負けて肘《ひじ》がかくんと折れた。

不格好なまま、隆州が次々と突きあげてくる。隆州の上で深津紀の体が揺れ、ちょうど胸のトップが、程よく硬く隆起した隆州の胸に擦《こす》れて刺激を生みだす。そこは硬く尖《とが》って刺激はだんだん強くなっていく。

下腹部が擦《こす》れるだけで感じることも知らなかった。内と外で快感がひしめいている。クチャリクチャリと粘着音はひどくなる一方だ。隆州の欲が奥を突くたびに体はぶるっと大きなふるえに襲われて、それは内部から全身へと及ぶ。

「あ、あ、あ、隆州さ……んっ、も……ぅっ」

深津紀は悲鳴じみた声で訴《うった》える。

「深津紀は、最高にいやらしい、な……くっ」

そう言う隆州の息も荒く、言葉は途切れ途切れだ。

隆州は深津紀のお尻をしっかりとホールドすると、それまでよりも深く体内を貫いた。最奥にすっぽりと嵌《は》まったような感覚は脳内を快感で満たした。そうしたまま隆州が腰をうねらせる。

「やっあ、ぁあああああ――――」

深津紀は背中を反らして天井を仰《あお》ぐ。体は硬直して果てに向かい、限界に到達したとき体内でひどい収縮を引き起こした。それが繰り返され、巻きこまれた隆州が唸《うな》り声を上げて熱を迸《ほとばし》らせる。そのくすぐったさがもたらす快楽に深津紀は弛緩《しかん》した。

荒い呼吸に伴《ともな》って上下する胸にぐったりと体をゆだねる。それが心地よくて動く気にはなれない。隆州もそうなのか、深津紀の重みを受けとめたまま、呼吸が整う間、そして微睡《まどろ》んでいた深津紀が再び目覚めるまでそうしていた。

くっきりと目が覚めたとき、ふたりが繋がったままだったと知り、深津紀は少々ばつが悪かった。ただ、同化しているように違和感がなかったから、いざ離れると何かが欠けたようなさみしさを感じたのだった。

さみしさはそれからも消えることなく、実家に向かう間、隆州は車を運転しながらアームレストに腕を預けていたけれど、深津紀はその手に触れたくてうずうずしていた。邪魔になるかもしれず、実際に触れるのは控えたものの、触れたい欲求は実家に来てからも不届きなほどずっと続いている。

「お母さん、ありがとう。美味《おい》しかった」

深津紀は対面式のキッチンで洗い物をしながら、後ろの作業台でコーヒーを淹《い》れている母に声をかけた。

結婚するると、あたりまえだけれど、深津紀が実家で食事を取ることはあまりなくなる。誕生日に何が欲しいかと母から問われて、いちばんに手料理が食べたいと言うと、その要望に応《こた》えてくれた。

母は定年を迎えて以後、再雇用されているものの、働く時間は短くなって時間を持て余しぎみだ。時間はあるし、料理好きということもあって、はりきったらしく、多種多彩なメニューだった。特に巻き寿司と、里芋やレンコンなどの煮しめは美味《おい》しい。深津紀では出せない味だ。

「よかった、作った甲斐あるわね。誕生日会なんてあらためてやるのは久しぶりで楽しいわ。こういうイベントは、結婚して離れたからこそかしら」

「ほんと。結婚するまえはケーキ買ってくるくらいだったのに、今年はお母さんの誕生日会もしたし、来年の四月はお父さんも」

「楽しみよ。ふたりそろって来てくれるとうまくいってるのがよくわかるし。社会人になってまだ一年すぎたばかりで、内心では結婚するには早すぎないかって思ってたところもあるの。深津紀が早くに結婚したがってることはわかってたけど、本当に実行するなんて」

深津紀が後ろを振り向くと、母は肩をすくめておどけた。

「大丈夫。想像以上にすごくうまくいってる」

「ラッキーね」

キッチンに向き直った深津紀は、背中越しに笑っていそうな母の声を聞き、そのひと言をしみじみと噛みしめる。

ラッキーばかりだ。このラッキーがどこで始まったのか、遡《さかのぼ》っていけばきっと際限がない。受験の失敗ですら今日のためのステップだったかもしれないと思えている。それくらい、深津紀の結婚は幸運だ。

キッチンカウンター越しにリビングに目を向けると、ソファに座って語り合っている隆州と父の背中が見える。年の差をものともせず、話が弾んでいるのは、隆州が先導しているからに違いなく、営業マンという仕事柄のせいでもあるだろう。こんな光景を見るのもうれしい。

隆州がいるだけで、家のなかが満員だと感じるくらい、深津紀の目にはにぎやかに映っている。

親子三人のときは、小ぢんまりとした狭い世界に感じていた。それが不服というわけではない。親子だからこそ、深津紀を邪険にもせず無視もせず、ケンカをしても何事もなかったように仲直りができるし、気を遣わなくて居心地がいい。ただ、世間との繋がりが希薄で、取り残されていると感じるときがあった。いつか深津紀は独りになってしまう。そう案じていた母に感化されたのかもしれない。いつしか、両親がいなくなったあとの独りぼっちの未来を想像するようになって、深津紀は心細くて押し潰されそうな怖さを抱いていた。

いまは碓井家という個の空間であっても、隆州の存在が世間との接点になって、扉が放《はな》たれたように世界が広がっている感覚がある。深津紀は隆州との結婚でずいぶんと気が軽くなった。

けれど、憂い事がないとは言いきれず、些細《ささい》な気がかりがある。隆州の実家でこういうシーンが見られるといいと思うのに、隆州自身が実家に寄りつこうとしないのだ。縛られていたと言っていたように、よほど窮屈に感じていた証だろう。いま深津紀にできるのは、口出しをすることよりも様子を見ることだ。徐々に距離の縮め方がわかって、何かしらの役に立てれば万々歳。子供ができたら、きっと交流もしやすくなる。

「わたしもラッキーだって思ってる。上司になると怖いけど、夫として隆州さんはパーフェクトだから」

「お婿さんとしても完璧よ。あなたの誕生日なのに、わたしに花束をくれるんだもの。妻の両親に、生んでくれてありがとうなんて贈り物ができる夫ってなかなかいないと思うわ。少なくともお母さんの周りで聞いたことはないわね」

本当に、何かしら見返りが必要なのではないかと、少し怖くなるほど隆州は完璧だ。

碓井家に向かう途中で花屋に立ち寄ったとき、隆州は先を越して、これは深津紀にじゃない、と深津紀をからかい、お義母《かあ》さんにだ、と言った。前以《まえもっ》て予約注文をしていたと言うから隙がない。父には好物の焼酎のプレゼントを用意していた。

「あと、子供がいれば理想の結婚が完成する感じ」

洗い物が終わって、コーヒーをカップに注ぐ母の隣で手伝いながら、深津紀は願望を口にした。

「いずれ、そうなるといいわね」

「いずれっていうか、わたしはすぐに欲しいの」

「え？」

母は、斜めにしていたコーヒーポットを起こして手を止めると、コーヒーを注ぐかわりにびっくり眼《まなこ》を深津紀へと注いだ。

「そんなに驚く？　就職してまだ二年にもなってないけど、産休とか育休は隆州さんがなんとかしてくれる。会社にも認められてて、出世コースまっしぐらのデキる上司だし。隆州さんもわたしの希望は知ってるの。どうせだったら早いほうがよくない？　仕事に復帰したらお母さんに協力してもらうこともあるかも」

母はさらに目を見開いた。呆《あき》れた様子で首を横に振る。

「ずいぶんと急いだ話ね」

「あくまで理想だけど、叶える気は満々なの！」

「深津紀はひとりっ子だし、孫ができるのは楽しみよ。深津紀が生まれてくるまで本当に長かった。だから二人目はあきらめたし」

「あきらめたって、わたしを産んだときはもう高齢出産だったから？」

　母の言葉が少し気になって、深津紀は問いかけてみた。

「それもあるけど……。実はね、深津紀を遅くに産んだのは、いざ子供が欲しいと思ったときにできなくて、妊娠するまで時間がかかったのよ」

「え……そうなの？　仕事のために延期してたんだと思ってた」

　母は証券会社で働き、トレーダーを志願して、母の時代にはめずらしく男性と対等に渡り合って仕事を任されていたと聞く。それに応《こた》えようと仕事を優先した結果、子供を持つのが遅れたのだろうと、深津紀はたったいままで勝手に想像していた。食品工場に勤めていた父と、政治や経済について会話していたのをよく耳にしたものだ。両親が子供にとって大人のお手本となることは多い。深津紀も例に洩《も》れず、母の仕事に対する姿勢はデキる女を目指す原点だ。

「延期したのは結婚して三年間、二十八までね。三十前には一人って計画を立ててたわ。でも、二年たっても音沙汰無し。それで、もしかしてって気づいたのよ」

「何？」

「家系的に子供ができにくいのかもしれないってこと」

「……え？」

その話は当然ながら深津紀には初耳だった。

「ほら、お母さんもひとりっ子でしょ。母方の従姉妹《いとこ》が二人いるけど、やっぱり子供を持つのが遅かったし、妹のほうは子供を持てなかったわ」

「……ほんとに？」

よほど不安が顔に表れているのか、また手を止めて深津紀を見やった母は、あら、とぴんと来た顔をして、次にはなだめるように笑ってみせた。

「よけいなこと言っちゃったわね。専門家に聞いたり調べたりしたわけでもなくて、お母さんのいつもの癖よ。やたらとわからないことには理屈や理由をつけたがる。知ってるでしょ？　従姉妹《いとこ》の話も、昔だったら女性のせいにされたけど、今時、子供ができない理由は男性だというパターンも知られてる。実際は、お母さんも従姉妹《いとこ》の姉のほうも子供がいるわけだし、心配することないわ」

「うん。……それに、医学は進歩してるから、いざとなったら治療に頼れるよね」

深津紀は半《なか》ば自分に言い聞かせる。母の『今時』という言葉から思いついたけれど、それは母を安心させるためにも役立った。そうそう、と母はにっこりして相づちを打つ。

「孫のお守《も》りは任せてちょうだい。お母さんは仕事を辞めてもいいから。お父さんもまだ働いてるし」

「うん。頼りにしてる」

誕生日会は楽しく和《なご》んだ時間だったけれど、母から聞いたことは気がかりになっていた。

「もしかして、久しぶりの運転で緊張してるのか」

帰り道、助手席に座った隆州がおかしそうに言う。

深津紀は禁酒中で帰りの運転は自分がやるからと、隆州には心置きなく両親のお酒の相手をしてもらった。

「緊張はしてるけど、わたしよりもきっと隆州さんのほうが緊張してる」

「確かに」

「ひどい。そんなに下手じゃないから！　運転は好きなほうだし、気をつけてるだけです」

隆州の車は一見スポーツカーのようなセダンタイプで、大きく、会社の営業車よりもボンネット部分が長い。めったに乗らないから、感覚をつかむのに少々時間は要するけれど、いま言ったとおり、車は元より運転も好きだ。

「誕生日くらい飲めばいいのに、まったく深津紀は頑固だな」

「頑固？　そんなふうに言われたのははじめて」

「まえにも言ったけど、深津紀はヘンに思いこみが激しいところがある。それを頑固だって言ってる。自分でもわかってるはずだ。酔い潰れるほど毎日飲むのはＮＧかもしれないけど、たまに気分がいい程度に飲むのは差し支えないんじゃないか。もともとそれほど飲まないし。禁酒は妊娠してからで充分だろう」

深津紀が禁酒している理由は隆州も承知のとおりだ。いま隆州の口から『妊娠』という言葉を聞くと、気がかりが表面化して不安を呼び起こす。禁酒など意味がないとさえ思えてくる。

「そうかも」

そう言った自分の声は沈んで聞こえた。隆州がこちらを向く気配が感じとれる。

「なんだ？」

隆州は深津紀のわずかな異変も見逃《みのが》したり聞き逃《のが》したりしない。隆州は両親と同じで、深津紀にとってだれよりも強い味方だ。そんなふうに思わせてくれる。たったいまも気づいてくれたことで不安を払拭《ふっしょく》して、気分を変えてくれた。

深津紀はくすっと笑う。

「なんだ」

同じ言葉を今度は不満そうに言う。

「隆州さんて、わたしのことをよく見てるなと思って」

「無視してほしいのか」

照れ隠しか、ばつが悪いのか、隆州は遠回しにしか認めない。

「そんなことない。母がね、妻の誕生日に、その両親にプレゼントをしてくれる夫ってそんなにいないって言ってました。隆州さんは完璧だって」

「完璧を演じてるつもりはない。両親がいないと深津紀は生まれていないだろう、普通に」

その『普通』に気づくことも、何かをしようと思うことも、できないほうが普通だ。

「じゃあ、隆州さんはわたしが生まれてよかったって思ってることになりますね。贈り物の意味を調べてみました。わたしが隆州さんの誕生日にプレゼントしたネクタイの意味とあまりかわりませんよね。ネックレスは束縛したいってことでしょ。朝から欲望丸出しだったし、隆州さんはよっぽどわたしのことが好きみたい」

隆州は笑い声を立てる。イエスにしか聞こえない、おかしそうな笑い方だ。

「あれは、おれの欲求以上に深津紀への誕生日祝いの一貫だ」

「え？」

「気持ちよくなかったとでも言うつもりか？」

「それは……よかったけど」

「はっ。おれの欲望は、子供を欲しがってる深津紀にとっては最大限のプレゼントだ」

隆州は都合のいい断言をしたけれど、深津紀にとって都合の悪いことではまったくない。

「タイミングが違うけど」

妊娠だけが目的なら、今日は深津紀の夢が叶う時期からはずれている。はぐらかしてみたものの——

「うれしい」

素直に言葉が飛びだした。

「それは、帰ったらまたプレゼントが欲しいってことだな」

隆州はやはり都合よく解釈すると、にたりと艶《つや》めいた笑みでベッドタイムをほのめかした。


母から聞いたことは、誕生日から一カ月、ずっと深津紀の心底につかえている。そして、ふとしたときにそのわだかまりが膨張する。考えなくてはならないことがあるのに、何を考えればいいのかわからない。だから隆州にも話せていない。

結婚してからは早半年がすぎて、十二月も半《なか》ばだ。季節は正反対になり、外に出るにはコートが欠かせない。忘年会は目白押《めじろお》し、毎週末、深津紀は何かしらの集まりに参加している。いち早く開かれた先週末は大学の友人たちと、そして一週間後の今日は会社の同期の女性たちと飲み会だ。来週には、部署の忘年会が予定されている。

深津紀よりも隆州はもっと付き合いが多い。そもそも最低でも週一は夜の付き合いに呼びだされている。年末になってその数が倍に増え、今日は会社の上層部の忘年会に呼ばれている。以前、丸山が隆州の昇進について口にしていたけれど、上層部と同席するのだから、ひょっとしたらその裏づけだ。

「うちの部署の新人、ボーナス出たとたん、退職届を出したらしいよ」

「新人だとボーナスもたかが知れてるのに」

「もらわないよりマシって感じ？」

「でも、だめだって思ったら早いほうがいいんじゃない？　会社のためにも」

「ほんと。人材育成費なんてバカらしいくらい会社の経営は余裕あるらしいし、やる気のある人を別に調達したほうが得策って感じ」

「そうそう。利益率が尋常じゃないって経済新聞にもネットにも出てたっぽいよ。うち、お母さんが感心してた」

「わたしもそれ読んだ。年収の高さも話題になってたね」

「そこ！」

「何、そこ、って？」

「うちの会社の男って結婚相手として条件よくない？　続かなくて早期にやめていく人もいるけど、逆に言えば仕事のできる男しか残らないし、年収も同年代で比較すると有名商社より格段に高いんだから」

と、話題が飛躍したのは深津紀と結びつけたかったからに違いなく、案の定、全員の視線が深津紀に集中した。

「碓井さんはホントにうまくやったよね。城藤さんて、いちばん手が届かない感じしてたのに」

「そうなんだよねー。城藤さんは、半人前の後輩よりもデキる女を選びそうって思ってた」

深津紀が半人前なのは否めないが、やっかみ半分で侮辱にも聞こえなくはない。反論して場を白《しら》けさせるのは大人げないし、隆州は最高の結婚相手だと惚気《のろけ》た場合、反感を買うこともある。

結局深津紀は、おどけることに徹して笑ってごまかした。

「そうじゃなくて、意外とできる人って、手のかかる子がいると世話したくなるってこともあるかも」

フォローがフォローになっていない。むしろ、『手のかかる子』を深津紀に置き換えられているとしたら散々だ。

「で、碓井さん、どうやってゲットしたの？」

「わたしも知りたい。参考にするから！」

おかしな方向に話が向かい、困った状況に陥《おちい》った。深津紀がそのとおりのことを言えるわけがない。

「わたしなんて参考にはならないよ。結婚も恋愛も決まったパターンなんてないと思うし」

実際のところ、深津紀と隆州ほど奇抜《きばつ》なパターンはだれも経験しないだろう。それが思いのほか、うまくいっていることも。どの結婚にも負けないほど、深津紀は幸運をつかんで幸せだと思っている。

「わたしも人それぞれだって思う。実はわたしも同じ部署の人と付き合ってたりして」

と、深津紀に賛同しながら、どさくさに紛《まぎ》れて打ち明けたのは岡村だった。

「え、何⁉」

「嘘っ」

「それ、だれなの⁉」

あちこちから悲鳴じみた声があがり、異口同音で岡村は責め立てられた。

新しい情報にありつけば、自《おの》ずと関心はそこに移り集中する。岡村が矢面《やおもて》に立ってくれたおかげで、深津紀も好奇心いっぱいで岡村の告白を楽しんだ。

「岡村さん、もしかしてこの飲み会がお開きになったら会いにいくとか？」

「だから今日はお酒を飲まないいんだぁ」

「ね、碓井さんと岡村さんを羨んでる場合じゃなくない？　うちの会社、独身男子はまだまだいるんだし、わたしたちも行動を起こさないと！」

その宣言を境《さかい》に、今度は独身男性たちのリストアップと品評会が始まった。

「ね、碓井さん」

蚊帳《かや》の外となった岡村が隣に割りこんできて、深津紀に声をかけた。

「何？」

「結婚して、子供を持つことも考えてる？」

出し抜けの質問は、自然な質問でもある。

「……考えてるけど？」

考える以上に、欲しくてたまらない。その心情を隠して深津紀は戸惑《とまど》いつつ曖昧《あいまい》に問い返した。

「城藤リーダーはそのあたり、どう考えてるのかな」

「……そのあたりって何を？」

岡村のことは率直なタイプだと思っていたけれど、いまはどうにも歯切れが悪い。周りが騒がしいなかひそひそと話すのは、あまり人に聞かれたくない話なのだろう。深津紀は首をかしげて促《うなが》した。

「んーっとね……例えば、いますぐ子供ができたとしても全然かまわない感じ？」

「全然かまわないと思う」

「碓井さんて、産休とか育休とか取って仕事復帰するタイプでしょ？　ちゃんと取れそう？　それとも居心地が悪くなりそうな感じ？」

岡村は矢継《やつ》ぎ早《ばや》に訊《たず》ねてきて、その内容から深津紀は察した。

「岡村さん、もしかしてすぐ結婚する予定？」

「まあね」

ついさっき聞いた話によると、岡村が付き合っている相手は三つ年上で、結婚するには早すぎることはないし遅くもない。けれど、深津紀の問いに返ってきたのは、うれしそうというよりはやはり曖昧《あいまい》な雰囲気だった。

「城藤リーダーは理解あるよ。岡村さんも平尾夫婦のことを知ってたよね？　うちの会社はそのへん、普通に融通《ゆうずう》が利くと思う」

「そっか。……じゃあ、大丈夫かな」

岡村は独り言なのか、自分に言い聞かせている。

「何が大丈夫なの？」

「ちょっとね……順番が違ってるの」

ますますひっそりとつぶやかれた、ためらいがちな言葉の意味はすぐには察せられない。自《おの》ずと深津紀の首は不思議そうにかしぐ。

「順番？」

かった。

「来年、すぐ結婚するつもりだけど、できちゃった婚になっちゃう」

いま八週、と付け加えられた言葉は、空耳かと思うくらい、深津紀はよく聞きとれなかった。

金曜日の忘年会から二夜明けた日曜日、一段と気分は落ちこんでいる。深津紀が見たいと言った映画をオンラインレンタルして隆州とテレビを見ているけれど、話の筋もよくわからないままだ。

深津紀と岡村が禁酒している理由は同じで、赤ちゃんのためだ。けれど、肝心なところは決定的に違う。岡村には本当におなかに赤ちゃんがいて、深津紀にはいない。結婚の破綻《はたん》は、隆州に好きな人ができたときだけと思っていたけれど、もうひとつ、肝心なことを度外視していた。

何を考えればいいのかわからないのではなく、直視することを避けていただけだ。母が勝手に理屈をつけているという可能性に縋《すが》って、子供をなかなか授かれないことは考えないようにしてきた。それを岡村の告白が台無しにした。岡村に悪気はないし、非もない。単に、深津紀が逃げだした場所に引き戻されただけだ。準備不足のまま無理やり敵の前に駆りだされている、そんな心地だった。

「どうしたんだ」

その言葉が自分にかけられたものか、ふたりきりなのに一瞬迷うほど気分は沈んでいた。テレビを見ていた深津紀は無意識で声のしたほうに目を向ける。

隣に座った隆州は、淹《い》れたてのコーヒーを一口飲んだあと、カップをソファの前のテーブルに置く。わずかに腰を浮かして、深津紀へと体ごと向いて座り直した。

隆州はわずかに眉間にしわを寄せている。

「どうかしました？」

深津紀が訊《たず》ねると、隆州は呆《あき》れて笑う。

「おれが深津紀にそう訊《たず》ねてるんだ。おとといの夜から何かとふさぎこんでる。いや、どこか違うのは先月からか？　おとといい、会社を出るまではいまよりまだマシだったけどな。昨日はとりあえず深津紀から話してくれるのを待ってみた。相変わらず、おれは頼りにされてないみたいだ」

「そんなことない！」

隆州の落胆した言葉に驚いて、深津紀はとっさに叫ぶように否定した。

「じゃあなんだ？　飲み会でまた何か、おれのことを、もしくは結婚のことを言われたのか」

「何も悪くは言われてません。……何も言われてないけど、聞いちゃったんです」

「聞いた？　何を？」

どう話せばいいだろう。すぐには切りだせない。

深津紀が口を開くまで、隆州は辛抱強く待っている。映画のアクションシーンの雑音が、沈黙の気まずさを和《やわ》らげている。もっとも、沈黙が気まずいと感じているのは深津紀だけだろう。

「人のプライベートな話もあるから……隆州さん、秘密にしててくれますか?」

「口が軽いと言われたことはない」

つまらないことを聞くなとばかりに、隆州は肩をすくめた。

平尾とくだらない話をしているとき、隆州のお喋りな一面を知ったけれど、それは他愛ない会話であって人の秘密をばらすような話は聞いたことがない。その点は、隆州が明言するまでもなく深津紀も信用している。

「わたしもそう思ってますけど、念のため。……微生物センサの同期に岡村さんているの。松崎リーダーについてる子。付き合ってる人が同じ部署にいて、それで結婚するらしいんですけど……」

尻切れとんぼになった言葉から、深津紀がふさぎこむような理由が見当たらなかったのだろう、隆州は顔をしかめた。

「深津紀はおれとの結婚を気に入ってると思ってた。遠回しだったけど、おれ以上の男はいないって聞いた気もする。いま深津紀が言ったことのなかから、深津紀が憂うつになっている理由を探すなら――深津紀はおれ以上に、岡村さんを好きなのか、彼女の相手の男を好きなのか、どっちかだ」

一瞬、隆州が何を言っているのか理解できなかった。肝心なところを言っていないのは自分でもわかっている。深津紀は目を見開いて首を激しく横に振った。冗談だろうが質《たち》が悪い。

「そんなことない！」

「よかった。丸山さんがライバルだってことにも納得いかないんだ、これ以上、意味不明なライバルが増えるとか勘弁してくれ」

隆州は軽口を叩いた。いつもの深津紀ならおもしろがるだろうに、そんな心境とは程遠い。

「隆州さんのライバルになれる人はいません。わたしにはライバルがいっぱいだけど。……ううん、ライバルよりきっとわたしは負けてる」

「負けてる？　ライバルがいるとしても、結婚してる深津紀のほうが一手も二手も先を行って有利だろう」

「そうじゃないんです」

「深津紀」

深津紀に焦らしているつもりはなくても、隆州からすれば焦れったく業を煮やしてもしかたない。ただし、怒っているのではなく説得する呼び方だ。

「岡村さんは……できちゃった婚になるそうです。ごめんなさい」

「……それは……」

隆州は言いかけて口を閉じ、顔を険《けわ》しくした。結論が出ないまま言いかけたせいか、それとも言いかけていた結論が変わって整理する時間が必要だったせいか。

深津紀は、はっきりと言えないほど自分が臆病になってしまった理由を、その表情を見て明確に理解した。隆州に結婚に見切りをつけてほしくないからだ。怯えた気分で、ゆっくりと隆州の口が開くのを見守る。

「もちろん、いまのは深津紀が岡村さんにかわって謝ってるわけじゃないな。今時、順番が逆になったからといって責められることはない。出産にしろ子育てにしろ、会社は法に則《のっと》って応《こた》える。謝る理由はなんだ？」

理由は、隆州のことだからきっと察している。あえて深津紀に言わせるのは、深津紀がきちんと説明するべきことだからだ。

「隆州さんに言っておくことがあります。……ううん、言わなくちゃいけないこと」

深津紀が正しく言い直すと、その真意は汲《く》みとってくれたのか、隆州は何も言わず、ただ深くうなずいた。

「誕生日、実家に行ったときお母さんから聞かされたことがあって……。わたしが生まれたときと隆州さんのお兄さんが生まれたとき、お母さん同士の年齢を比べたら、うちのほうが十年も遅い。子供を持つ時期を計画していたらしいけど、三十までには子供をって思ってたのに実際は五年以上遅くなってる。お母さんもわたしと同じでひとりっ子だし、お母さんの二人の従姉妹《いとこ》も、子供は一人か、いないかなんです。おばあちゃんより以前のことはわからないけど、母方の血筋が先細りしてるのは確実。もしかしたら子供ができにくい家系かもしれないってお母さんは言ってて……」

隆州はしばらく黙りこんだ。じっと目を合わせたままで、深津紀のほうが耐えられそうにない。何を言うかも決まらないまま深津紀が口を開こうとした矢先、隆州のほうが先に言葉を紡いだ。

「深津紀が子供を欲しがっていることは知っている。子供を持つのに、いろんな弊害があることはテレビで見たことがある。結果的に子供を持てなかったとしても、そんな将来をいま心配することだとは――いま深刻に考えることだとは、おれは思えない」

隆州が言葉を選びつつ深津紀に伝えたことは、だれが聞いてもそのとおりだと納得するだろう。けれどそれは、子供がプロポーズの前提になっていなければの話だ。

「いま考えなくても、いずれ考えなくちゃいけなくなる」

「結婚してまだ半年だ。くよくよ悩むには早すぎないか」

「でも、わたしたちの結婚はセックスレスとはまるで反対。平尾さんたちには結婚して一年後に晶歩ちゃんが生まれてる。同棲もしていないのにできちゃった婚できる人とわたしたちの差ってなんですか？」

「訊《き》くまでもなく、それを自分のせいだと思っているんだろう、深津紀は？　けど、まえにも言ったとおり、おれのせいだってこともある。それを追及したい？」

「……追及って……」

「検査してほしいかってことだ。けど、おれはいまそうする気はない」

自分で言いだしておきながら非協力的な宣言に、深津紀は逆にほっとさせられた。隆州がそれを狙って言ったのかはわからない。隆州になんの問題も出なければ、深津紀の責任になる。その重圧から隆州は深津紀を救った。

「わたしには……検査してほしい？」

「まさか、おれをそんな身勝手な人間だと思ってるのか？　おれは卑怯《ひきょう》じゃないつもりだ。少なくとも深津紀に関しては」

「身勝手だなんて思ってない」

それどころか、いつも配慮して深津紀が喜ぶよう立ち回ってくれる。隆州が好きだからこそがっかりさせたくない。いつかそうしてしまうことがいちばん怖い。

「ここからさき言うことはおれのわがままだ。お義母《かあ》さんの出産が遅かったにしろ、深津紀は生まれてる。お義母《かあ》さんが待った五年、その時間をおれたちも待ってはじめてちゃんと考える。それではだめか?」

隆州はやさしい。自分のわがままだと言いながら、その実、深津紀を守っている。さっきの非協力的な言葉も自分に問題が潜《ひそ》んでいるか否かを知りたくないからではなく、やはり深津紀を守るためだ。そんなふうに深津紀が察せられるくらい、結婚して隆州のことを知った。

反対にわからなくなってくることもある。

深津紀にとって隆州はできすぎた夫だ。けれど、隆州にとって都合のいい妻とはなんだろう。深津紀にその役目は力不足かもしれない。

せめて面倒に思われないように、深津紀は無理やり笑ってうなずいた。


『おれはそろそろ行動するべきなんだろうな』

五年待つという結論に至った夜、見ていた映画を、早戻しだ、と言って最初に戻すまえに、隆州はそんなことをつぶやいた。そのときは漠然と聞いていたのだけれど、およそ二週間後のいま。

「沖縄って、ほんとに冬でもコートいらないんですね」

ふたりは年の暮れ、三十日に沖縄にやってきた。自然のなかをずっと歩いてきて、いまはコートがいらないどころか、上着を脱いでもいいくらいだ。

「ああ、天気もいいし、東京の寒さからすると天国だな」

隆州は立ち止まって空を見上げる。

深津紀もそれに倣《なら》う。木々のすき間からこぼれる太陽の光はきらきらと煌めいて、ふたりに降り注ぎ、祝福されているみたいだ。この場所、世界遺産の斎場御嶽《せーふぁうたき》は聖地として存在していて、本当に祝福されているのかもしれない。

「同じ日本とは思えない感じ。沖縄に住んでる人が羨ましい」

「台風が来ると大変だ」

「嵐は嫌いじゃないです」

そう応じると、隆州は仰向《あおむ》いていた顔をうつむきかげんにして深津紀を見やった。首をひねって、それは疑っているようなしぐさだ。

「嵐が好きだって？」

「怖くない嵐は好き」

「怖くない嵐を嵐って言うのか？　意味がわからないな」

隆州はおかしそうに声をあげて笑った。

「沖縄は好きってことです。はじめて来たけど、昨日までいた万座毛《まんざもう》とか、ビーチも海もきれいで、レンタカーのドライブも海を眺めながらで楽しいし、すごく気に入ってる。泳げるなら泳ぎたい感じ」

「暑いときにあえて来るのもいいな。とりあえず、気に入ったというんなら連れてきた甲斐がある。いまの時代、蜜月旅行《ハネムーン》の理想は海外だろうけど」

隆州の『行動』が新婚旅行に結びついているなど、深津紀は予想だにしなかった。不安を打ち明けた日から二日後、『正月休みに新婚旅行に行く』と半《なか》ば強制的に誘われたとき、唖然《あぜん》とするほどびっくりしたものだ。

契約ともいえる結婚だ。縁起は担《かつ》いだけれど、結婚式とか披露宴とか、そして新婚旅行とか、儀式めいたものは似合わない気がして深津紀から提案することはしなかった。ふたりでいられることだけで満足していたから、その後も旅行をしようという発想がなかった。

いざ東京を離れてみると仕事も日常も遠くに感じて、無心になって楽しいばかりだ。

「どこだってうれしい！　隆州さんと蜜月旅行っていう思い出がつくれて、幸せ倍増中です。わたしばっかりうれしくさせられてて、気が利《き》かなくて申し訳ないくらい」

「おれはおれで深津紀の反応を見て楽しんでる。本望だ」

隆州はにやりとして、繋いだ手を引いてまた歩きだした。この時季のせいか、途中ですれ違う人もいたけれど、観光者は少ないようだ。

しばらくして隆州は、あそこだ、と前方を指差した。

見ると、巨大な二つの岩がつくりだした直角三角形のトンネルがある。案内にあった、三庫理《さんぐーい》という聖地だ。

「片方が片方に寄りかかって安定してる。バランスが絶妙だな。パワースポットらしい」

離れて見たときは狭そうに感じたけれど、近づいてみれば三角形の頂点はかなり高い位置にある。そうして短いトンネルを抜けるとそこは行き止まりで、ふたりのほかにだれもいない。すぐ向こうは崖になるのだろうか、木の葉で自然にできた丸い額縁《がくぶち》のなかに海が青く輝いて映る。

「島が見えるだろう。あれが神の島と言われてる久高島《くだかじま》だ。ここは本当に神々《こうごう》しい雰囲気だな」

東京の中心にいると、自然がなした偉大な風景にはなかなか巡り合えない。自然はこうまでも完璧な造形を生みだすのだと、貴《とうと》い感動をもたらす。指を絡めていた手が強く握りしめられると、深津紀は自分もそうしていたことに気づく。無意識に誓い合っているような感覚だった。

その誓いはなんだろう。言葉にはならないけれど、祈りは得てして無我の境地に達するものだとも思う。なんの欲もなくて、共鳴し合える。例えば神様と、いまに限ってなら隆州と。ふたりきり、俗世から切り離されて守護されている。そんな特別な場所に感じた。

「この岩のバランスは人間関係と同じだな」

隆州はもと来た道のほうへと目を転じて沈黙を破った。見上げると、首を反らして巨大な岩を眺めている。直角三角形のトンネルは海側の岩が寄りかかってできたものだ。

「〝人〟の字みたいな感じ？」

「ああ。まあ、その〝人〟の成り立ちについては、もともとはふたりじゃなくひとりの人間を表したものだって言うけど」

「ホントに？　隆州さんて物知り」

「はっ、たまたまだ」

おかしそうにした隆州はまもなく生真面目な顔になって、深津紀、と呼びかけた。

「うん」

「子供のことについては少し整理ついたか？　ほかにも引っかかることがある？」

深津紀のなかですっきり解決していないことを隆州は見抜いている。

「隆州さんてホントに気がまわる」

「性分《しょうぶん》だ」

深津紀が褒めたところで、隆州はさしてうれしくもなさそうに、そんな言葉でしめくくった。

「まえにもそう言ってました」

「ああ。そう複雑な話じゃないけど、それはまた今度だ。それでどうなんだ？　すぐに切り替えができるとはおれも思っていない」

「いつかは言わなきゃいけなかったし、隆州さんが知らないのはフェアじゃないと思ってたから、あのとき隆州さんが話せるようにしてくれて本当によかった。ひとつ、訊《き》いていい？」

「ずうずうしいのが深津紀だろう？」

「時と場合によります。いま訊《き》きたいのは……その……わたしたちはこのままでいい？」

「逆に、よくないのか？」

隆州はひどく顔をしかめた。深津紀の気持ちを悪いほうに測《はか》っているのだろう、「そうじゃなくて！」と、誤解させたくなくて慌てて否定した。

「隆州さんにとって、この結婚にどんなメリットがあるのかなって訊《き》きたくて」

「メリット？　深津紀が考えているメリットなんて最初からおれにはなかった。……と言ったら？」

「え……？」

深津紀は目を見開いて隆州を見つめた。

「この蜜月旅行も〝メリット〟という観点から捉《とら》えるなら、無駄なことだろう？　けど、無駄じゃない。おれは結婚を気に入ってる。深津紀のことも気になってしかたがない。腹が立つほど」

「腹が立つって……」

「放っておくことができないからだ。それを深津紀がまったくわかってない。不公平だろう、おればかりが振りまわされて」

隆州は本当に腹立ち紛《まぎ》れに言っているようで、深津紀はクスクス笑いだした。

「病みつきなのはわたしの中じゃなくて、わたし全部に夢中ってことですね。知りませんでした」

深津紀の追い打ちを受けて、隆州は心底から嘆息した風情を見せるが、すぐに言葉を続けた。

「深津紀、理想はあっていい。けど理想は理想にすぎない。その時々に方向転換する余地はあっていい。この岩に例えれば……人と対等でいることは難しい。友人同士でも。結婚もそうだ。片方が片方に寄りかかっている場合が多い。立場が逆転することもある。ただ、こんなふうに支え合えたらいいんじゃないか。いまは深津紀がおれを当てにすればいい。おれは応《こた》える気でいる。月並みな説得になるけど……おれたちふたりの結婚はおれたちふたりでしか完成しない」

違うか？　という問いに、深津紀は激しく首を横に振った。

理想などと称して深津紀に人生のビジョンがなかったら、母から聞かされたことももう少しらくに受けとめていられただろう。元より、独り善《よ》がりの理想ではなく、それを隆州と一緒に紡いで現実にしていくのが結婚だ。隆州が言ったように。

「違うか違わないか、どっちだ」

「違わない！」

深津紀が笑った瞬間に頬を雫が伝《つた》った。隆州は手をほどいたと同時に深津紀を抱きしめる。

「誓いの儀式も完璧だろう」

隆州は自画自賛して、深津紀を泣き笑いさせた。うれしくて泣く。そんな幸せが増えた。

第五章　最良の選択

刻んだトマトとチーズの入った、とろとろのスクランブルエッグに、メープルシロップを塗《まぶ》したトースト、そしてレタスとわかめのスープ。二月の寒さは微塵《みじん》も感じられないダイニングでのブランチタイムに、深津紀は残り少なくなったスクランブルエッグを殊《こと》の外《ほか》ゆっくりフォークですくう。

「もう腹いっぱいだっていうなら残していい。おれが……」

「逆です！　美味《おい》しいからゆっくり味わっているだけ」

「しばらくブランチはこれでいくか？」

「全然オッケーです」

「楽勝だ」

　隆州は軽く受け合うと、コーヒーを淹《い》れてくる、と立ちあがった。

　休日は、通常は断然、隆州のほうが早起きで、深津紀が起きるだろう頃を狙って、もしくはもう起きていいだろうと見計《みはか》らってブランチメニューを用意している。隆州は早起きしたぶん軽く何かしらをつまんでおき、あらためて深津紀に合わせて食事を取る。

　窓の外は二月にありがちな曇り空だけれど、相変わらずな隆州の良夫ぶりに気分も上々だ。二月最後の土曜日、午後から車で遠出して梅まつりに出かける。天気予報ではだんだんと晴れると言っていたから、梅の花も色鮮やかに映《は》えるだろう。

　最後の一口、と、深津紀は惜しむように内心でつぶやき、口を開きかけた。刹那、インターホンが鳴った。

「あ、わたしが出ます」

　気をそがれた不満はなく、むしろ食べる楽しみを長引かせることに貢献してくれた呼びだしに、深津紀は感謝したいくらいだ。キッチンから出ようとした隆州を引き止めて立ちあがった。

　午後から外出するし、来客の予定などない。もっとも、家に人が訪れることはめったにないから、配達人かセールスか管理人かと思いつつボタンを押した。

とたんに深津紀は目を丸くする。

モニターに映った人物を見てただ驚いているうちに――

「こうやって出たんだから居留守を使おうなんてもう遅いわ。通してちょうだい」

果たして、応対するのが深津紀かもしれないという可能性をわかってのことか、高圧的な声に先を越された。

「あ、すみません。お義母《かあ》さん、おはようございます。開けますのでどうぞ」

深津紀は慌てて応じると、ロックを解除した。

隆州を振り向くと、案の定、しかめた顔と目が合った。なぜモニターを見てから応じないんだと言わんばかりだ。

「ごめんなさい」

結婚してからこの方、義母がここを訪れたことはない。そう言い訳をしたい気持ちはぐっと堪《こら》え、深津紀は隆州に謝った。

隆州は吹っきるように軽く首を横に振ると、観念したようにため息をついた。

「どのみち、この時期はどこかで捕まるからいい。会社に押しかけてこられるよりマシだ」

「この時期って？　何かある？」

「三月は城藤工務店の決算月だ。まあ、いまから起きる親子げんかを見てろ。毎年の恒例行事だ」

深津紀は、親子げんかという穏やかでない言葉に眉をひそめてダイニングテーブルに戻った。

正月の新婚旅行のあと、ふたりで城藤家を訪ねたときは、盆と同様、年賀の挨拶もそこそこに引きあげた。最初に訪問したのは結婚してまもなくの父の日で、そのときもプレゼントを渡して紅茶をごちそうになるくらいでさっさと帰った。

城藤家にはまだ三度しか行っていない。はじめてその家を見たときは、さすがに工務店の社長宅だと圧倒された。長男夫婦と同居していても広く感じるくらい大きな家は、焦げ茶色の外観が和のイメージを残しながらもモダンで、深津紀は気後《きおく》れしたものだ。

加えて、隆州が実家に帰っても長居したがらないという状況下、隆州の両親とはあまり話す機会がなく、いまだに慣れない。親子げんかが始まったらどう取《と》り成《な》せばいいだろう。

そんなことを案じながら、深津紀は最後の一口を急いで頬張ってブランチの後片づけをした。こんな時間に起きるなど嫁失格だと思われるような危険は避けたい。しかも、着替えてもいない。

流しに食器を置きながら、「わたしがあとで洗うから！」と慌てる深津紀を見て、「男女平等はどこに行ったんだ？」と隆州は笑う。その気楽さに少し安心できた。

隆州の独身時代、空き部屋だったところはいまやクローゼットとなり、深津紀はそこに飛びこんで手早くパジャマを脱いだ。いちばんお手軽に着替えられるワンピースを選んで、すっぽりと頭から被った。

再びインターホンが鳴り、隆州の足音が聞こえる。

「隆州さん、待って！」

深津紀は急いで部屋を出る。廊下で立ち止まっていた隆州は問うように首をひねった。

「迎えに出なくって、お義母《かあ》さんに歓迎されていないって思われたくないし、失礼だって不機嫌になられても困ります」

「気にしすぎだ」

こういうことは男性にありがちで、隆州も鈍感になるのか、深津紀の懸念を簡単に往《い》なした。

玄関のドアを開けるのは隆州に任せて、深津紀は少し後ろに控えて待つ。

「おはよう、隆州。ようやく会えたわ」

皮肉たっぷりの声が短い廊下を通り抜け、突き当たりの壁に反射して響き渡る。

「おはよう、母さん。ようやくって正月に会ったはずだ。それに、母さんが思っているよりおれは忙しい」

隆州が応じている間に、義母はドアと隆州の間に体を割りこませるようにしながら入ってきた。深津紀があらためて挨拶しようと口を開いたが、義母のほうが早かった。

「そのわりに今日はゆっくりできてそうじゃない？」

義母は嫌味を込めて、隆州を上から下まで眺める。

隆州は自分の母親だから平気なのだろうと思って言わなかったけれど、ついさっきまで深津紀がパジャマだったように、隆州は長袖のTシャツにジョガーパンツという、寝起きと取られてもおかしくない恰好だ。会社に行くときはひと筋も跳《は》ねていない髪が、いまは、ともすれば少年のように程よく乱れていて、いかにもくつろいでいる。

「午後から深津紀と出かける」

隆州は重ね重ねの皮肉を軽くかわし、特にいまの表情はしてやったりといった様子だ。早く帰ってくれと、遠回しであろうと前以《まえもっ》て義母を牽制できたのだ。しかも、そのきっかけを提供したのが義母自身だ。

義母は隆州の口から名が出てようやく存在に気づいたかのように、深津紀に目を向けた。

「おはよう、深津紀さん。お邪魔するわね」

「おはようございます。どうぞ！」

深津紀は廊下の隅っこに置いたスリッパを取って、義母の前にそろえて置いた。

義母は五十代半《なか》ばをすぎてもきっちりヒールのある靴を履いていて、息子の家を訪ねるにはすぎるほどのスーツ姿だ。ひと目見てここだと特定できるブランドの服を纏《まと》っている。いや、このあとどこかに出かけるとしたら、大げさな恰好とは言いきれない。おまけにヘアスタイルはきっちりと後ろでお団子に纏《まと》めているから、隙がなく見えて近寄りがたい。

半《なか》ば呆気《あっけ》にとられて目が離せないでいると、視界の隅で隆州がなんらかの動きをする。深津紀が見やると、ちょっとしたしぐさを見せた。深津紀はコーヒーのことだとすぐさま察する。義母がうつむきかげんでスリッパを履いている隙を狙って、オッケーのサインをしたあと、深津紀はキッチンに向かった。

コーヒーを用意し終えるのも待たずに、ソファに案内された義母はさっそく用件を切りだした。

「隆州、あなた、いつうちの会社に戻ってくるの？」

父親の会社に入るよう促《うなが》されても隆州にまったくその気がないのは、本人がそう言ったから深津紀も知っている。ただし、隆州は束縛から逃げたと言ったけれど、逃げきってはいないのだ。少なくとも、いまの口ぶりから義母はまったくあきらめていない。

隆州はあからさまにため息をついて、ソファに勿体《もったい》付けて座ると義母と向き合う。

「戻ってくるも何も、父さんの会社に勤めたことはない。アルバイト時代の話なら別だけどな、いまさらアルバイトに戻る気もない」

その声はゆったりとして言い聞かせるようだ。義母がアルバイトとして戻らせるなどあり得ず、隆州がわざと言っているのは深津紀にも義母にもばればれで、特に義母については一触即発しかねない。案の定、義母は嫌気が差したように顔をしかめる。

「だれもアルバイトに雇おうってわけじゃないわ。いまの会社をすぐにやめられないのはわかっているつもりよ。こっちは、最初は社外役員として名を連《つら》ねてくれればいいわ。報酬だって……」

「待ってくれ」

隆州はうんざりした声で義母をさえぎった。

コーヒーを出すタイミングを見計《みはか》らっていた深津紀は、いまだ、とトレイを持っていった。気まずい沈黙を緩和できればと思ったのに、コーヒーを並べている間も睨み合うようなぴりぴりとした雰囲気はおさまらない。深津紀が隆州の隣に座ったところで、それを待っていたかのように隆州が口を開いた。

「報酬をもらうほど城藤の仕事はできない」

「だったら余裕ができるまで籍を置いておくだけでもいいじゃない」

「母さん、おれの仕事をなんだと思ってるんだ。父さんや兄さんたちだって同じだろう。余裕でやれる仕事なんてない。籍を置いてどうするんだ。何もしないおれが在籍すれば従業員たちの反感を招《まね》く。ワンマンだろうと城藤はもう個人経営というには大きすぎる。

組織なんだ。城藤は父さんと兄さんで充分だ」

「だって、親族も多く働いているのに、あなたがいないなんて創業者本家としてみっともないのよ」

隆州は呆《あき》れ返った面持《おもも》ちで首を横に振る。

「それは母さんの独り善《よ》がりだ。かえって外でおれが地位を確立すれば、従業員への示しになるだろう。創業者本家には外でも通じる力量が備わってるってな。おれはそうやって外から支える」

「地位を確立って、隆州、まさかまったく戻ってこないってことじゃないでしょうね」

義母はあり得ないといった表情で隆州に詰め寄った。

隆州は、答えるまでもないとばかりに肩をそびやかして応じ、義母の批難を込めた眼《ま》差《な》しを平然と受け流している。

コーヒーは、一口も飲む間もなく冷えてしまいそうな気配だ。深津紀はかわりに息を呑んで、沈黙が去るのを待った。すると、不意打ちで義母の目が深津紀のほうを向いた。

「深津紀さん」

「はい」

深津紀は思わず背筋をぴんと伸ばし、声は裏返りそうになった。

「あなたも安定した生活のほうがいいわよね？　自分に非のない責任を負わせられたり、

やめさせられたり、城藤にいれば決してそんなことにはならないんだから」

「あの……城藤工務店はお義父《とう》さんとお義兄《にい》さんの連携で順調にいってると聞いてます。わたし、建設機械の営業なので……最近は少し余裕ができて、業界の話がいろいろ耳に入ってくるようになったんです。隆州さんは、自分が首を突っ込む余地がないってわかっているんだと思います。せっかくうまくいっているんだから、それを乱したくないとか考えて……。隆州さんは仕事では容赦《ようしゃ》ないし、大きい顔でのさばってるって思われたら、ずっと勤めてる社員さんからは不評を買うかもしれません。お義兄《にい》さんは優秀で、隆州さんもそうです。少なくとも隆州さんは上昇志向があるし、お義父《とう》さんの会社にいたら後継争いで兄弟不仲になるかもしれない。それを避けてるのかもしれない。隆州さんは何も言わないけど、わたしはそう思ってます」

深津紀の答えにいちばんに反応したのは隆州だ。思わずといった様子で笑って、深津紀を見やった目はどこか満足げだ。

一方で、義母は、当てが外れたようにがっかりとした表情になった。

「男は実現不可能な夢を持つものだけど、女性なら着実に現実が見えるはずよ。確実に財産が持てるのに、深津紀さん、子供を持つ気はなくなったの？」

深津紀が息を呑むのと同時に――

「母さん」

と、隆州はぴしゃりと制した。

「子供は早いほうがいいって言ってたじゃない」

隆州が怯《ひる》まないのと同じで、義母も制されようがかまわずに言い募《つの》る。

「おれは言ってない。そう言ったのは兄さんだろう」

「でも結婚したんだから当然そのことは考えているわけでしょう。あなたが言ってた、仕事の都合はもちろんあるだろうけど、あと数カ月もすれば結婚して一年になるし、都合をつけるには充分な時間があったんじゃないかしら」

「それ以上はいい」

隆州は断固とした口調で言い、そのうえ、手を上げて制した。

「おれたちに干渉しないでくれ」

「干渉なんて……普通に親として……」

「親としておれがやってほしいと望むのは、黙って見守ってほしい、本当に助けが必要になったときに力になってほしい、その二つだ。できないなら、おれのテリトリーに立ち入るのを禁止させてもらう」

義母はこれまでになく目を見開いた。それが見えていて深津紀は隆州を止められない。

「禁止って、わたしを？　隆州……」

「言っておく。父さんと兄さんの連携がうまくいってるのは、兄さんが、母さんが育てたとおりに育ったイエスマンだからだ。おれは違う。母さんが兄さんをどう操縦しているか、それを見て育ったからな」

子供というワードは無意識下で深津紀の心にガードを立てた。その瞬間の困惑が露骨に出ることはないけれど、すぐさま聞き流せてしまうほど、うまくは対処しきれていない。

いまも、自分の気持ちを立て直すよりも先に親子の応酬が始まった。それに圧倒されるなか深津紀は徐々に立ち直ったけれど、さすがにいまの隆州の言葉には驚かされた。皮肉でも嫌味でも、隆州の言葉には必ず興じた気持ちが窺《うかが》える。上司として非情であろうと、仕事のやり方を酷評することはあっても、人格の否定はしない。あらためてそう気づくほど、はじめて耳にする辛辣《しんらつ》さだった。

「操縦なんて……」

よほどショックを受けたのか、義母が絶句する。

「隆州さん、いまのは……」

言いすぎじゃないですか、とその言葉は続けられず、隆州は口を開くことで深津紀をさえぎった。

「かばわなくていい。自分のテリトリーを守る権利は主張していいだろう。無神経に荒らされるのはごめんだ」

親子げんかというにはあまりにも手厳しく、深津紀は隆州がテリトリーという言葉にこだわる意味を考える。そう深く追うこともなく、隆州が俄《にわか》に攻撃的になった発端に戻れば、まもなくそのきっかけに気づいた。

「隆州さん、……」

ちゃんと訊《たず》ねられないうちに、義母がすっくと立ちあがってさえぎった。

「帰るわ。わたしは嫌われ者らしいから。ごきげんよう」

麗しく聞こえるはずの挨拶言葉が、いまはひどく他人行儀に聞こえた。

すぐには反応できず、義母が廊下に出たところで深津紀は慌てて立ちあがった。

「深津紀、……」

「よくないです！」

呼びとめる隆州をさえぎって義母を追いかけた。

「お義母《かあ》さん、下まで送ります！」

呼びかけても義母は立ち止まってくれず、玄関先までまっすぐに向かった。靴を履くのを待っていると、義母は軽く踵《かかと》を鳴らして振り向いた。

「いいわよ、ここで。隆州の本音はよくわかったわ。そう伝えてちょうだい」

義母は打ちひしがれることもなく立ち去った。それが強がりなのかどうかが読みとれるほど、深津紀は城藤家と親密には関わっていない。

深津紀はドアが閉まったあとも立ち尽くし、しばらくしてからリビングに戻った。

「隆州さん」

「伝えなくても聞こえたからいい」

深津紀が呼びかけただけで隆州はそう答えた。

隣に座って顔を覗きこむのと同時に、隆州が深津紀を流し目で見やる。くちびるに皮肉っぽい笑みが浮かんだ。いつもの隆州だ、と我知らず安堵する。

「ガキっぽかったか」

「まだ反抗期？」

からかいを込めつつ質問を質問で返すと、隆州は、そうかもな、と言って漏らした嘆息をごまかすように笑った。

「城藤工務店が急激に成長したのは小学生の頃だ。それまではあんまり家業のことは記憶にないけど、従業員が十人くらいしかいないような、いかにも職人って感じの祖父が大将としてやっていた。それを父さんが会社として経営し始めて大きくした。母さんの意識も変わったんだろうな。会社の経理を預かっていたから、扱《あつか》う数字の変動を身をもって知っている。息子たちに対して、引き継ぐだけでなく、さらなる会社の成長を望んだ。上昇期しか知らないから無理もない。兄さんは、後継者たるものこうあるべきだと母さんがうるさく指図してくるのに、うんざりしながらも従っていた。母さんは押しつけがましい言い方をするだろう？」

確かに押しは強い。毎度、今日のような調子で迫られたら気が休まらないだろう。ただ、母親を避けたがっていても、『無理もない』と隆州は一定の理解は示している。こういうところに隆州の良さが現れている。

親子だから、今日のけんかは何もしなくても自然と修復できるのか、それとも拗《こじ》れてしまうのか。こういうときこそ、妻として嫁として、深津紀が役に立つ出番だと思うのに。

「でも、悪気はないと思う」

義母をかばったことが気に喰《く》わないのか、隆州は獣が威嚇《いかく》して唸《うな》るときのように鼻にしわを寄せた。

「おれは、せめて指図されるのは避けようと努力してきた。そのためには先回りしなければならない。けど、結局は指図されるほうが早いか自分で動くほうが早いかの違いだけで、母の望む道を来た。つまり、自分の意志とは言いきれないことをやってきたことになるな」

何もおかしくはないのに隆州は自嘲ぎみに笑った。すっかり冷めたコーヒーを口に運ぶ。

深津紀はその横顔を見ながら、ふと隆州がいつか話すと何度か言ったことを思いだした。

「隆州さん、『性分《しょうぶん》』てそういうことですか？　先回りする癖がついて、だからすごく気が利いたり、喜ばせたりしてくれる」

「はっ。おれが何を喜ばせた？」

「わかってないはずないですよね？　……例えば、結婚した日に六ペンスのコインを用意してくれました。このまえの新婚旅行はもっとうれしかった」

隆州は待っていた言葉を聞き遂げたように尊大な顔でにやりとした。

「わかってるならいい」

「うん。でも……隆州さんが人に対して大らかなのって、それだけ相手の気持ちを考えてるってことですよね。お義母《かあ》さんの気持ちを先回りして考えてたように。なんだか疲れそう」

「性分《しょうぶん》だ」

隆州はまたその言葉で片付けた。

いまようやく、子供はいてもいいけれど、女性は面倒だと隆州が言っていた理由にたどり着いた。子供に支配されるなど普通はない。一方で、女性に束縛される可能性は充分にある。義母は隆州にとって束縛の象徴になっている。どうりで結婚する気がなかったはずだ。

果たして、自分は例外になるのか。深津紀はそんな疑問を持つ。束縛しているつもりはなくても、いままでのことを振り返ると、隆州にしてもらっていることのほうが多くて、つまり、深津紀のほうが負担になっている。三庫理の寄りかかっている岩そのものだ。

追いつけるように、少しずつでも役に立たなくては。深津紀のなかに焦るような気持ちが湧いた。

「隆州さんがひどく怒ったのは、お義母《かあ》さんが子供のことを言ったせいでしょ？　わたしはなんともなかったって言ったら嘘になるけど、気にしても何も解決しないってことはわかってるし、ラクにはなってきてる。子供のこと、実家からもせっつかれてるって言ってましたよね。お義母《かあ》さんには子供ができないかもしれないって言うべきかも……」

深津紀、と隆州は強く呼んでさえぎった。

「不確かなことを言ってどうする。ああしたほうがいい、こうしたほうがいいって、母がどこかの非科学的な療法を押しつけてくるのは目に見えている。ずかずかと入りこまれるなんてごめんだ」

「でも、知ってたらお義母《かあ》さんは今日みたいには言わなかったと思う。たぶん、隆州さんと一緒で、お義母《かあ》さんは守りたいだけな気がするから。すごく善意的に解釈してるけど」

「守りたい？」

「そう。わたしをかばって隆州さんは攻撃的になったんでしょ。お義母《かあ》さんがお義父《とう》さんの会社に入ってって言うのも、隆州さんの権利を守ろうってしてる感じ。お義兄《にい》さんと平等にしたがってる」

「確かに、善意すぎる解釈だ」

「仲直りできます？」

「さあな。正直、しばらくはほっときたい。静かになるから」

よほど窮屈な思いをしてきたのだろう。それとも、隆州は根っから自由を欲する質《たち》なのか。

だとしたら、正直なところで、隆州にとって深津紀の存在はどうなのだろう。わかっているのは、隆州が自分たちにしかできない〝ふたりの結婚〟を守りたがっていること。

隆州の手に手を重ねて指を絡めると、条件反射のように互いがぎゅっと握りしめた。


三月の半《なか》ば、年度末であり新入社員を迎える準備で、社内の空気はわずかにそわそわしている。

今日も無事に仕事を終えて三階からエレベーターでおりる途中、スマホの振動音を聞きとって深津紀はトートバッグを開けた。内ポケットからスマホを取りだしながら、タブレットが入っていないことに気づき、思わずため息をつく。入社丸二年がたとうとしているのに余裕のなさはこういうところに表れる。

「どうした？」

狭い密室のなか、小さな吐息でも耳につく。すかさず聞きとった隆州が問いかけ、丸山は覗きこむように首をかしげた。

「急いでたからタブレットを忘れてきました。取りに戻ります」

深津紀が言っている間にエレベーターは一階に着いて扉が開く。

「じゃ、ロビーで待ってるから」

丸山はそう言ってほかの人に続いて降りていく。

最後に残った隆州は、何か言いたそうにわずかに首を傾《かたむ》けて深津紀を見下ろす。ついてきそうな気配だ。

「城藤リーダーも降りてて大丈夫です」

子供じゃありませんから、という言葉は省略したけれど、隆州はわかっていて苦笑いをする。良夫ぶりも、すぎると過保護に転じる。

「わかった。慌てるな。平尾たちはまだだ」

「どうしてわかるんですか」

「すでにロビーに来てたら、瑠里と丸山さんが久しぶりだって大騒ぎしてうるさいだろ」

「ぷ。そうかも。じゃあ、慌てずに取ってきます」

隆州はうなずくと、『開』のボタンから手を放《はな》してエレベーターを出ていった。閉まるまでそこで見送っているのは結婚したからこそだ。自然とくちびるに笑みが浮かぶ。

スマホを見ると母からで、日曜日に食事に来ないかという誘いだった。オーケーの返事をする間に三階に到着して、扉が開くまえに深津紀はにやけているに違いない顔を引き締めた。

深津紀が降りたあと、待っていた社員たちが入れ替わりに乗りこんでいく。すると、エレベーターホールの隅にだれかを捉《とら》えた。背後で扉が閉まるなか、深津紀はそこに目をやった。

時刻は夜七時をすぎて、仕事を終えて帰る人がほとんどだろうし、急ぐ必要はないかららエレベーターに乗るのを遅らせてもおかしくはない。ただし、一人残った松崎は、混み合うエレベーターを避けたわけではなさそうだ。

「松崎リーダー、お疲れさまです。お帰りですか」

「お疲れさま。そっちの楽しい祝賀会と違って、わたしは家に帰るだけだけど」

松崎の言葉には嫌味が満タンだ。

だれから聞いたのか、今日は松崎の言うとおり——祝賀会と言うには大げさだけれど、いまや恒例となっているメンバーとの飲み会がある。

「四月になったら新人が入ってきて忙しくなるので、飲み会はいまのうちってことですけど、松崎リーダーも忙しくなりますね。わたしは城藤リーダーにすごく迷惑かけましたから」

松崎がライバル視しているという隆州の名を出すのはどうかと思ったけれど、どうにも会話の逃げ道が見つからなかった。営業マン失格だ。

「結婚、うまくいってるみたいね」

松崎はまるで噛み合わないことを言いだした。

「普通には……」

うまくいっている、と、深津紀が次ごうとした言葉は、松崎が口を開いてさえぎった。

「うまくいってないことはないわよね。遅まきながらの新婚旅行の話も耳に入ってる。仕事は差し支えなく順調で失敗なく、妻に恥をかかせない。いい夫よね。城藤くんも乗り越えたのかな」

〝城藤夫婦〟が社内ではどう映っているのか、本音で聞くことはない。その点、松崎は嫌味っぽい口調でありながらも自分が見たままを言っている。よかったと思う傍《かたわ》らで、松崎は気になることを口にした。よほど鈍感でないかぎり聞き流すことは難しい。彼女はわざと意味深に言ったのだ。

「乗り越えたって、なんのことですか」

「知らない？」

なんのことかもわからないのだから、知らないかと訊《き》かれても答えられるはずがない。

深津紀は首を横に振った。

「いえ……」

「一緒にいても気づかないんだったら、やっぱり乗り越えたんだろうけど」

じゃなきゃ結婚するはずないか、と、松崎は独り言のように砕《くだ》けた言い方で付け加えた。

「なんのことか訊《き》いてもいいですか」

「瑠里のことよ」

「瑠里さん？」

「そう。城藤くん、瑠里のことが好きだったの。フラれちゃったのか、告白する間もなく平尾くんに先越されちゃったのかわからないけど。わたしの妄想じゃないわよ。瑠里はどっちつかずで迷ってたかも。だからいまの結果は早い者勝ちってこともあり得る。本人たちに訊《き》いてみたら？　もう昔話で、飲み会のいいネタになるかもね。じゃあ、楽しんで」

くるりと松崎は向きを変え、深津紀は心ここに有らずで見送った。

何にショックを受けたのか――この気持ちがショックなのかどうかすらよくわからないまま、深津紀はしばらく立ち尽くしていた。

およそ二時間後、飲み会は初《しょ》っ端《ぱな》からたけなわといった雰囲気で、一時間たっているいまも会話が絶えない。同じ会社に勤めていても、部門も違えば職種も違ってすれ違うことすら稀《まれ》だ。よって隆州が言ったとおりに、久しぶりに会った丸山と瑠里がにぎやかに盛りあがっている。

「城藤さんの課長昇進ってすごい出世なんでしょう?」

誠人は興味津々で、だれにともなく訊《たず》ねた。

丸山の情報元はよほど有力者らしく、フライングで教えてくれたことはでたらめではなかった。四月の人事異動で、隆州にはFA事業本部の営業課長という辞令が出た。松崎が言うところの祝賀会も兼ねているけれど、今日はそのために集まったわけではなく、それを口実に飲み会を設《もう》けたにすぎない。

「そりゃ、すごいよ。おれたち同期のなかでは断トツのスピード出世だ。おれはやっと十月の異動でリーダーになったばかりだし」

「城藤くんがおかしいだけ。雅己は順当に出世してるんだから僻《ひが》まないの!」

瑠里のそのなぐさめが不要なのは、平尾のおどけた表情を見ればわかる。気持ちはライバルではなく、やはり三人は仲間という以上に同志という気がする。

「おかしいってなんだ」

隆州は文句がありそうな面持《おもも》ちで瑠里に向かった。

「今時、年功序列はないけど、TDブローカーは競争率が激しくて上はつかえてるのに、モーセの伝説みたいに城藤くんが進めば道がひとりでに開く感じ。傍《はた》から見てるとね」

「はっ、モーセを引き合いに出すって、おれは光栄に思うべきなんだろうな」

「あたりまえよ。もう少し、努力してるところを人に見せたら？　城藤くんは、わたしたちとはレベルが違うって思われて、追いつこうとするまえにあきらめる人が多そうだから」

「隠してるつもりはない。苦労してるように見えないとしてもそれは別問題だ。向上心のなさを見せるなら、チームからクビ切ってやる」

隆州は非情ぶりを発揮して笑いを誘う。

「隆州さんは隠してるっていうよりも、上司として部下の面倒をみることも多いから自分を後回しにしてるだけだし、刑事じゃないけどまずは現場って感じで、電話じゃなくて取引先を訪問してるから、きっと傍にいる人にしか努力してるところが見えてないんですよ」

「なるほど。いちばん身近にいる碓井さんは洩《も》らさずわかってるってわけね」

丸山がからかい、隆州は深津紀を見てくちびるを歪める。よけいな口出しだと感じたのか、ナイスフォローだと感じたのか。眼差《まなざ》しはおかしそうにしているから、後者だろう。おまけに――

「クビ切るのは、深津紀も例外じゃない」

と、からかった。

「向上心なら人一倍ありますから」

「そうよね。プロジェクトの提案はいいところに漕《こ》ぎ着《つ》けてる」

深津紀の反論に瑠里が後押しをしてくれた。

「瑠里さん、ありがとうございます！　丸山さん、丸山さんも同じチームだし、城藤リーダーのことはわかってますよね」

「まあね。三住の件は城藤リーダーの喰《く》いこみが半端なかったです。強引だけど、引きのタイミングがうまいし、さり気なく会社に関連づけて時事なんかを話題に持ってきて、相手の好むところをつかんでる。建設機械イコール、ロボットからAIの話になるまではわかりますけど、そこからAIと人間のボードゲーム対戦に発展して、もはや仕事と関係がない話題で盛りあがって、三住の部長から麻雀が好きだってことを聞きだすんですよ。コンピューターゲーム繋がりではあるけど、びっくりです」

「あ、それ！　いま、麻雀はたまに呼びだされてるんですよ。朝帰りするときもあるし」

丸山から自分の知らないエピソード、しかも武勇伝を聞くとなると深津紀は自分のことのようにうれしい。さすが、営業の達人だ。誇らしくなる一方で、とっくに日付が変わってから帰ってくるのは心配で、ちょっと不満だ。隆州は付き合いだと言いながら勝負の話をするときは楽しそうで、麻雀好きだと深津紀が知ったのはそのときだ。

深津紀の不満は筒抜けなのだろう、丸山はぷっと吹きだす。

「なんだか大変そうだけど……城藤リーダー、朝帰りってまさか浮気じゃないですよね」

丸山は突然、深津紀が思いもしない茶々を入れた。彼女はわざと疑い深く隆州を見ている。深津紀はついパッと隆州を見やった。目と目が合う。

「まさか、いま疑ったんじゃないだろうな」

からかった隆州からは裏も嘘も見えないし、疑う理由などない。ただ、今《いま》し方《がた》、隆州にそうしたように、深津紀はつい瑠里を見てしまった。一瞬で目を戻したけれど、すぐには笑い飛ばすことも、ふざけてわざと責めるふりもできなかった。

隆州は笑みを引っこめ、目を細めて怪訝《けげん》そうにする。深津紀が取り繕《つくろ》うよりも先に、隆州のほうが気を遣ってわざとらしい面持《おもも》ちに変えた。にやりとくちびるを歪めると、深津紀から丸山へと目を転じる。

「丸山さん、いくらライバルだからって、おれと深津紀の間に不穏因子を植えつけるのは卑怯《ひきょう》だ」

丸山は以前、自分が言ったことを持ちだされて目を丸くし、それから笑いだした。

「城藤リーダー、ライバル宣言を憶《おぼ》えてるなんて、相当わたしのことを気にしてるみたいですね」

「先輩後輩にしては仲が良すぎるだろう」

「確かに。深津紀と丸山さんは上下関係よりも姉妹みたいにしてる」

誠人が口を挟むと、丸山は、あ、と何やら思いついた様子だ。

「それじゃあ……誠人くんは碓井さんのお兄さんみたいにしてるし、年齢からいうとわたしの弟ってこと？」

「それ、いいですね。おれは研究バカで一生独身かもしれないし、同じ独身の姉がいると心強くなれそうだ」

「同感。よろしく、弟」

「よろしく、姉さん」

平尾夫婦が吹きだす傍《かたわ》らで、隆州は正面からじっと深津紀を見ている。

松崎の言葉が動揺を引き起こしているのだけれど、それは深津紀と会う以前の話で、つまりふたりの結婚にはなんの関わりもない。新婚旅行で隆州から貴重な言葉をもらっていながら、疑っていたら罰《ばつ》が下る。過去がどうあろうと気にすることはない。それなのに神経質に考えてしまう理由はわかっている。深津紀のなかにわだかまっていたものを銃弾と例えるなら、引き金を引いたのが松崎の言葉だった。

これ以上、口を噤《つぐ》んでいるのも不自然すぎる。あとで問いつめられることになったら、困るのは深津紀のほうだ。

「隆州さんのことは疑ってません。朝帰りすると、スーツには隆州さんのとは違う煙草のニオイが染みついてて臭いし、お酒のニオイもぷんぷんするから」

「わかる！」

と、深津紀に同調したのは瑠里だ。

「うちもたまに帰りが遅くなることあるんだけど、いかにも健康に悪そうってニオイ、近づきたがる女性はいないよね。どんなにイイ男でも幻滅よ」

「イイ男って認めてくれるわけだ」

「そこを拾う？」

都合のいい部分だけ抜きだした隆州を瑠里がからかう。いかにも仲のいいやりとりだ。もしも隆州が、みんなの笑いを誘うためでなく、本気でイイ男だということを瑠里に対して強調したかったのだとしたら、と勘繰《かんぐ》ってしまうのは、それだけ深津紀の気持ちが深刻だという証だ。

「そこを幻滅って言ったら、ふたりとも贅沢《ぜいたく》だよ。少なくとも、城藤さんと平尾さんについては。おれから見てもカッコいいと思うし。仕事の相手が人間だとそういう付き合いって必要だろうし、おれについて言えば相手はウイルスで、ニオイよりも最悪だ」

誠人の言葉に笑いが起きる。ただし、深津紀を除《のぞ》いて。なんとか合わせて笑みを浮かべるけれど、ぎこちなさは拭《ぬぐ》えない。隆州の視線を感じながら、深津紀は目を合わせられないでいた。

表面上は取り繕《つくろ》えていても、心からこの場になじんでいるわけではない。深津紀のもやもやした気分は置いてけぼりで、料理やお酒の追加を頼んだり、社外の誠人がいても差し障りのない程度の仕事話を持ちだしたり、みんなは和気あいあいと楽しんでいる。

「深津紀、飲めよ」

隆州は深津紀のために注文したのか、店員が持ってきたカクテルをそのまま差しだした。

「なんのカクテル？」

「ベリーニ。ピーチ味のスパークリングワインて感じだ。どっちも好きだろう？」

「美味《おい》しそう。でも、酔っぱらったからって放置して帰らないですよね」

隆州は心外だとばかりに首をひねった。

「春とはいえまだ寒い。ほったらかして体力が弱ったすえ、大規模なウイルスプロジェクトに取り組んでる深津紀が風邪をひくとか洒落《しゃれ》にならない」

「じゃあ、遠慮なく」

深津紀はグラスに口を付けた。口の中でフルーティな甘さが弾《はじ》ける。ジュースと勘違いして騙《だま》されそうだけれど、今日は酔っぱらいたい気分だ。

隆州は何気なくしていても、きっと何かしら異変を感じている。ふたりきりになったら問い詰めてくるだろうし、しらふよりも酔っぱらってやりすごすほうが簡単なように思える。その場しのぎにしかならないけれど。

「瑠里さん、晶歩ちゃんはおばあちゃんに預けてても、〝ママ〟ってぐずったりしないの？」

自分のペースで飲みながら、それぞれがずいぶん出来上がってきた頃、丸山が瑠里に訊《たず》ねた。

「預けるときはわたしに手を伸ばして未練たらたらって感じだけど、いざわたしが見えなくなったら平気みたい。保育園に行ってるしね、それからだいぶ預けやすくなったの」

「近くに親がいるといいですね」

「そう、甘えてる。子育てもね、一歳までは言葉が通じなくて世話も一から十までやらなくちゃいけないし、大変なことが多いんだけど、歩けるようになって、これから三歳くらいまではお喋りができるようになったり、成長がいちばんわかりやすく見られるときだと思うのね。いまからが楽しいのかなぁって。それに立ち会えないのがもったいないって思うことがある。仕事も、休めば時機を逃《のが》してしまう可能性はもちろんあるけど、別のところで取り返しがきくことはあるかもしれない。達成感は、どんな仕事から得るにしても同じ感覚でしょ。でも、子育てってそのときその子としかできない。次こそって思っても、次の子は晶歩じゃないから、一からやるっていうのとは違うし」

「子供が欲しいって現実的に考えたことないけど、瑠里さんの言ってることはわかる気がする」

「わたし、仕事復帰を焦ってたところあるんだよね。家にこもりがちだったから。仕事でも子育てでも言えることだけど、離れてみてわかるってこと、わかっててもわかってないっていうのが実情。専業主婦になって子育てしてる友だちもいる。けっこう羨ましいかな」

深津紀からすると子供がいるというだけで羨ましい。よく言われることだけれど、あるもので満足すればいいのだ。欲張りは際限がない。瑠里が言うように、わかっているけれどわかっていない。深津紀はため息を押し殺した。

「結婚も子育ても仕事も。それを全部、思うようにこなせることはないんだろうな」

深津紀がいま思っていたことを代弁したのは隆州だった。思わず目を向けると、その視線は深津紀にあって、隆州が発した言葉は俄《にわか》に、深津紀に特定したなんらかのメッセージのように感じた。

「かといって、ひとつに定めて極めようとしても終着点が見えるわけじゃない」

「そこよね」

誠人の言葉に丸山が大きくうなずいて賛同する。

「だったらさ、どうせなら欲張ったほうが楽しいかもな」

深津紀が思ったこととは逆に、平尾は欲張りを推奨した。

「平尾さんは何を欲張りたいんですか?」

と、誠人が訊《たず》ねている間に――

「ちょっと煙草、吸ってくる」

と、隆州はだれにともなく言って立ちあがった。

「じゃあ、わたしはお手洗いに」

そう言って、瑠里が隆州のあとを追うように席を立つ。

釣られてその背中を目で追っていると、丸山が深津紀を覗きこんだ。

「碓井さん、どうしたの？」

「え？」

「お酒を飲んでるから」

「お酒は好きだし、強くはないですけど少しは飲みますよ」

「じゃなくて、いつ子供ができてもいいように控えてるって言ってたから」

当の深津紀がすっかり忘れていたことを丸山は指摘した。墓穴を掘るというのはこういうことだろう。自分の言葉に自分が苦しめられる。

「欲しい欲しいって思ってるとかえってストレスでできにくいらしいから、禁酒もやめました」

深津紀の言葉に丸山は何かしら思いついたような顔をした。ニタニタといった雰囲気で、深津紀はなんとなく身構える。隣に座った丸山は身を寄せて口を開いた。

「男の人って、ストレスあるとダメなんだって。工場系の流れ作業の人はともかく、自分で成果上げなくちゃいけない人は、適齢期の頃はいちばんもがいてるときだから、それどころじゃなくって〝レス〟多いのかもね」

深津紀はきょとんとして丸山を見つめた。彼女が何か聞きだそうとしているのは確かだけれど、見当がつかない。

「丸山さん、いまの話、繋がってます？」

「何、純情ぶってるのよ。だから、余裕がないとできるものもできないって話。城藤リーダーって本物のデキる男なのか知りたいなと思って」

丸山が言う〝できる〟は子供のことではないと、最後まで聞いてようやく深津紀にもわかった。子供を持つことにそれほど関心がないのは、丸山ならではなのか、そこから関心が逸《そ》れたことにほっとすると同時に、彼女の遠慮のなさに呆《あき》れるよりも笑わされた。

「城藤リーダーは本物ですよ。わたしにはこの結婚はできすぎでした」

丸山は不思議そうに首をかしげ、しげしげと深津紀を見つめる。

「最近、テンションが違う気がするんだけど？」

何を気取《けど》ったのか、丸山から見逃《みのが》すまいとした気配を感じる。

「いつまでも同じテンションじゃおかしいですよ。もう入社三年目に入るし、少し大人になってるんです、たぶん」

丸山は伊達《だて》に先輩風を吹かせているのではない。隆州と同じでちゃんと気にかけている。深津紀はちゃかすように言って腰を浮かせた。

「瑠里さんとちょうど入れ替わりになると思うから、ちょっとお手洗い行ってきます」

「いってらっしゃい」

丸山から手をひらひらと振って見送られた。

密室とはいかなくともほかとは仕切られた個室的な空間から出ると、深津紀はほっと息をついた。息苦しさを感じるのは、深津紀のわがままでだれのせいでもない。

隆州の気持ちを無駄にしたくないし、それよりも素直に受けとめて幸せでいたいから、もう大丈夫だと思っていたのに、ちょっとしたことで気に病む。松崎のお節介と、さっきの瑠里の子育てに関する話は、前向きな気持ちを簡単に反転させる。そういうとき、同時に罪悪感も覚えてしまうのは、隆州が深津紀に対して献身的だからだ。思い悩む必要はないという隆州の思いやりを、やっぱり深津紀は無駄にしている。

反省しながら深津紀はパウダールームのほうに向かった。

この店は居酒屋といってもレストラン風で、喫煙スペースがちゃんと設《もう》けられている。その向こうがパウダールームだ。瑠里とすれ違うことなく喫煙スペースを通りかかると、こもった声が聞こえた。それが隆州の声だというのは本能的にわかった。

同じことが以前にもあった。そのときは、隆州の会話の相手は平尾だったけれど。

『……わかった、こっちも根回ししておく。それにしても、結婚て柄じゃないって思ってたのに、意外に城藤くんには合ってたのかな。落ち着いたよね』

からかうような声は思ったとおり瑠里だ。

『どう落ち着きがなかったんだ？』

隆州が短くも笑い声をあげている。

やっぱりそうなのか。深津紀の心底からごちゃごちゃした感情が浮上して渦巻く。

『おれをフって後悔したってことか？』

『溜飲《りゅういん》を下げさせるつもりはないわよ。結婚してうまくいってそうだから、仲間としてほっとしてるだけ。城藤くんは一時期――わたしたちが結婚する前後、好きでもない人と付き合ったりしてたから。松崎さんが離れていってさみしいってわたしはよく愚痴ってたし、ずっと同期の仲間としていられたらってことも言ってた。もしかして、わたしと雅己が気を遣わなくていいように、城藤くんは気を遣ってそうしてるのかなって思ってたところもある。それとも、わたしの自意識過剰？』

『男のプライドをつつくなよ。もう昔の話だ』

『それ、認めたってことよ』

それには答えがなく、ただ何かしらのしぐさがあったのだろう、瑠里が笑った。

『じゃあ先に行くけど、煙草はほどほどにね。雅己もそうだけど』

瑠里が出てくると気づいて、深津紀は急いで奥に行った。

パウダールームに入って後ろ手にドアを閉めると、深津紀は詰めていた息を吐く。ふと見た鏡のなかには、ちょっとした攻撃で飛ばされてしまう、そんな無防備さが剥《む》きだしで、浮かない顔をした自分がいた。

『最近、なんかあった？』

誠人からのメッセージに気がついたのは、飲み会から家に帰り着いてシャワーや歯磨きなど諸々をすませ、ベッドに寝転がってからだ。

飲み会は午後十一時頃に終わった。ベッドのヘッドボードのデジタル時計を見ると、日付が変わって零時半をすぎている。隆州はシャワー中だ。

深津紀はうつ伏せになって、返信のメッセージを考えた。誠人もまた伊達《だて》に兄を気取っているわけではない。真夜中だろうと遠慮なしで深津紀はメッセージを送った。

『何かあったかも』

とぼけるには互いを知りすぎていて、けれどはっきり答えるのははばかられる。すぐに読んでくれるかどうかはわからないけれど、誠人のため息が聞こえそうだ。実際に聞こえたため息は深津紀自身のものだ。

返事が来るとしても明日だろう。そう思っているとすぐにメッセージを知らせる着信音が鳴った。深津紀の返事を待ちかねていたといわんばかりだ。そもそも、最初の誠人からのメッセージも夜遅いし、明日でもいいことなのに連絡が来るというのは、誠人がひどく案じているからだ。

『プロジェクトはまだ却下される以前の段階だし、課題だらけで問題にすらならない。それなら城藤さんとなんかあったのか？』

『何かあったように見える？』

逆に問いかけてみると、返事が来るまでにしばらく間が空いた。

『見るかぎりじゃあ、深津紀がなんかすっきりしない感じで、普通にしてる城藤さんまで何か引っかかってるって思えてくる感じだ。バラ色って見えてたのにな』

その言葉で以前、誠人が言っていたことを思いだした。

問題は、結婚が条件付きであること。条件が合わなくなったら、片方の意思で終わる。いま結婚が終わるとしても、深津紀がすんなりと受け入れられるわけがない。なぜなら——

「こんな時間に誠人とメッセージのやりとりか。しかもベッドの中で」

前触れもなくすぐ傍で隆州の声が降りかかる。スマホを取り落としそうになり——そうなったところでふとんの上だ、なんの影響もないけれど、深津紀は反射的に慌てながらしっかりとつかむ。

「何を慌てる必要があるんだかな」

隆州は掛けぶとんを剥《は》ぐと、うつ伏せになった深津紀の上に覆い被さった。体の両脇に肘《ひじ》をついているから、体重がすべて深津紀にかかっているわけではない。結婚した日と同じ恰好だ。

「読んだ？」

隆州に覗かれた気配は感じなかったけれど、深津紀は責めるように問うた。

「当てずっぽうは正解か。夜中に連絡を取り合うとか、見なくても見当はつく」

その声は深津紀にも増して不機嫌そうだ。

後ろを振り向きかけたとき、それに、と隆州はつぶやいた。その後はもったいぶったようにその続きを発することなく間が空いた。

「隆州さん」

「深津紀と違って、おれは盗み聞きも盗み見もしない」

たまらず呼びかけた深津紀に重ね、隆州はばつが悪くなるようなことを放《はな》った。

始まりの日、会社で平尾との話を聞いていたときも隆州は気づいていた。会社の喫煙スペースは艶消しガラスだから、人の気配は容易に察せられる。実際に見て深津紀だと判明したにすぎない。居酒屋ではミストガラスで仕切られていたから、やはり人影が見えたところで、実際に見なければ深津紀とは断定できないはずだ。

「……盗み見はわたしもしたことありません」

深津紀は振り向きかけていた顔をもとに戻し、隆州のほのめかしは認めずにとぼけた。

頬に指先が触れ、そこにかかる髪が耳にかけられる。直後、耳に息がかかると深津紀はぞくっとして身をすくめた。

「けど、盗み聞きに関しては常習犯だ。今日、喫煙スペースの前で立ち止まってた奴の恰好は、ワインレッドのスカートに白いブラウスだ。それに背の高さ、加えて席に戻ったら深津紀がいない。必然だろう」

瑠里が出てくるとわかった瞬間に立ち去ったけれど、まったく無駄だったらしい。隆州がいつでもどこでも周囲に気を配っていることを侮《あなど》っていた。

「……聞かれたくない話だったんですか」

どうやって対抗しようと考えを巡らせたすえ、深津紀は挑戦的な言葉で返した。ふっと隆州の息がこぼれたのは、笑ったのか、それとも皮肉が込められているのか。

違う。隆州はいつものように、からかうつもりで笑っている。そんな確信は、深津紀もまた、伊達《だて》に隆州と結婚生活を送ってきたわけではないからできることだ。笑うときにくちびるを歪めているときも皮肉ではなくて、むしろリラックスしているときにしか見せないし、おもしろがっていることがわかるし、ゆったりと尻尾を揺らす豹《ひょう》みたいに優雅に見えて、深津紀は大好きだ。

その大好きな笑い方を皮肉だと捉《とら》えてしまうのは、深津紀の心が歪んでいるせいなのだ。理性ではわかっていても、心が置いてけぼりになっている。

「少なくとも、深津紀に対して後ろめたくなるようなことは話してない。もともと、結婚して以降、深津紀がいないところでそういうことを言ったこともやったことも、おれに憶《おぼ》えは一切ない。念のため、記憶がなくなるほど飲み潰れたこともない」

居酒屋での深津紀の反応を怪しんでいるのだろう、あらためて隆州は身の潔白を訴《うった》える。隆州が誠実なのは知っている。少なくとも、外から見える行動は完璧だ。

「浮気って、されたほうは、体よりも気持ちの関係のほうがつらいって聞いたことがあります」

体の関係はないにしても、それが過去のことであっても、深津紀にとっては複雑だ。否、はっきりと瑠里とのことは打撃を受けている。

あれからずっと考えている。

深津紀が単純に認識していたこと――実家から結婚を望まれているが、女性との付き合いは面倒で気が進まないということ――は、隆州の真実とは異なっているのかもしれない。隆州と瑠里の会話は、隆州と平尾の会話の前提を覆《くつがえ》している。そんな結論に至った。

隆州のなかに深津紀よりももっと深くにだれかが存在しているとしたら。そのための結婚だったら。だからといって、隆州に非はないし、条件付きの結婚に違反することもない。

ただ、深津紀の気持ちが〝条件〟についていけなくなっている。いや、気持ちだけでなく体も条件に合わなくなっている。子供が欲しくないですか。深津紀はそう言ってプロポーズをしたのに。

「深津紀が何を言いたいのか、おれはまったくわかってないみたいだな。教えてくれ」

わずかに黙りこんだあと、隆州は息を潜《ひそ》めていそうな気配で、頼み言葉ながらも実質、深津紀に話すよう命じた。

何を言いたいかなど、ひとつには纏《まと》められないし、易々《やすやす》と言えることでもない。それらを簡潔に言い表すなら――

「……離婚……したいです」

深津紀は決して言いたくない言葉を伝えていた。

背後から重なる体が深津紀を押し潰すようにこわばった。結婚を言いだした深津紀が解消を申しでたことに怒っているのかもしれない。

「なるほど」

何を納得したのか、隆州はつぶやいて――

「わかった」

と、呆気《あっけ》なく了承した。

終章　距離十五センチのマリアージュ

結婚が終わるとしたら。

誠人から訊《たず》ねられたときには想像できないと思った。想像したくないという計算外の気持ちは、深津紀のなかで消せないものになった。それどころか大きくなっている。

喉がひりひりと痛んだ。目が熱く潤みだして、深津紀は下くちびるを咬《か》む。

ベッドの上でうつ伏せになり、そんな顔を見られなくてよかったのか。隆州の体が背中の上から浮いてしまうと、それまであった温もりはあっという間に掻《か》き消えていく。

結婚を解消するということは、こんなふうに、眠っている間の温かさを失ってしまうということだ。そこにいるだけで触れたいと思ってそうできていたことができなくなる。傍にも感じられなくなる。

離婚なんてしたくない。けれど、深津紀が言ってしまったこと。隆州はやさしくて責任感があって、言いだせないと思ったから。深津紀にとって欠かせない大事なものが欠けてしまう。それ以上に、空っぽになっていくような怖さに胸が苦しくなって、深津紀は小さく喘《あえ》いだ。こっそりと涙を拭《ぬぐ》い、無意識に起きようと肘《ひじ》をついた刹那。

「あっ」

その感覚は、くすぐったいのか総毛立ったのか、どちらだろう、深津紀は悲鳴をあげた。

パジャマの下に潜りこんだ手が脇腹に沿ったかと思うと、そのまま脇を撫でながら這《は》いあがってくる。ぞくりとして身をよじる間に、捲《まく》りあげられたトップはキャミソールごと頭を通り抜けた。それが腕に絡んだところで手は腰もとに戻り、今度はショーツとボトムを一緒に脱がせていく。

「隆州さ……」

「都合のいい妻でいると言っただろう。公的にはまだ有効中だ」

隆州はこれまで完璧な夫だったけれど、それは演じていただけで、たったいまからビジネスライクに振る舞うという意思表示なのか。声は淡々として、感情が見えない。

逆らうという意思が働くまえに、腕に絡むパジャマ以外、深津紀はうつ伏せのまま丸裸にさせられた。脚の付け根辺りが持ちあげられると本能的に膝を曲げたけれど、お尻を突きだすような恰好だと気づいて、さらに膝を折りたたむ。蛙みたいだと自覚しながらも、隆州はまた背後から覆い被さってきて、深津紀はその姿勢のままどうにもならなくなった。

隆州の体重を受けとめると同時に、手のひらが胸のふくらみを丸ごとくるむ。

「んっ」

隆州のくちびるが緩く耳朶《じだ》を挟んで熱い吐息をこぼす。背中から粟立《あわだ》つようなその感覚は深津紀のおなかの奥へと伝わる。隆州はゆったりと胸を揺らしながらそれを楽しみ、頭を傾《かたむ》けて深津紀の耳孔へと舌を這《は》わせた。

「ん、ぁああっ」

深津紀の体がぞくっとふるう。

舌は右の耳だけに集中して無遠慮に這《は》いまわり、体がだるくなるほど次から次へと身ぶるいを引き起こす。そのうえ、胸をくるんだ手はわずかに浮いたかと思うと、胸先をそれぞれに抓《つま》んだ。力尽きそうな気だるさのなかに無視できない刺激が加わり、深津紀は喉を反らして悲鳴をあげた。身ぶるいどころではない、がくがくと体が大きく揺らぐ。

「や、ああっ。隆州さっ……ダメっ」

体の中心が熱く蕩《とろ》けそうで、深津紀はひどい感覚に襲われた。

「何がだめだ」

「漏らしてしまいそうなのっ」

じかに刺激を受けているわけではない秘芽が疼《うず》いて、本当にそんな怯えを抱いているのに、隆州は鼻先で笑う。

「それほど快楽に弱いくせに、深津紀は手放すんだろう。快楽に飢えるよりは、もういって懲《こ》り懲《ご》りさせてやる」

隆州は気味が悪いような響きを伴《ともな》って言い放《はな》った。

憎々しげにも聞こえる声音に驚きは隠せず、深津紀の体がこわばる。冷や水を浴びせられたようで、快楽が貶《おとし》められそうになった刹那。隆州の右手が胸から離れ、腹部を滑っていった。くすぐったい感覚に体がうねり、その手は無防備に開いた体の中心にたどり着いた。

「あうっ」

秘芽に触れられた瞬間、快楽は簡単に呼び戻されてびくんとお尻が跳《は》ねあがった。

隆州の指先がぬるぬると自在に動くのは、そこが濡れそぼっているからに違いなく、深津紀の荒い呼吸音に紛《まぎ》れながら恥ずかしい水音が聞こえてくる。触られてもいないのに疼《うず》いてたまらなかった秘芽が、じかに弄《もてあそ》ばれて耐えられるはずもない。芽を剥《む》きあげながら指が最も繊細な場所でうごめく。快楽は簡単にピークに達して、肘《ひじ》をついた腕が頼りなくふるえだす。深津紀は果てに昇りつめながら背中を反らした。

「あ、ぁあああああ――っ」

体内が収縮を繰り返し、併せて入り口からぷくっと蜜が吐きだされる感触がした。

「まだだ」

深津紀の耳もとで容赦《ようしゃ》ない言葉が囁《ささや》かれる。その吐息の熱と快楽が相まって体がびくびくと揺れ、果てからおりきれないうちに次の刺激に襲われた。隆州の指が花片に沿って滑り、そして体内へと潜った。

なんの抵抗もないどころか、収縮に合わせて深津紀の体が隆州の指を呑みこんでいく。

背後からまわりこんでいるせいか、指は浅くも深くもない体内の弱点にとどまった。否応なく、感度はまた上昇していく。

　指がうごめき、決して激しい動きではなく、指先をわずかに曲げたり伸ばしたりしているだけなのに、深津紀の体内はくちゅっくちゅっと粘着音を立ててしまう。今度こそ本当に漏らしてしまう。そんな感覚が強制的に押しあげられた。隆州に伸《の》しかかられて快感を逃すこともできない。

「や、だっ……うくっ……出ちゃ――」

　それが生理的な現象ではなく、あくまで快感から迸《ほとばし》ったのは、それがわずかな量であるからこそはっきりしている。けれど、いったん迸出《へいしゅつ》してしまったら制御がきかないのは同じだ。隆州の指が弱点を引っ掻《か》くように動くたびに、ぐちゅっと音を鳴らしながら深津紀はその手のひらに蜜をこぼした。

「わかってるだろうが、まだだ」

　隆州は脅すように囁《ささや》いて体を起こしていく。同時に指が引かれていき、その摩擦に刺激されて腰がいやらしくうねる。離れていく指を追ってお尻を突きだしてしまう。指が抜けだしたとたん、ぶるぶるっと大きな身ぶるいをすると、含み笑いが背中に降ってきた。

「どれだけ抱いても深津紀の感度が衰《おとろ》えることはないな。どういう仕組みだ？」

　からかっているのか嘲《あざけ》っているのか、顔が見えなくて判別できない。返事をするにも呼吸すらままならず、ただ快楽に侵されて思考力がうまく働かない。喘《あえ》ぎながら呻《うめ》くことしかできなかった。

隆州が答えを催促《さいそく》することはなく、かわりに――

「おれはなんら不備がない状況で、一方的に約束を反故《ほご》にはしない。セックスを教えこんで中毒にするとおれは言った。まだ教えていないことがある。ゆっくりでいいと思ってたけどな……」

隆州は途中で言葉を切り、すると、深津紀の体の中心に何かが重たく押しつけられる。

「んっ」

入り口が押し広げられ、そこは蜜に塗《まみ》れていて、隆州のモノがぬぷりとぬめった音を立てて埋もれた。もしくは深津紀の体が喜んで招《まね》いている。腰が小刻みにふるえた。もっと、と深津紀は無意識に欲していたのかもしれない。隆州がそれとは逆に腰を引いていく。ゆっくりすぎず急ぎすぎず、入り口が閉じていく感覚をただ鮮明にする絶妙な早さで隆州は抜けだした。

「あっ、やっ」

思わずそんな言葉が飛びだした。

「嫌、だって？　わかった」

無自覚の言葉に反応してそう放《はな》った隆州は、再び自分を押しつけて入り口を抉《こ》じ開けた。

「ん、ふぅっ」

そうして、わかったと言ったくせに隆州はまた抜けだした。その繰り返しのなか、ぬちゃぬちゃとした音が際立っていく。

「あ、あぅっ、あ……あくっ、あっ、ふっ……あ、またっ……き、ちゃうっ」

こんなふうに待ったなしでイクことはなかった。隆州は宣言したとおりに、深津紀を懲《こ》り懲《ご》りさせる気かもしれない。そんなことをうっすらと考えるけれど、隆州の律動は止まらず、お尻が痙攣《けいれん》を伴《ともな》って揺れだした。

「あああっ……もぅ――っ」

がくんと腰がひどく上下し、果てにたどり着いたとき、それを待っていたかのように隆州は最奥へと押し進め、深津紀の中をいっぱいに満たした。

襞が隆州のモノに纏《まと》わりつき、その自《みずか》らが引き起こす刺激に反応を抑えられず、腰が跳《は》ねる一方で深津紀は気だるさを覚えていく。そして、耳に届いた呻《うめ》き声は深津紀のものではなく、隆州の声だった。直後、体の奥が爛《ただ》れていくような熱に塗《まみ》れていった。

宙に舞う乱れた呼吸はどちらのものか――いや、ふたりの呼吸が混じり合って蒸すような気配を醸《かも》しだす。

欲を放《はな》った隆州が呼吸を整えている間も、深津紀の体は収縮が定期的に続く。立て続けに三度もひどい果てを見たからか、いつもよりもくっきりとして長引いている。伴《ともな》って、お尻が小さく跳《は》ねるなか、いったんは同化したようだった隘路《あいろ》がまたその存在を鮮明に感知しだした。

「ん、はぁあっ」

体内で隆州のモノがぴくっと跳《は》ねるように動いて深津紀は喘《あえ》いだ。伝染したように、隆州がこもった声で呻《うめ》く。無意識なのか、意思を持ってのことなのか、おもむろに腰をうごめかした。

「あ、ぁぁあぅっ」

おなかの奥の密着した場所から小さな痙攣《けいれん》が発生して体の隅々まで行き渡る。まだ終わりではない。隆州は言葉ではなく、体で示したのかもしれない。その証拠に、体を離す気配はなく、隆州は深津紀の中で明確にその気を表している。

体に力が入らない。隆州が身動きをしてあぐらをかくのに伴《ともな》い、体を繋いだまま背後から抱き起こされる間も深津紀は無抵抗だった。

「んんんっ」

スプーンを二つ重ねたように背中からすっぽりと隆州の体におさまると、体が沈むかわりに、隆州のモノが奥深く深津紀の体を穿《うが》ってくる。そのうえ、抵抗する力もないと見越してのことか、易々《やすやす》と開脚させられて深津紀はまるで無防備になった。

「あ、んっ、隆州さん……」

「何度も言わなくてもわかってるだろう。二度めは余裕がある。いやというほど、気持ちよくさせてやる」

「もう充分……」

「だから、いやというほどって言ってる」

深津紀をさえぎり、隆州はもう有無を言わせないといわんばかりに言葉を吐いた。

隆州の左手が右側の胸をすくうようにくるみ、右手はふたりが繋がった体の中心を覆った。

「あっ」

手は秘芽をかすめただけなのに、深津紀は大げさなほどびくっとした。その反応が体内を摩撫《まぶ》するという刺激を引き起こして、自《みずか》らに快楽を及ぼす。それだけならまだ耐えられたはずが、隆州は意思を持って指先をうごめかした。

「ああっ、待、って……っ」

深津紀は舌っ足らずに悲鳴をあげる。

ついさっき容赦《ようしゃ》ない言葉を投げかけたのだから、隆州が深津紀の言葉を聞くとは思えない。わかっているけれど、秘芽を引っ掻《か》くようにタッチされると、あまりに繊細なゆえにその刺激は強烈で、抗う言葉を吐かずにはいられない。

「あうっんんっ、やっ、漏れちゃうっ……」

「嫌だと言っても通じないからな。おれにしがみついてくるのは深津紀だ。自制するよりも快楽の限界にゆだねてみたらどうだ？」

背中から抱かれているのだから、しがみついているという言葉はそんな単純な意味ではない。体内のことを言っているのに違いなく、いまさらでも羞恥心が煽《あお》られる。

けれど、隆州が指でこねるように、それでいてやわらかなタッチで摩撫《まぶ》すると、羞恥心は簡単にどこかへ飛び散ってしまう。体全体が揺さぶられているようにせん動して、体内は快楽を貪《むさぼ》る。耳もとに届く唸《うな》り声もまた快感から来ているに違いなく、隆州は動かずして深津紀の快楽に引きずられている。

「あああっ、あああっ、ん、あっ……」

堪《こら》えようとしても嬌声は跳《は》ねあがる。

指先が秘芽を捕らえ、胸もとでは親指の腹がトップを押し潰しながらこねまわす。

「も……っ、無理っ……」

精いっぱいで訴《うった》えた刹那、どくんと中心に大きく脈打つような感覚が走り、悲鳴をあげることすらできないほど深津紀は力尽きて、体は弛緩《しかん》したように開く。体の中心が熱く濡れそぼっていくような感触を覚えた。それを裏付けるように、自《おの》ずと腰がびくつくたびにぐちゅっぐちゅっとひどい淫《みだ》らな音が響いている。

「くっ」

すき間からこぼれたような呻《うめ》き声を発しながらも隆州は刺激を与え続け、深津紀の体はびくつき、一向におさまらない。荒っぽい呼吸のなかに含み笑いが混じった。

「深津紀はやっぱりおれを病みつきにするほど淫《みだ》らだ。いま……くっ……おりてこられないだろう。そこで軽くイキっぱなしだって自分でわかってるか？　蜜の中に埋もれてるみたいに……深津紀の中はぐちゃぐちゃだ」

深津紀はおぼろげにその言葉を聞くだけで理解するには及ばなかったけれど、『おりてこられない』とその言葉だけは理解しなくとも体で感じていた。

そうして脳内まで快楽に侵されていく。全身が痙攣《けいれん》し始めて、体がきつく縛られ、ほのかに唸《うな》り声を耳に留めながら、体内の熱がまた爛《ただ》れていくような熱で上塗りされた瞬間、快感が脳内で飽和した。

「深津紀――」

――放《はな》さない。

耳もとで呻《うめ》くように熱くこぼれた声は、きっと深津紀の望みが見せた幻聴だ。

深津紀の意識が戻ったとき、すでに部屋は陽《ひ》の光で明るさに満ちていた。気絶してそのまま眠り続けたのだろう。身じろぎをすると、口からこぼれた自分の吐息は満ち足りたようにも聞こえた。

そうして、めずらしく独りではなく、隆州が深津紀の寝坊に付き合っていることに気づいた。背中の温もりから逃れるように横向きの体を仰向《あおむ》けに変えると、隆州が片肘《ひじ》をついて上体を起こす。

ひどい気《け》だるさを全身に感じながら深津紀は隆州を見上げた。冷たくもなく温かくもない面持《おもも》ちで、隆州はじっと深津紀を見下ろす。

隆州の右手が上がり、指先で深津紀の右の頬に触れると、ひと筋の髪を払った。

「隆州さ……」

無意識に呼びかけると、おれは、と隆州が途中でさえぎった。

「避妊してない」

見開いた深津紀の目に、皮肉っぽい隆州の微笑が映った。おもしろがっているのか皮肉っているのか、判断がつかない。そう感じたことで、昨夜、自分が放《はな》った言葉が鮮明に甦《よみがえ》った。自分でしたことにショックを受ける。いまの隆州の言葉がどんな意味を持っているのか皆目《かいもく》わからない。話しかけるにも気軽にはできず、訊《たず》ねるにも深津紀は迷い、ためらった。

「もうすぐ十時だ」

隆州は言いながら体を起こすと、ベッドをおりながら続けた。

「目玉焼き、生ハムにレタス、トマト、トースト、それに林檎入りヨーグルトでオッケー？」

隆州の広い背中を見ながら、いつもと変わらない口調に深津紀はどう反応していいかわからない。

隆州は身をかがめて床にあったボクサーパンツを拾う。隆州のお尻はめったに見る機会はない。理想を象《かたど》った彫像のようにきれいに引き締まっている。

返事が来ないことに痺《しび》れを切らしたのか、隆州がボクサーパンツを穿《は》いたあと振り向いた。そうするまで、深津紀は隆州の後ろ姿に見惚《みと》れていた。あるいは、目の前のことに対処しきれず、逃避するべく自分で自分の注意をそこに逸《そ》らしていたともいえる。

「深津紀」

「……はい、充分です」

「深津紀はコーヒー当番だ」

隆州がかまわないかと問うように首をかしげて、深津紀はうなずいた。

「二度寝するなよ」

隆州は、今度は皮肉っぽくもなく、からかった気配に似合う笑みを見せて、Ｔシャツを着ながら寝室を出ていった。

寝起きのくしゃっとした髪をあたりまえに見て、傍にいて大切にしてくれる。隆州を意識したはじめての日、ふと想像したことは深津紀の前で実現して、幸せだったのに。

ついにふたりの間に離婚が立ちはだかる。そうしたのは深津紀だ。

昨夜のことを思えば、隆州は怒っている。それ以上かもしれない。けれど隆州は、目覚めたときに背中から深津紀を抱きしめていた。髪を払うしぐさはやさしかった。いま寝室を出るときはいつもと変わりなかった。

どう受けとめていいのか途方にくれる。住み慣れた町なのに知っている人がだれもいない、独りぼっち。そんな怯えに晒《さら》された。


夕方四時から始まった戦略企画室の会議は社長が同席して、深津紀は緊張しきりだ。提案書に基づきプレゼンテーション、質疑応答が終わって各々が熟考し、室内は息が詰《つ》まるくらい静かだ。

あの日からおよそ一カ月、新年度に入ったけれど、離婚の決着はつかないまま——それ以前に、隆州が離婚について触れることはなく、深津紀からは何も言えないでいた。

隆州の態度はさながら糖分控えめの缶コーヒーだ。代わり映《ば》えのしない生活を消化しつつ甘さは微妙で、美味《おい》しいという感覚はない。隆州を見る目が変わったあのときのあの缶コーヒーは甘くて美味《おい》しかったのに。

普通に会話はあるし、隆州は冗談も言うし、からかうこともある。そんな隆州に合わせてはいるけれど、少なくとも深津紀は以前のようには振る舞えない。はっきりと変わったのは、触れ合わないこと、それだけだ。それだけだけれど、いちばんさみしい変化だ。

それをすっかり忘れていられるのは、仕事の時間のうちでも、緊張を強《し》いられている時間に限られる。そんな固唾《かたず》を呑んでじっと結果を待つ会議はようやく終わった。深津紀が発案したプロジェクトは承認されて、秋の人事異動で微生物センサ事業本部への異動も決まった。

「深津紀ちゃん、やったわね」

「よかったな。秋から同じチームだ」

瑠里に続いて平尾が祝い、深津紀は、はい、と喜び勇《いさ》んで応じた。

「みんなの、特に瑠里さんのおかげです」

「わたしの？」

瑠里は目を丸くしつつ不思議そうに首をかしげた。

「はい。去年、晶歩ちゃんが熱を出したときに、機嫌がいいし、病院に行ったらかえってインフルエンザをもらいそうで連れていくのをためらうって言ってましたよね。病院に行って患者が増えちゃったら本末転倒だし。国の補助をどうやって引きだすかってことを含めて、説得するためのヒントになりました」

「なるほどね、わたしたち、いいチームかも」

「かもじゃないですよ。本当に心強いです」

「しっかし、城藤夫婦って最強だな。夫婦そろってＴＤブローカーに莫大な利益を生みだす。城藤はあの三住の件から、ＴＤブローカーをオファーする側からされる側に変えた」

平尾の賞賛を隆州は鼻先で笑ってあしらった。隆州らしく、褒められたり持ちあげられたり、その度合いが強いほど照れ隠しのためにクールになる。

「平尾、この案件はまだ始まったばかりだ。形にもなってない。侮《あなど》るなよ」

「わかってる。育てたおまえには悪いけど、半年後、できのいい奥さんを預からせてもらう」

平尾がからかって言い、深津紀は思わず隆州を見やった。深津紀を一瞥《いちべつ》した隆州は薄く笑う。それはクールでもなんでもない。ただ嘲《あざけ》るようだ。自分のことを。

「深津紀はおれから巣立ちたがってる。おれは都合のいい夫だ」

深津紀に向けた当てつけは、瑠里たちにとってはジョークに聞こえたらしく、吹きだすほどおもしろがった。

「ごちそうさま」

という瑠里の言葉からすれば、隆州の言葉は惚気《のろけ》と受けとられたのだろう、深津紀は照れて見えるようにと願いながらぎこちなく笑う。

「じゃあ、おふたりさん、お先に。今週末は盛大に前祝いといこう」

瑠里と平尾はそろって出ていき、会議室はしんとする。隆州とふたりきりになって、急に狭苦しく酸素が足りなくなったように息が詰《つ》まった。深津紀は、傍に立った隆州をおずおずと振《ふ》り仰《あお》ぐ。

当てつけには皮肉が込められていても、隆州はきっと深津紀を傷つけるためにそうしているのではない。

離婚を口にした直後、隆州はらしくない振る舞いをすることで、深津紀とは反対の意思を示したのだと思う。そのためにわざわざ避妊していないと言い放《はな》ったとしか考えられない。正確に言うのであれば、〝避妊する気はない〟と、つまり離婚は論外だと示した。

それとも、それは幻聴のように、深津紀の願望がもたらした善意の解釈にすぎないのか。子供ができないかもという深津紀の不安を知っているのだから、ひょっとしたら嫌味か皮肉かという可能性もある。それに、避妊する以前に抱いてくれなくなった。

いずれにしろ簡単に赤ちゃんが誕生しないことはわかりきっていて、十日前、四月に入ってまもなくそれははっきりした。

見上げた隆州はさしておかしくもないのに、かすかに笑みを浮かべた。愛想笑いでもない。皮肉っぽくもない。嘲《あざけ》るのでもない。

「これで〝デキる女〟への道は整った。けど、今日の決定はまだ一歩にもなっていない」

隆州は前途洋洋で終わった会議に水をさす。いや、地に足を着けろと、深津紀の暴走を前以《まえもっ》て止めてくれている。

もっとも、プロジェクト案が通ったことを深津紀が心底から喜んだのは、つかの間といっていいほど長くは持たず、いまは会議の緊張も興奮もすっかり消えている。

「わかってます。失敗はできませんから……」

「あたりまえだ」

隆州は身も蓋もなくさえぎった。

「あの……隆州さん、さっきの都合のいい夫って……」

「そのとおりだろう？　深津紀の野望は形になった。だれのおかげだ」

「……隆州さんが後押ししてくれたから。でも……」

「都合のいい妻とウィンウィンという関係なら、おれは都合のいい夫というほかない。最初からわかっていたことだ。べつに深津紀を責めるつもりはない。けど、このままでいても埒《らち》が明かない。お望みのものをやる」

隆州はジャケットの内ポケットから折りたたんだ紙を取りだした。それを深津紀に差しだす。

深津紀は反射的に受けとって、隆州を見上げた。そこにはなんの感情も表れていない。

「証人の一人は任せる。頼めないならおれが二人纏《まと》めて頼んでもいい。決着はつけるべきだろう」

なんのことか、理解ができないうちに――

「帰る前にもうひと仕事だ。行くぞ」

と、隆州は促《うなが》しつつ、深津紀を残してさっさと会議室をあとにした。

置き去りにされた深津紀は、予《あらかじ》め決められた習性のように受けとった紙を開いていく。

その間に、それが何か予想はついた。

『離婚届』

そんな文字列と一緒に、隆州のサインが否応なく目に飛びこんできた。

会社の会議室で深津紀からプロポーズをして、隆州からの離婚届が会社の会議室で手渡された。離婚には同意しかねるという隆州の意思表示は、深津紀の読み違いだった。呆然としながらも、深津紀のなかでは納得していた。言いだしたのはほかのだれでもなく深津紀自身だ。それでもショックは避けられなかった。それだけのこと。

立ち尽くしているとドアの向こうにくぐもった声がした。ハッとして、一瞬すくんだものの、耳を澄《す》ますと足音は遠ざかっていく。深津紀は目を落とし、離婚届の用紙をもとのとおりに折りたたんだ。

どんな覚悟も離婚届を前にしては無力にする。ずっと割りきることもできないだろうけれど、どこかでなんらかのけじめは必要だったのかもしれない。深津紀が望まない〝けじめ〟をポケットにしまってから、どうしようもないため息を力なくついて、やっと一歩を踏みだした。

深津紀は会議室を出ると、まっすぐＦＡ事業本部に戻った。

四月になって、隆州は役職が変わると同時にデスクの位置も変わった。どちらかが席を外していて、営業部で合流するときは、まるで赤外線センサで感知したみたいに反応してアイコンタクトを取っていたのに――この一カ月もそうだったのに、いまはない。

デスクに戻っても何も手に付かない。深津紀はまたちょっとした放心状態に陥《おちい》った。そこから脱出させてくれたのはスマホのなんらかの合図音だ。無意識にスマホを手に取ってチェックした。メールやメッセージのほかに着信がいくつかあって、そのうち電話着信の相手の名が目に留まると、深津紀は目を疑った。

思わず隆州を見やると、視線に気づくこともなくパソコンに向かっている。迷ったすえ、深津紀は座ったばかりの椅子から立ちあがった。

廊下に出て休憩エリアに行くと、不在着信をタップして深津紀はスマホを耳に当てた。コールが四回を数えると、まもなく夜六時になるところで夕食の準備中かもしれないと気づいた。あとでかけ直そう。そう判断した矢先、五回目のコールの最中に通話モードに切り替わった。

「あ……」

『はい、深津紀さん？』

深津紀が名乗るよりも早く相手が問うた。

イメージとしてある気難しさはなく、待望していたかのように案じた声の主は隆州の母親だ。

二月にマンションにやってきて以来、はじめて言葉を交わす。親子関係を改善するにはどう仲裁をしたらいいか、それを見いだすまえに深津紀たちが拗《こじ》れて、そのままにしていた。

「はい。お電話をいただいていたので……」

『いまいいかしら？』

こんなふうにさえぎるのは義母らしいけれど、声のトーンには強引さがなく、こちらの都合を窺《うかが》うようで、これまでよりも控えめだ。

「大丈夫です。短い休憩だったら自分で都合をつけて取れますから」

『よかった。隆州のことなんだけど』

「はい……？」

用件はなんだろうと思いつつ耳を傾《かたむ》けていると、隆州のことだと聞いて、深津紀の相づちは曖昧《あいまい》になった。これから義母が何を口にするのか想像もつかない。

『昨日、仕事帰りに隆州がうちに来たの。愚痴を聞かされたわ。めずらしくね。……いえ、はじめてかしら。何かにつけ、あの子は完璧に振る舞ってるから』

昨日は仕事帰りに寄るところがあるといって、隆州は深津紀を独りで帰らせた。接待とは言わなかったけれど、仕事の用事だと解釈していた。それが実家だとは思いもしない。隆州は母親にどんな愚痴をこぼすのだろう。仕事についてそうするとは思えないし、それならこの結婚についてしか思いつかない。

「結婚もそうです。隆州さんは夫として満点です」

用心深く深津紀は応じた。

『隆州も、少なくともあなたに不満なんて持っていない。それなのに、うまくいかないってどういうこと？』

「それは……」

理由は複雑だ。ひとつのことではなくて、感情を含めて入り混じっている。説明するのは難しくて、ましてや隆州の母親には、そもそも結婚の始まりが特異なゆえに言いにくい部分もあって、深津紀は答えに詰《つ》まった。

電話の向こうから、あからさまに深いため息が届く。

『あのね、深津紀さん。子供が欲しいのにうまくいかないことは、隆州から聞いたわ。わたしの発言は本当に無神経だった。強要しているつもりはなかったの。ごめんなさい。ただね、仮にもわたしたちはごく近い家族だわ。無関係では決してないの。話を聞いたり、なぐさめたり、そんなことしかできないけれど、深津紀さんのお母さまはもちろん、義理であってももうひとりの母親を遠慮なく頼ってくれないかしら。水臭いでしょう。知っていたら隆州を怒らせたり、深津紀さんを傷つけたり、無神経なことを言わなくてすんだのに』

「すみません」

『謝らないで。わかってるわ、自分がひどく高慢ちきだってことはね。あの日のこと、あなたがわたしをかばってくれたことも聞かされた。ありがとう。だから、隆州は譲歩してわたしに助けを求めてきてくれたんだわ』

「……助けを？」

『そう。わかったふうに口をきけば、結婚にしろ家族にしろ、形はいろいろあっていいものよ。深津紀さんが隆州をどうしても受け入れられないというのでないかぎり、もし身を退《ひ》くなんてことを考えているのだったら撤回してくれないかしら？』

「あの……」

『返事はわたしにではなく隆州にしてちょうだい。よく考えてほしいから。ただ、撤回してくれなかったら、わたしは親失格の烙印《らくいん》を押されちゃうわ。助けてちょうだい』

じゃあね、と、やはり一方的に義母は言い募《つの》って電話を切った。

いま義母が言ったことと、ポケットに入っている離婚届は矛盾している。深津紀は混乱しすぎて、電話は切れたというのにスマホを耳に当てたまま、マネキンみたいに微動だにせず突っ立っていた。

そうして時間がどれくらいたったのか、人の声がしたことと耳もとで短い着信音が鳴ったことで、深津紀はハッと我に返った。

お疲れさまです、と休憩エリアに来た三人組に同じ言葉を返してから、深津紀は着信を確認した。誠人からメッセージが入っている。

『教授と城藤さんからプロジェクトが通ったって聞いた。肝心の深津紀から報告ないけどな』

それどころではなかった。そんなことを言ったら誠人はどういう反応を示すだろう。理由を話せば、ほら見ろといわんばかりに揶揄《やゆ》するかもしれない。予言めいた誠人の言葉はいまになって身に沁《し》みる。条件のバランスは呆気《あっけ》なく崩壊した。

デキる女の道が開けて喜んでいいのにそうできていない。特別な人間でもないのに、欲しいものをすべて手に入れようなんて所詮《しょせん》、身の程知らずだ。義母は自分を高慢ちきだと言った。深津紀とて傲慢だ。

『ごめん。始まるのはこれからだし、ちょっとプレッシャー感じてる。それに……いま離婚協議中』

すぐさま既読になったものの、『はあ？』というスタンプが返ってくるまで、誠人に及んだ驚愕《きょうがく》の度合いを示すように間が空いた。

『どういうことなんだ？』

『いろいろあったってこと。でも、ちゃんと話さなきゃ……』

深津紀は誠人への返事をそのまま自分に言い聞かせた。

『深津紀、人付き合いが苦手なこのおれが、城藤夫婦を中心とした仲間の集まりを居心地がいいって思ってるくらいだ、絶対に別れるなんてもったいない』

『誠人くんのために離婚しちゃダメってこと？　笑』

『嫌いだとか生理的に無理ってお互いが言うなら別だけど、ふたりとも、そうじゃないだろう？　何が原因か知らないけど、とにかく話し合って。吉報を待ってる』

誠人は隆州の母親と同じようなことを言う。深津紀は、どうとでも受けとれるようなスタンプを送ってメッセージを閉じた。

気分は落ち着く間もなく――

「何やってるの？　浮かない顔して」

と、知った声がしてパッと顔を上げると、ぎょっとするくらい近くに丸山がいて深津紀の顔を覗きこんでいる。不思議そうに、さらに彼女の首はかしいだ。

深津紀の腕をつかむと隅っこに連れていき――

「プロジェクト通ったって瑠里さんからメッセージ来たけど違うの？」

と、丸山は声を潜《ひそ》めて確かめた。

「あ、それは大丈夫でした」

「それは、って、じゃあ何が大丈夫じゃないの？」

さすがに丸山は聞き逃さない。ごまかしきれないこともわかっている。

三人組の彼女たちは自分たちのお喋りに夢中なようで、聞き耳を立てている様子はない。深津紀はずっと気にかかっていたことを思いきって訊《き》くことにした。

「隆州さんと瑠里さんのことです」

目をわずかに見開いた丸山は意味がわからないといったふうだ。

「ふたりが何?」

「いえ、あの……」

やはり簡単には言いにくく、深津紀は言葉に詰《つ》まる。

すると、こら！　と、丸山が深津紀の腕を揺れるくらいに叩《はた》く。

「城藤夫婦の様子がおかしいことは、このまえの飲み会から気づいてるから。気にしてることがあるんなら、このお姉さんに話してみなさいよ」

わざとちゃかしつつも頼もしく丸山は深津紀を促《うなが》した。

それでも迷う。迷いつつ考えた。義母と誠人の言葉を思いだして、このまま離婚することになっても行動を取らなかったことで後悔するのは避けたい、とそんな結論に達する。それに、丸山は誠人と同じで、結婚の経緯をちゃんと知っていて、相談相手にはうってつけだった。深津紀はためらいがちにうなずいた。

「ある人から隆州さんは瑠里さんが好きだったたって聞きました。丸山さんもそう思ってたときがあるって言ってましたよね。それに、ふたりが冗談めかしてそんなことを話しているのを偶然、聞いてしまったんです。それで、隆州さんは……まだ瑠里さんのことが好きなのかなと思って。モテるはずなのにカノジョもいなかったし……」

　尻切れとんぼに終わったのは、深津紀が真剣に言っているにもかかわらず、まるでコントを見ているように丸山が笑いだしたからだ。

「丸山さん、おかしくないです」

「だって碓井さん、それって城藤課長のことが好きだって言ってるのと同じでしょ。前向きな碓井さんが人の過去のことまで気にして悩むなんて。ようやく、わたしと城藤課長の差がはっきりしたわけだ。好きって気持ちにもいろいろあるでしょ？」

「……そのとおりです」

　丸山はまたおかしそうにしたあと、ふと何やら思いついたような顔になった。

「本人たちの話はともかく、だれから聞いたの？」

「……松崎さんです。まえは三人じゃなくて、松崎さんを含めて四人で仲良くしてたんですよね。だから、はっきり言ったり聞いたりはしてなくても気づかれてたんだと思います」

「それ……」

丸山はつぶやいて、眉をひそめると考えこんだ。

「丸山さん？」

「聞いたの、いつ？」

「あ……このまえの飲み会の日でした。忘れ物を取りに戻ったときに鉢合わせして……」

「なるほど。これから言うのはわたしの推測だけど……松崎さんて城藤課長を好きだったのかも」

「え……」

「だから、城藤課長が瑠里さんを好きだと知ってて――もしくは思いこんでて、傍にいるのがツラいから離れたってこともあり得るってこと」

「隆州さんは松崎さんからライバル視されてるって言ってたけど……」

「そこよ。可愛さ余って憎さ百倍って言うじゃない。やっとリーダーになれて追いついたのに、城藤さんは課長になってまた先を行ってる。社内結婚をして幸せそうだし。ね？」

それは憶測にすぎないけれど深津紀は合点《がてん》がいった。好きな人には好きな人がいて、彼が好きな人を追っている姿を見たくなくて、だから離れているほうがいい。そんなふうに衝動的に心が動いて、深津紀は離婚を口走った。子供の問題があって、松崎が教えたことはやっぱり引き金だった。

「わたし、順調に異動になったら松崎さんと一緒の部署になりますね」

隆州にライバル心を持つ松崎が、その妻によって提案された巨大プロジェクトのことを知ったらどう反応するのか。不安たっぷりでつぶやいたのに、丸山は肩をすくめて安直にあしらった。

「チームは違うし、うちの会社、ライバル心はオッケーでも蹴落とすのはNG。トップ受けのいい城藤課長の奥さんなんだから、よけいな心配して時間を無駄にしないこと。いい？」

「はい」

返事をしつつ、いつまで隆州の奥さんでいられるのだろう、と深津紀はそんな不安におののいた。


『煙草吸って待ってる』

隆州からのメッセージが来たのは夜七時前だった。ひと仕事というのは本当にひと仕事だったのか、意外にも早い時間だ。

顔を上げると、隆州はすでにビジネスバッグを持って席を離れている。ちらりと深津紀を見たあと、周囲と労《ねぎら》いの言葉を交わしながら出ていった。

後悔したくないからきちんと話すべきだ。深津紀はそう決めたときからそわそわと落ち着かない。仕事に集中できていなくて、これ以上やったところで能率が悪いのは自覚していたからちょうどいい。

二階の喫煙スペースへと階段をおりながら、俄《にわか》に緊張する。離婚が具体的になっても一緒に帰宅するという変わらなさに戸惑《とまど》ってもいる。隆州の大らかさは時に深津紀を惑《まど》わせて厄介だ。

深津紀が喫煙スペースに着いたのは、メッセージを受けてから十分もたっていない。なかを覗くまでもなく、足音を聞きつけたのか、隆州のほうから顔を覗かせた。

「終わり?」

隆州は深津紀の肩にかかったトートバッグを一瞥《いちべつ》しながら問いかけた。

「もう新人とは違います。区切りの判断はつきますから」

「独り立ちできてるって言いたいのなら、言われなくてもわかってる」

隆州はうっすらと笑うと、少し待ってろ、と顔を引っこめた。煙草を消して捨てたのだろう、隆州はすぐに廊下に出てきた。

結婚してから一緒に帰ることは多々ある。帰ろう、といまや口癖ともいえる言葉で隆州は深津紀を促《うなが》した。

離婚をしたらこんなあたりまえになったことも終わってしまう。義母の言葉を思いだせば、離婚は隆州の本意ではない。そんな希望を頼りにしつつ、隆州の一歩あとをついていった。

一階のエントランスまで来ると、隆州がふいに足を止めて深津紀はぶつかりそうになった。

「お疲れ。いま帰りか？」

隆州が気さくに声をかけた相手はだれなのか、ちょうど隆州が死角になってすぐにはわからない。深津紀が隣に並ぶと同時に――

「城藤くんはもう帰り？」

と、揶揄《やゆ》した声音で言葉を返したのは松崎だった。

「ああ。少し早いけどな」

ふーん、と相づちを打ちながら松崎は深津紀へと目を向ける。

「お疲れさまです」

「夫婦、仲良すぎじゃない？」

深津紀の挨拶は無視された。深津紀と隆州をかわるがわる見ながら言った松崎の言葉に潜《ひそ》んでいるのは、嫌味なのか呆《あき》れなのか。隆州は肩をすくめた。

「仕事に支障が出てるっていうんなら教えてくれ」

「それなら、去年だったかな、勉強会のときにみんなの前でちゃんと碓井さんに忠告しておいたから、やっかみは減ってるはず。耳に入ったら教えてあげる」

はっ、と隆州は笑い、一方で深津紀は目を丸くした。

あれは松崎がやっかみの代弁をしてわざとつらく当たっただけで、忠告と励ましだったのか。

それと、と松崎はいい気味といった、あくまでおもしろがった面持《おもも》ちで続けた。

「わたしをフッた仕返しはしておいたから」

「仕返しってなんだ？」

隆州が怪訝《けげん》そうに問い返すと、松崎は深津紀へと目を転じて首をかしげた。

「話してないの？　なんだ残念、ひと悶着《もんちゃく》起こそうと思ってたのに」

悪気が本当にないのか、松崎の発言に困惑しつつ思わず隆州を見やると、なんのことだ、と半《なか》ば責めるように無言で問うてくる。

松崎は、なるほど、とまたふたりをかわるがわる見ながら独り納得してうなずいた。

「いまからひと悶着《もんちゃく》ありそうね。帰ってごゆっくり。わたしは〝城藤課長〟みたいに余裕はないからまだまだ残業よ」

「けど、追いつく気だろう？　そのためにFAから微生物センサに異動したと解釈してる」

「それは間違い。城藤くんの『追いつく』っていう自信満々なところが癪《しゃく》に障《さわ》るの。わたしは〝追い抜く〟から」

「ああ……失言だった」

隆州は笑いつつ反省した様子を見せて首を横に振った。

「そうよ、気をつけて。じゃあ、ふたりともお疲れさま」

「……お疲れさまでした！」

深津紀は唖然《あぜん》としたあまりワンテンポ遅れて松崎に応《こた》えて、その後ろ姿を見送った。

丸山の推測どおりに、松崎は隆州が好きで振られているうえ――ふざけて言っただけで、それが事実かは断定できないが――隆州をライバル視していることも隆州自身が言ったとおりだ。かといって、いまの様子を見るかぎり、敵対しているわけでもない。

「何か松崎から言われてたらしいな。けど、深津紀はまたおれに話してない」

隆州は責めるようでありながら、憂《うれ》えたため息をつく。深津紀が何も言い返せないでいると、隆州は気分を変えるように首を横に振った。

「帰ってからだ」

独り言のように言い、帰ろう、と再び首を傾《かたむ》けて深津紀を促《うなが》した。

電車に乗っての帰り道、ふたりが話したのは夕食のことだけだった。デリバリーを利用することにして、パスタ中心のイタリア料理に決めると、隆州がさっそくスマホで手配をすませた。

マンションに帰りつけば、隆州は先にシャワーを浴びると言って浴室に消えた。避けているのかもしれないと疑心を抱いてしまったものの、深津紀の思いすごしだろう。夕食が届くまで時間はあって、隆州はきっと効率よく、やることをすませているにすぎない。深津紀は深津紀で着替えをすませたり、明日の服装を決めたり、そして異動が予定される微生物センサ部門に関する資料に目を通しながら――ほとんど頭に入ってこないけれど、何かしらの隆州からのアクションを覚悟しながら時間をやりすごした。

けれど、隆州はシャワーを終えたところで寝室にこもったまま出てこない。そうかといって深津紀から話しに向かうには勇気が足りない。またもや避けられていると感じる。

しばらくして、きっと夕食が届いたのだろう、インターホンが鳴ったとたん、おれが行く、と隆州は寝室から出てきた。

フットワークが軽く手際がいいのは隆州の特性で、まもなく届けられた料理はダイニングテーブル上に調《ととの》った。深津紀はその間にコーヒーをセットしておいた。

「いただきます」

いざ始まった夕食は居心地が悪い。何か話してくれればいいのに、隆州は深津紀のほうから切りだすのを待っているのか、黙々と料理を口に運んでいる。

「あの……プロジェクトのこと、誠人くんに連絡してもらってたんですね」

独りではなく相席者《あいせきしゃ》がいながら、食器の音と咀嚼音《そしゃくおん》という些細《ささい》な雑音しかしないのは息が詰《つ》まりそうだ。見たい番組がなくてもテレビをつけていればよかったと後悔しながら、たまらず話題を探したすえ、いざ思いついて深津紀が話しかけると、隆州は何が気に喰《く》わないのか、顔をしかめた。

「当然だろう。誠人には十二分に働いてもらわなくてはならない。でなければ、深津紀が失墜《しっつい》するし、おれも巻き添えになって引きずられる」

最後の言葉に、あらためて隆州から多大なパワーを与《あずか》っていることに気づかされる。会議室でも言ったとおり、失敗はできない。

「すみません」

「なんで謝る？」

隆州は睨《ね》めつけるように上目遣いで深津紀を見た。

「あ、プレッシャーは感じてますけど、うまくいかないってことは考えてません。謝ったっていうより……隆州さんには真剣に考えてもらって、支えてもらって、後押ししてもらって申し訳ないほど感謝してるってことです。わたしは何も返せてないから」

「返礼を期待して奉仕するほど、おれは暇じゃない。見返りを求めるのはストレスにしかならないからな。賛同した、それだけのことだ。プレッシャーなんてはね除《の》けろ。入社して三年目っていうのは、おまえが言ったとおりもう新人じゃない。会社に慣れて仕事のコツもつかんだ頃だろう。いちばん気持ちが乗る時期だ。その自分の波に乗れ。必ずうまくいく」

隆州はそれらの言葉を、活を入れるとかアドバイスとかいうほどの気負いはなく、ただ何気なく自分の経験をもとにして言っている。それがどんなに深津紀の力になるか、隆州は果たしてわかっているだろうか。

「はい」

返事をしてから口にしたローストビーフは蕩《とろ》けるようにやわらかくて美味《おい》しい。それなのに、深津紀は急に味がわからなくなった。

くちびるがふるえた直後、味のわからなくなったローストビーフの上にぽとりと雫が落ちる。決して音は立たなかったのに、弾《はじ》けた小さな水滴が隆州のところまで飛び散ったかのように、ふとその頭を持ちあげるとその視線は深津紀の顔を捉《とら》えた。

隆州の目が深津紀の目に焦点を合わせる。隆州はすぐに目を伏せると飲みかけていたオニオンスープのカップをテーブルに置き、おもむろに目線を上げて再び深津紀を捉《とら》えた。

「泣くようなことを言ったか？」

すぐには答えられなくて、深津紀は首を横に振る。

隆州は食事を後回しにして、肝を据《す》えた様子でテーブルの上で軽く腕を組んだ。

「結婚をビジネスにするには……それがプラトニックなものならまだしも、おれたちは

「子作りという目的を持った。互いの距離が近すぎる。そうだろう？」

距離が近いのは確かにそうだけれど、隆州が何を言いたいのかはよくわからない。例えば、結婚は最初から失敗だったと言いたいのか。深津紀が答えられないでいると、隆州は続けた。

「研修のときにパーソナルスペースの話をした。憶《おぼ》えてるか」

「……距離感の話ですか」

「そうだ。相手が自分をどう位置づけているか、相手に自分をどう位置づけるか、うまく距離感をつかむのも営業のひとつの手だと教えた。そのパーソナルスペースでいえば、最も親密なのは密接距離のなかでも十五センチ以内だっていう。おれたちは必然的にその距離内にいて、それがあたりまえになってる」

隆州は同意を求めるように首を傾《かたむ》け、深津紀は涙を拭《ぬぐ》っておずおずとうなずいた。隆州もまたうなずき返す。

「それが不快なことなら別だが、そうじゃない。つまり、ビジネスライクでもなんでもない、おれたちは恋愛結婚とかわりない結婚をしたことになる。ビジネスなら感情的に目をつむれることもある……というより、無理難題を突きつけられないかぎりそれが基本だ。けど、ビジネスになりきれていないから些細《ささい》な感情で拗《こじ》れる」

深津紀は思わず否定するように首を横に振った。異論があるといわんばかりの深津紀のしぐさに、隆州は眉をひそめ目を細めた。

「何？」

違う、と声にならないくらいの声でつぶやいたとたん、深津紀のなかに燻《くすぶ》っていたわだかまりが膨張して、水風船が破裂したようにそれらが散らばった。

「些細《ささい》じゃない！　些細《ささい》なことじゃないから、まだここにいる。離婚したいって言ったのに、隆州さんが出ていけって言わないから出ていかないで居座ってしまう。わたしにとってこの結婚が些細《ささい》なことだったら、離婚を切りだした時点できっととっくに出ていってる。でも、出ていけない！」

離婚したいと言ってしまったきっかけは、すべてが些細《ささい》なことではない。妊娠できないことも、隆州が結婚した本当の理由も。隆州に関する――この結婚に関するすべてのことが些細《ささい》ではすまない。

隆州は深津紀の心の底まで射貫くように見つめてくる。

それなら――と隆州が口を開くまでにずいぶんと時間がたった気がした。

「その些細《ささい》じゃないことを話してくれ。松崎が言っていたことからでもいい」

隆州は話をしやすいように促《うなが》してくれた。簡単にはいかない。ただ、飲み会の盗み聞きはばれていて、隆州はある程度のことをとっくに察しているはず。

「隆州さんは……瑠里さんが好きで、昔フラれたってことを聞きました。隆州さんの気持ちを知っていたのは松崎さんだけじゃなくて……そう見えてたって言う人はたくさんいる」

「盗み聞きをして気にしていたのはそこか。昔の話だろう」

隆州はまったく大したことのないように言う。ここで隆州の言葉を呑みこんでしまうこともできるけれど――

「けど、深津紀にとっては昔話ですまないわけだ」

隆州は些細《ささい》だとして片付けることはしなかった。

「好きという気持ちを一列に感じてしまう深津紀に、嘘を吐かずに言葉で表せば、おれはいまも瑠里が好きだ」

隆州の言うとおり〝好き〟の区別はつかなかったけれど、いまは丸山に指摘されたようにちゃんと区別がつく。それだけに、隆州の『好き』という言葉は衝撃だった。

隆州は以前の深津紀になぞらえて自分の気持ちを『一列』だと前置きしながらも、深津紀にとって打撃になることを承知で発したのかもしれない。その証拠に、深津紀を見る目は何も見逃《みのが》すまいと探《さぐ》るようだ。

「だから隆州さんにとって、わたしのプロポーズは渡りに船だった？」

深津紀の声音は自分で聞いても弱々しくかすれている。

「……どういう意味だ？」

問い返すまでのつかの間は困惑を表していたのか、隆州は顔を険《けわ》しくした。

「隆州さんは……瑠里さんが好きで、平尾さんも瑠里さんもそのことを知ってる。仲がいいぶん、お互いに気を遣うのはわかります。瑠里さんたちは、隆州さんに申し訳ないって思ってて、そういう負担をなくすために……瑠里さんのために、わたしのプロポーズは隆州さんにとってすごく都合がよかった。平尾さんに結婚が面倒くさいって言ってたのも建前で、本当は瑠里さんへの気持ちが断ちきれなくて、ほかの人と恋愛も結婚もする気になれなかったから」

しばらく反応がなかったのは図星だからだろうか。振られた話はプライドを傷つける。隆州は怒っていて、冷静になろうと努《つと》めているのかもしれない。ただ、隆州の首をひねるというしぐさはいろんな意味を持つけれど、この瞬間のそれは不可解極まりないと呆《あき》れ果てているように見えた。

「深津紀はプロポーズのときもそうだったな。突飛すぎる。どこがどうなったらそういう発想に行き着くんだ？」

隆州はいつも余裕綽々《よゆうしゃくしゃく》で、すべての言動が計算尽くで、深津紀だけが感情に振りまわされている。だから、些細《ささい》だと決めつけるのだ。

「だって……！　好きでもない人と付き合ってたことがあるって、それはそういうことでしょ？　瑠里さんがあのときそう言ってた。隆州さんは、自分は気にしてないって瑠里さんたちに証明できればよかったの。都合のいい妻はいちばん手っ取り早いから……隆州さんは子供ができたあとならいつでも離婚を切りだせるし、それはわたしが言いだしたことだから後腐れもない。違うの？」

「違う」

隆州は今度は素早く返事をした。きっぱりとして、今度こそ怒りさえ含んでいるように聞こえた。深津紀を射貫く眼差《まなざ》しはいったん逸《そ》れ、戻ってきたときにはさらにきつい眼光を放《はな》つ。

「瑠里のことで言いたいのはそれで終わりか？」

大したことではないとあしらうような言い方だ。

「わたしは……わたしが言いたいんじゃなくて、隆州さんから本音を聞きたいの！　隆州さんの本心が全然わからない」

「それは、わかろうとしていないからじゃないのか」

「わかろうとしてる！　でも……わからないの」

隆州が頭脳明晰であることも気がまわる性格も、そこから生じる器用さや優しさも知っている。知らないのは、深津紀の存在は隆州にとってなんなのかという、肝心なところだ。

「行動だけではなく、言葉で伝えるときだな。プライドにかまっていられない。そんなときが来るだろうとは思っていたけど……」

隆州は深く息をついた。単なるため息とは違って、言うなれば、いざ何かをしようと決心して、本番前に気を引き締めているような雰囲気だった。

「ひとまず、深津紀が盗み聞きしていたのははっきりしたな」

「あのとき……打ち合わせしてたみたいにふたりで出ていって、そしたら声が聞こえたから嫌でも聞きたくなる」

「打ち合わせなんかしてない。一人抜ければ自分もって、席を外すきっかけにしただけだろう。ちょうどいいと思って、戻るまえに寄ってくれと言っておいた。あのとき話題の中心にいたのは深津紀だ」

「……わかりません」

盗み聞きしたときを思いだしながら少し考えてみても訳がわからない。隆州の吐息に込められたのは嫌気か憂いか。

「どこから聞いてたんだ？　平尾たちが結婚するまえ、おれが瑠里のことを恋愛対象として見始めていたのは事実だ。好きでもない女と付き合っていたのも事実だ。ただ、女との付き合いは平尾たちのためじゃない。おれが人に——深津紀の目にどう映っているかは知らない。平尾たちが結婚すると聞いて確かにつまずいたし、家族と折り合いが悪いことは知ってるな。家を出たのは同じ時期だ。そういうプライベートだろうと仕事だろうと、うまくいかずに腐ることもある。その結果、ふらついていたこともあった。一《いっ》時《とき》のことだ。もうとっくに乗り越えてる。つまり、深津紀との結婚と平尾たちはまったく関係ない。さっきおれが言った『好き』というのも平尾に対してと同等で、友人や仲間としてということに尽きる。飲み会のときのことは——プロジェクトの件で、微生物センサの開発のほうにも深津紀の異動の推薦を打診してほしいと瑠里に頼んでいた。その流れで、深津紀が聞いた〝時効〟話になった。瑠里はおれが深津紀のためにって尽くしてることをからかったんだ。それ以外にだれにも裏はない」

隆州の言葉には隙がない。あとは、深津紀が信じるか否かそれだけだ、と言わんばかりに決然としている。

「……わたしに尽くしてる……？」

「かなり深津紀と関わる時間を割《さ》いているつもりだけどな。結婚の義務を果たしているとか、そういう理性的なことじゃなく」

訊《たず》ねるまでもなかった。ついさっき励まされて泣いてしまった深津紀自身が隆州の言葉を証明している。

それに、新婚旅行での誓いを隆州は完璧だとちゃかしたけれど、神聖な場所で見せかけの誓いをするようなでたらめな人ではない。やさしさも深津紀を抱く腕も、ほのかに甘い言葉も嘘ではなかったはず。それなのに深津紀は疑ってしまった。好きという感情が理性を惑《まど》わせてしまう。その気持ちが強ければ強いほど。

「ちゃんと……わかってます」

「おれは、ほかにも意思表示をしてきた。それもちゃんと気づけ。少なくとも、深津紀に対しては悪い意味での裏はない。結婚を終わらせないようにするための裏はあっても。遠回しじゃわからないみたいだから、ちゃんと話す。けど、そのまえに、まだ深津紀が独り空回りしていることがあるはずだ。それを話してくれ」

瑠里の問題を聞きだそうとしたときよりもずっと重々しく、隆州は深津紀に迫った。

隆州は深津紀がいまだに気にしていることをすっかり承知している。察しのいい——何かと先回りする隆州が気づかないというのはあり得ない。

「……子供のこと……わたしは本当にだめかもしれない。五年待ってもできないかもしれない」

「できなかった場合、何が問題だ？」

隆州は悠長にそんなことを問う。

「……問題だらけじゃないの？」

子供を持つことに関して、隆州との間には温度差がある。その差は深刻な気がして、深津紀は泣きそうな気分で力なく問い返す。

「深津紀の理想に子供が欠かせないことは知っている。どうしてそこまでこだわる？」

「隆州さんは欲しくないの？」

逆に問うと、隆州は曖昧《あいまい》に首を横に振った。答える気がない。そんなふうに見えたけれど。

「いたらいたでいい。いないならいないでいい。世間の言葉を借りるなら、授かりものだろう」

隆州がありのままを受け入れることは大らかな性格に表れている。マイナスに穿《うが》てば、どうでもいいと受けとれる。どちらだろう。深津紀の語気がつい荒くなる。

「隆州さんはそんなふうに言える。それですむから！」

「どういう意味なんだ？」

「隆州さんには実家にお兄さんがいて、その子供たちもいる。でも、わたしはひとりっ子で、両親しかいない。両親がいなくなればわたしは独りになる。だから子供がいてくれたらって……でも、叶わないの……！」

力なく、けれど切実に叫ぶ深津紀を、隆州は受けとめるような気配でしばらく黙り、じっと見つめた。

「深津紀、もしかして……結婚も子供を持つことも、理想というよりは強迫観念か？独りになりたくないとか、独りが怖いとか。人を当てにしたり頼ったりしなくてもすむように、デキる女になりたいって理想もその延長にある？」

隆州は諭すように問う。

今度は深津紀がじっと隆州を見つめる。するとまもなく、立ちはだかっていた壁が忽《こつ》然《ぜん》と消えたような感覚がして、深津紀は理想が形成されたきっかけを思いだした。

大学在学中に父親が定年を迎えたときのことだ。再雇用で給料が減額になったとか、責任が軽くなったとか話しているときに、両親がいつまでもいまのままではいられないことを思い知った。可能なことは経験したいという欲張りな気持ちは、生まれながらと言っていいくらい昔から抱いていたけれど、並行して、その頃から結婚に関しても考えだして急《せ》かされるような気持ちがあった。

「……そうかもしれません。両親とも、周りに比べたらやっぱり年上だし……両親とすごす時間が短いんだってことを自覚したときがあったんです」

隆州はうなずいて理解を示した。

「それならなおさら、離婚するってことの説得力には欠ける。おれだろうとおれじゃなかろうと、深津紀に子供が持てるか持てないか、その可能性はなんらかわりない」

隆州は何を言っても畳《たた》みかけてくる。ちゃんと理解したうえでそう言っているのか——隆州に理解力が欠けているとは思えないけれど、深津紀のなかに期待が積み重なって、いつしかそれが崩壊することを考えると怖くなる。

「隆州さんの言ってることはずれてる」

「ずれてる？　どこが？」

「子供が欲しくないですかって言ったんです。わたしは隆州さんに対してプロポーズの言葉を約束できないってこと……」

「そんなことは最初からわかっていたことだろう。少なくともおれは可能性のひとつとして頭にあった。わかっていなかったのは深津紀だけだ。おれは結婚したとき言ったはずだ。不妊症の検査なんてしてないって」

「でも、それはこんなふうにはっきりしなかったから……」

「まだ何もはっきりしてない。できることもできないことも、想定にすぎないだろう。深津紀、おれはとりあえず五年待とうと言った。その五年すらも捨てようなんて意味がわからない」

「その五年、隆州さんを無駄に縛ることになるかもしれない……」

「また推定だ」

深津紀が言っては隆州がさえぎる。それを繰り返しながら、いま隆州はうんざりして吐き捨てた。

「話してほしいって言ったのは隆州さんのほう！」

面倒だと追いだしかねない隆州の気配に、深津紀は悲鳴じみた声で訴《うった》えた。

隆州がため息を漏らし、意味もなく首を横に振る。その意味を探し当てられないまま、深津紀はびくびくしながら見守った。

「五年待って、はじめてどうするか考える。おれはそう譲歩したんだ」

「譲歩……って何？　同情してるの？」

「そういう意味じゃない。あまりに深津紀が理想にこだわってるから、その方向転換ができるように五年かけて〝面倒〟な説得を試《こころ》みるつもりだった。説得というよりは〝口説く〟だな。おれにとっての理想は——必須なのは、どんな過程でもどんな結果になっても深津紀がいれば足りる」

深津紀は都合のいい妻になるはずが、自分の理想が邪魔をして、反対に隆州が避けたがっていた面倒にしかなっていない。それに気づかないで、隆州に甘えてばかりいた。いま隆州の言葉の裏に見え隠れするのは、ちゃんと聞いてわかってほしいという切実さだ。無神経な自分に気づいて、そのどうしようもなさは償《つぐな》いがきかないというプレッシャーに変わる。

離婚したいと言ったときに、隆州は体を通して怒りをぶつけてきた。

「……いま怒ってる？」

「かなりな。それがどういうことかわかるか」

深津紀の問いに触発されたように隆州は乱暴に放《はな》ち、詰問《きつもん》する。

深津紀の答えをじっと待っていながら、その実、隆州は期待しているふうではない。

隆州が求めているのは、答えを出すことではないのかもしれなかった。

「わたしが……結婚したいって言ったのに、わたしから終わらせたいって言いだしたから……」

表面的な答えは単純すぎるとばかりに隆州は薄く笑った。

「さっきの深津紀の言葉を借りれば、その答えはずれてる」

「……どんなふうに？」

「深津紀が、その原因が何か、おれに打ち明けることもなく、おれに訊《たず》ねて話を聞くこともなく、一方的に離婚を言い渡して、結婚を――おれを軽々しく扱《あつか》ったからだ」

「そんなつもりなかった」

ぴしゃりと放《はな》った隆州の言葉を、深津紀は即座に否定した。隆州は話してほしいと事あるごとに訴《うった》えていたのに、そうしなかったのは信用されていないと映ったに違いなく、隆州のプライドを傷つけてしまっている。ごめんなさい、と謝りかけた言葉は途中でさえぎられた。

「言っておけば、プライドの問題じゃない」

隆州は深津紀の思考を読んだかのように否定した。

「それじゃあ……何……？」

すぐには答えが返らず、深津紀がためらって問い返したように隆州もまたためらっている。もったいぶっているようには見えなくて、まるで迷っているかのように見えた。

「ここからさきは遠回しじゃなくなる。聞く覚悟はあるのか？」

深津紀は戸惑《とまど》って隆州を見つめた。そのくちびるに自嘲したような、薄い笑みが形づくられる。

「ウィンウィンはそれぞれの捉《とら》え方次第でも、結婚はフィフティフィフティとはいかない。おれたちの結婚も最初から不公平だった」

「不公平って……どっちがマイナスですか？」

「そう深津紀が訊《たず》ねる時点で、おれのほうがマイナスに決まってるだろう」

「あの……よくわからなくて……遠回しじゃなくなるっていま言いましたよね？」

深津紀の指摘に、隆州は苦笑いをした。そうして気持ちを切り替えるように短く息をつく。

「なら、率直に言う。まず前置きとして、おれの話を聞く気なら、おれの言うことに従ってくれ。それが深津紀にしてもらう覚悟だ。いいか？」

それが何かというのをはっきりさせないで従わせるという、そんな言葉に乗るのは、発したのが隆州であっても無謀すぎる。それでもうなずいてしまった。深津紀が自ら離婚という最悪の提示をしている以上、隆州に関することで悲惨なことはもうない。

深津紀の無言の同意はあっさりしすぎたのか、隆州は気が抜けたように笑みを漏らす。

そうしてから、さきに覚悟を決めたのはおれだ、と隆州は真面目な面持《おもも》ちに変わった。

「核心から言えば……深津紀が『子供が欲しくないですか』と言った瞬間に、深津紀はパーソナルスペースを突き破っておれのテリトリーに無理やり入りこんできた。プレゼンさせたのは、突き破られたテリトリーを修復するための時間稼ぎだったけどな、深津紀はそれをも無駄にして、ずかずかと男の――おれの征服欲を煽《あお》って止《とど》めを刺した」

「……止《とど》めを刺したって？」

「深津紀がだれのものでもないとわかった瞬間に、それまでで最高に満ち足りた気になった」

おれは、と続けた隆州はいったん口を閉じたあと、意を決したように再び口を開いた。

「深津紀をだれにも渡したくない。おれのものにしたい。はじめて会ったわけじゃないのに、気分はひと目惚れだった」

「……わたしに……？」

俄《にわか》には信じられず、呆けて深津紀は訊《たず》ね返した。

「他人にひと目惚れしたって話を聞きたいわけじゃないだろう」

隆州は呆《あき》れて揶揄《やゆ》したけれど、ばつの悪そうな――いや、それとは少し意味合いが違っていて、もっと近い言葉でいえば照れ隠しに感じた。

深津紀が首を横に振ると、どっちなんだ、と隆州はため息混じりに笑う。やはり自分の告白はきまりが悪いのだろう、突っこみを入れることに紛《まぎ》れてごまかしている。

「ひと目惚れなんて信じてなかった。直観的なひらめきに似ているかもしれない。深津紀を唯一無二だと、無意識下で悟って求めた。そんな感覚だった。だから、深津紀が簡単に離婚と言ったとき、一方的におれが好きなだけで、深津紀にとっては都合のいい夫どころか、都合のいい種馬でしかないと突きつけられたようで腹が立った。おれといることよりも、子供を持つことのほうが深津紀にとっては遥かに大事だと……おれの気持ちを軽く扱《あつか》ったんだ」

「違う！　そんなことない！　わたしは……子供ができないかもしれないってわかって、隆州さんを束縛していいのか、ずっと自分に問いかけてた」

「そこだ」

　隆州は鋭くさえぎった。

「……そこって？」

「深津紀はあくまで冷静に、好きも嫌いもなくおれと結婚したってことだ。条件に合わないと思いこんで、そのあとどうした？　別れたくないなら、そのための方法を探すだろう？　けど、深津紀は、おれを手放してもいい、もしくはそうなってもしかたないと考えて、その結論を深津紀は受け入れられてる。おれは、いますぐ理想を捨てろと無理《むり》強《じ》いしてるわけでもなく、むしろ五年かけて口説こうとしているのに。不公平だろう？」

深津紀は目を見開いた。自分がいかに隆州を傷つけていたか、思い知らされる。無理やりといっていい抱き方も、隆州は怒っていたのではなく傷ついていたのだ。

「離婚を受け入れてなんかない！　隆州さんが結婚した理由がわかって――瑠里さんのためだって……勘違いして……混乱して言ってしまったのっ……言ったことを後悔してる。それはわたしのため。離婚はわたしの望みじゃないから。本心じゃないから！」

確かにプロポーズのときは冷静でいたかもしれない。あのときに思っていた――思いこんでいたことはもうひとつあって、それは不妊など考えていなかったということ。計算外で理想の前に立ちはだかった困難は、深津紀に起きていた変化を明確にさせた。

そうなのだ、深津紀の気持ちは確実に変化していた。隆州をただの上司から結婚相手として見るようになったときから。

深津紀の切羽詰《せっぱつ》まった訴《うった》えを聞いて、隆州はふっと笑う。

「ジェラシーの仕業か？」

ジェラシーという言葉を聞かされて、いまはじめてあのときの衝撃に名がついた。

隆州の気持ちが深津紀よりも瑠里にあったことが苦しい。隆州のなかに、ただの部下としても深津紀が存在しない、そんな過去のことなのに過去として片付けられない。できるなら、隆州のなかに瑠里に対する好きという気持ちが芽生えるまえにタイムスリップして、自分を好きになってもらえるように努力する。それくらい独占欲に満ちた嫉妬だった。

深津紀はこっくりとうなずく。

「もっと早く生まれて、隆州さんが瑠里さんと出会うまえに会いたかった。瑠里さんには晶歩ちゃんがいることも……もし隆州さんがわたしじゃなく……」

その先は口にしたくなくて、深津紀が口を閉ざすと同時に――

「その先は仮定でもやめてくれ」

隆州は素早くさえぎった。

「わたしも言いたくない」

深津紀は力を込めて、きっぱりと、そして切実に言いきった。仮定であっても、口にしたらふたりの結婚を傷つける気がした。

「よかった」

隆州は、おかしくもないのに笑う、そんな笑みであしらった。

まだ足りない。そんな雰囲気を隆州から感じながら、もっと伝えるべきことがあると深津紀自身もわかっていた。

「わたし……プロポーズしたときは隆州さんが好きっていう気持ちがあった。ちゃんと！〝嫌いじゃない〟なんて曖昧《あいまい》な気持ちじゃありません」

「深津紀の好きは、丸山さんに対する好きと同じだった」

「違います！」

深津紀は即座に否定したのに、隆州は疑うように、もしくは責めるように目を細める。社員食堂での会話を思いだしながら、否定するだけではやはり足りないと気づいた。

「結婚相手が、嫌いじゃない人ならだれでもよかったっていうんなら、誠人くんだって対象になるのに、そうはならなかった。会社に独身の人はたくさんいるのに候補は見つからなかったし、それは弓月工業のことがあるまで隆州さんも同じでした。隆州さんがわたしをただの部下だって思ってたのと同じです。違うのは、わたしは隆州さんを尊敬して憧れてたこと。あの会食の帰り道、酔い覚ましで休みましたよね。あの時間、すごく隆州さんが近くに感じられた。いいな、って漠然とだけど思って……それから意識するようになって、ずっと背中を押されてた感じがする。隆州さんがプロポーズしたいっていう気持ちにさせてくれたの。だから、隆州さんが不公平だって言うのは間違い。わたしの背中を押していたのはわたしの気持ち。わたしはきっと、隆州さんより早く好きになっていたから！」

弁解は勢い余って告白に至った。プロポーズをしたとき、隆州が笑うのを見て焦ったような気持ちになったけれど、いまならそれが何かわかる。笑う姿が少年のように無防備に見えて、だれにも見せたくない、独り占めしたい、と深津紀はそう強く思ったのだ。

「その……好きっていう違いがわからなくて気づくのが遅くなりましたけど……」

隆州の様子を窺《うかが》いながら、深津紀は付け加えた。

すると、隆州は笑みを交《まじ》えて、気が抜けたような吐息をこぼした。

「やっと先に進める」

「先に進む?」

「ああ、深津紀がいまでもおれを好きって言うなら」

「嫌いになったことなんてない」

「離婚を通達した。頬をはたかれた気分だった」

「あれは……」

「瑠里のことから子供の問題が大きくなったんだろうけど、そうわかっても納得はいかない」

ためらった深津紀に変わって隆州自《みずか》ら理由を挙げつつ、不満を主張することは忘れなかった。

「ごめんなさい。でも……」

「〝でも〟なんていらないんだ。深津紀、深津紀が理想を求めて一所懸命にやってることは知りすぎるくらい知ってる。できたらそれを、一緒に、ありのままであることを前提にしてほしい」

「ありのままって?」

「深津紀がこだわっている子供のことだ。持てたときは持てたとき、持てなかったときは持てなかったまま。そういうことだ」

　隆州は首を傾《かたむ》け、無言で深津紀の答えを促《うなが》した。

「でも、結婚は面倒でも子供はいてもいいって、隆州さんはなんのために……」

「また振り出しに戻ってる。さっきのおれの告白はどこに行った？　深津紀にとっては、おれの愛は聞き流す程度に価値がない？」

「違うっ」

　とっさに否定したあと、深津紀は目を大きく見開いた。

「愛って……隆州さんはわたしのこと……愛してる？」

　はっ、とため息をつくように短く笑って、隆州は首を横に振る。

「いままで何を聞いてたんだ。おれたちの間にある気持ちを好きという言葉で表すには軽すぎる。そう思わないのか」

　問うわけでもなく、賛同を期待して言ったわけでもないのだろうか、隆州は深津紀が応じるまえに続けた。

「平尾には、子供はいてもいいようなことを言ったかもしれないが、それは話をかわそうと流れのまま言っただけで、欲しいとは言ってない。それは断言できる。自分の結婚すら考えられなかった以上、普通に想像しないだろう。テリトリーを無効にするほどの恋愛感情は経験がなかった。そういう意味で、瑠里が入ってきたこともないし、もっとそれ以前の未熟な感情だった。無効になるまえに簡単にテリトリーを突き破った深津紀はまったくレベルが違う。だから、子供のことは、さっき言ったとおりだ」

「いてもいなくてもいいなら……いつか欲しくならない？」

屁理屈をこねているのは承知のうえだ。隆州が言ったように、子供が持てないと決まったわけではない。それなのにこだわってしまうのは、それだけ、未来に隆州を失う瞬間が来るかもしれないという怖《おそ》れがあるから。隆州から気持ちをもらったのに、隆州にさらに保証を求めるなんて、やっぱり深津紀は欲張りだ。

撤回しようと口を開きかけた深津紀よりも早く、隆州は首を横に振って深津紀の考えをはね除《の》けた。

「むしろ、深津紀の時間を子育てに奪われるくらいなら、ふたりきりのほうがいいって言ったら？　ガキっぽい感情だろう？」

隆州は曖昧《あいまい》に言い、冗談とも本気ともつかない。驚く深津紀を見て、自嘲気味に笑っている。それもつかの間、またすぐ口を開いたときには生真面目な様に戻っていた。

「いまおれたちには子供がいない。そういうい ま、おれにはなんら不足してない。子供は持てたら持てたでいい。けど、深津紀はいなくてはならない。深津紀はそうじゃない？だとしたらやっぱり不公平だ」

隆州の言葉にまた気づかされて救われた。こだわっていたことがばからしくなるほど、深津紀の心は何層ものフィルターを通り抜けてろ過され、透明に澄《す》んでいく感覚がした。浄化された雫が溢れて頬を伝う。隆州が前のめりになって右手を伸ばし、深津紀の涙を受けとめた。

「この涙をおれはどう受けとればいい？」

「わたしにとっても……隆州さんは、いなくてはならない。いま……わたしは何も不足してない」

頬から隆州の手が離れ、同時に力尽きたように広い肩を落として、それから隆州は声を出して笑った。短くはあったけれど、深津紀が独占したがった、少年のような気取らない笑い方だった。

まもなく、隆州が深津紀へと向けた顔は縋《すが》るようにすら見えるほど真摯になって、眼《ま》差《な》しは真実を見越そうと射貫くようにきつくなる。

「それなら離婚は撤回だろうな？」

「本当にそうしたいなんて思ったことない！　臆病になってただけ」

隆州はやる方ないといったふうに首を横に振りながらため息をつく。

「深津紀には振りまわされてばかりだ」

「ごめんなさい」

「償《つぐな》いはしてもらう」

「……償《つぐな》いって……」

「深津紀にできることだから心配しなくていい」

深津紀に見せた笑みは不敵で、とても心配しなくていいとは思えない。本能的に体を引いて距離を置いたことは怯えているとしか見えないだろう。隆州は殊更《ことさら》くちびるを歪めて追い討ちをかけた。

「さっさと食べるぞ」

「……はい」

言葉どおりさっさと食べ始めた隆州に倣《なら》って、深津紀もスープカップを持って口をつける。冷めてしまったけれど、さっきよりはずっと美味《おい》しいと感じる。ほっとしてうれしくて、たまらなく好きで——いろんな気持ちが込みあげて、それと同時にスープの中にぽたり、ぽたりと水滴が落ちた。

「深津紀」

「悲しいんじゃなくて幸せだから……」

「はっ。あのときの泣き笑いが恋の病の始まりだったかもな」

「恋の病？」

「おかしいだろう？　結婚してから恋煩《こいわずら》いだとか、口説くとか、順番がめちゃくちゃだ……なんでそんなに泣くんだ」

「うれしいからです」

　隆州もまた、浮かべた笑みは心底から満ち足りて見えた。

「深津紀、碓井のお義母《かあ》さんたちと同じように城藤家もおれたちの家族だ。独立して生活していても、結婚とはそういうことだろう。おれたちに子供がいないままだとしても、甥も姪もいて、深津紀は独りにはならない。それに、城藤の親族は会社を中心にして結束が強い。深津紀もその一員だ。おれも考えを変える。実家を避けてるばかりじゃガキとかわらないし、もう少し……いつ訪問があっても歓迎して歓迎されるように努力していく」

　深津紀はうなずき、そうしてその努力がすでに一度実行されていることに思い至った。

「隆州さん、今日の夕方、城藤のお義母《かあ》さんから電話がありました。隆州さんが助けを求めに実家に来たって……」

　隆州はびっくりするかと思いきや、したり顔でにやりとする。

「もしかして……わかってたんですか」

「泣きつけば、母さんのことだ、そう時間を置かずに行動するだろうとは思っていた。案の定、深津紀に電話したってメッセージが来た。なんて言ってた？」

「隠し事なんて家族なのに水臭いって……あと、結婚にも家族にもいろいろあるって」

「母さんにしては上出来だ。話したことを怒ってないか？」

隆州は憂いを帯びた面持《おもも》ちで首を傾《かたむ》けた。

怒るという感覚はまるでない。邪険にされるならともかく、話さなくてはいけないことだったし、何よりも義母は結婚を歓迎していると示してくれたのだから。

「怒ってなんかいません。隆州さんがむやみにそうするとは思ってないから……お義母《かあ》さんは遠慮がないけど、話して理解できない人じゃないってわかってたんですよね？」

「正直に言えば、わかっていたんじゃなく、そう期待した部分が大きい。離婚なんて聞きたくもなかったけど、結果的に、深津紀が離婚を言いだして、おれと母さんの仲を修復する機会をつくってくれた」

「わたし、役に立ちました？」

「ああ、おれは親子げんかも言い逃れてばかりだったからな。一度は本音で言い合うことが——ほぼおれが一方的だったけど、必要だった」

知らないところで深津紀がそんなふうに力になれていることもある。隆州が深津紀を励まして力をくれたように。

「隆州さんはきっとお義母《かあ》さんと似てるんです」

「九十パーセントがずうずうしさでできてる母さんと一緒にするのはやめてくれ」

「似てますよ、人を操縦するところ。お義母《かあ》さんの性格を見越して隆州さんは泣きついてる。先回りするってそういうことでしょ？　あと、お義父《とう》さんの血もちゃんと受け継いでる。会社を大きくできたのはそうできる才能があるから。隆州さんはＴＤブローカーでそれを発揮してる」

「なるほど」

今度は反論せずに隆州は深津紀の言い分をおもしろがった。

これまでの結婚生活は、この一カ月を除《のぞ》けばこよなく居心地がよかった。いま、それを上回って満ち足りている。結婚が本物だと身に沁《し》みて感じられている。

触れたい。突如として現れた衝動にぴくっと指先が反応した刹那。ダイニングテーブルの隅から短い着信音が鳴って邪魔をした。

それは深津紀のスマホで、画面を見ると誠人からだ。『吉報まだ？』とせっかちなメッセージが届いている。

思わず笑うと――

「どうした？」

「あ、誠人くんから。離婚するかもって言ったから心配して……」

言い終えないうちに、隆州は持っていたフォークをテーブルに置いて出し抜けに立ちあがった。

「隆州さん……」

その姿を無意識に追い、すぐ傍に立った隆州を見上げた瞬間、あっという間に深津紀は体をすくわれていた。

「我慢ならない」

投げやりに発した隆州はすたすたと寝室に向かう。

隆州はスイッチが入ったようにせっかちになるときがある。誠人というキーワードに反応していて、嫉妬はたぶんフィフティフィフティだ。

「隆州さん、まだシャワー……っ」

ベッドにおろされて訴《うった》えてみるものの――

「その抗議は意味をなさない。知ってるだろう」

起きあがりかけた深津紀に跨《また》がってそれを制しながら、隆州は歯牙《しが》にもかけず退《しりぞ》ける。触れたいと思ったのと並行して触れてほしい気持ちも同等にある。いつも、ずっと。強引に始まってもかまわない。

隆州は手早く深津紀の服を脱がせて、膝を立てて脚を開かせる。その間に入ってすぐに自分の服を脱ぎ捨てていく。

「見ておくべきだ」

隆州の裸体は美的感覚をくすぐられるほどきれいで、つい眺め入ってしまう。見ておくべきとわざわざ隆州が強要したのは、ボクサーパンツを脱ぐときに深津紀が目を逸《そ》らしてしまうからだ。深津紀が恥ずかしがるのもおかしな話だ。わかっているけれど直視できない。これまでは見逃《みのが》してくれていたのに——

「償《つぐな》う気ないのか」

と、批難めいた言葉に従わざるを得ない気にさせられる。

思いきって逸《そ》らしていた目を隆州に向けると同時に、隆州は上体を折って深津紀の手を取った。つい目をそこに向け、それが視界に入ったのと手で触れたのは同時だった。引っこめる間もなく隆州の手に覆われたまま手のひらでそれを包みこむ。

触れたいという衝動にここまでのことは考えなかったけれど。隆州の中心に触れたのははじめてで、それは深津紀の手のひらのなかで見る見るうちにこわばって質量を増していった。

深津紀は、戸惑《とまど》ったあまり悲鳴をあげそうになってすんでのところで呑みこんだ。隆州を見上げると、興じた面持《おもも》ちに迎えられる。

「……わたしの中に入る？」

「いつもそうしてる」

ごまかそうと訊《たず》ねたことはあっさりと答えられ、それからどうしていいかわからず深津紀はまた戸惑《とまど》った。恥ずかしさを堪《こら》えて自分がいつも与えられる刺激を思い起こしてみる。特段の触れ方ではなく、例えば撫でられただけで深津紀は感じてしまう。隆州の手が重なっていて思うように動かせないまま、わずかに手に力を込めてみた。指先をうごめかせると、それは窮屈そうにぴくりとした反応を見せた。伴《ともな》って、真上からかすかな唸《うな》り声が降ってくる。

「隆州さん……」

「いい感じだ。けど、一カ月空いて刺激が強すぎる。これ以上はいい」

最初から触れさせるだけのつもりだったのか、隆州は含み笑いをして、深津紀の手を引き剥《は》がすようにして離した。

「抱かなかったのは隆州さんのほうだから」

「一カ月前、別れを言い渡されながら、激情に駆られて妊娠させる危険を冒《おか》した。けど、そうやって引き止めたところで、また深津紀は離婚を言いだすかもしれない。考える余地を与えたんだ。本当におれは種馬にすぎず、上司として利用価値があるにすぎず、それ以上には深津紀にはおれが必要ないのか。だから、プロジェクトの決行がはっきりするまで待った。いま、仕事に関してはおれと別れても深津紀が損害を被《こうむ》ることはない。結局、子供のことに関してはどの男でも条件は同じになる。そういうフラットな状態で、深津紀の気持ちを確かめたかった。ふたりの気持ちを確かめ合いたかった」

隆州は苦笑いを浮かべる。弱気で自信のなさが覗く、意外な一面だった。自信に満ちて見える隆州にも葛藤があって、それだけ真摯な気持ちがあるという証にほかならない。

「でも今日、離婚届を渡したのは隆州さんのほう」

「まさか、サインしてないだろうな」

「してない」

ポケットからバッグに入れ替えて、それから見る勇気がなかった。隆州は気が抜けたようにため息まがいで笑う。

「よかった。さっき、寝室にこもって深津紀にサインする時間を与えた。賭けみたいなものだ。深津紀がサインしていたら、おれの負けだ」

「負けって？」

「深津紀にとっておれは欠かせない存在じゃないって認めなきゃならない。そうなっても別れる気はなかったし、いつかは手に入れる気でいた。けど、深津紀はサインしてなかった。かといって、勝った気もしてない。離婚届を渡したのは、話し合いの一環でけじめにすぎない。深津紀に預けておく。おれからは離婚しないという意思表示だ」

続いた、信頼してる、とからかった言葉に深津紀は胸が詰まった。隆州は離婚する意志も権利も放棄したのだ。それくらい、隆州はひたむきだった。

「はい」

精いっぱいでできた返事は呆気《あっけ》ない。隆州は力なく笑って、そうかと思うと前かがみになり、くちびるを重ねて懲《こ》らしめるように乱暴に口の中をまさぐってくる。

思うように呼吸ができず、お酒を飲んでもいないのに酔っているように感じる。ふたりの蜜が口の中で混じり合って化学反応を起こし、それが酔わせているのかもしれない。舌の感覚がおかしくなるくらい痺《しび》れていく。絡むたびに水音が立って、くちびるとくちびるのすき間から蜜がこぼれてしまう。溢れそうな蜜を呑みこんだと同時に舌が激しく絡んで、ふたり同時に呻《うめ》いた。

隆州は密着したくちびるを引き剥《は》がすように、そして惜しむように顔を上げた。深津紀がその顔を見る間もなく、隆州は体を丸めて顔を伏せていき、直後、突きだした胸のトップを咥《くわ》えた。片方は指先で抓《つま》まれる。自《おの》ずと体がうねって、じわりと中心が濡れそぼち、その中心を硬いものがつつく。

「あっ」

深津紀は体をよじった。けれど、隆州が覆い被さり括《くく》られているのも同然の状態で、中心はまたつつかれる。胸も中心も同時にという器用なやり方で、隆州は深津紀を快楽に堕《お》とした。

口に含まれた瞬間に硬く尖《とが》った胸の先は上下の歯で軽く噛まれ、わずかに扱《しご》きながら舌で先端をつつかれる。もう片方は、指先でひねるようにしながら引っ張りあげては離される。そのたびに反動でふくらみが揺れた。その振動が内部の熱を高めていって、胸のふくらみはさらに大きく膨らんでいるような錯覚を起こした。

耳につく小さな水音は、軽いキスが繰り返される中心から発生しているに違いなく、お尻がふるふると揺れて、焦れったさが募《つの》る。

「や……隆州さ……ん、ふっ……」

何が嫌なのか自分でもわからない。意味などないのだ。けれど、隆州は触発されたように欲をわずかに押しつけた。

その先端が入り口をくぐったとたん、ぬぷっと濡れた音が立ち、そうかと思うとすっと隆州は体を引く。開いた入り口が閉じた瞬間に、深津紀はぶるっと身ぶるいをした。軽くイってしまったかもしれない。中心から蜜がとくんとこぼれ出た。

「もっと？　早く？　どっちがいい？」

隆州がまた顔を上げて、いやらしく訊《たず》ねる。

もっと長く、それが永遠でもかまわないくらい、あまりに気持ちがいい。

ふたりでひとつ、そんな至福を感じたくて、早く融《と》け合いたい。

どっちもと言うのではなく、選べないと言うかわりに深津紀は緩慢に首を横に振った。

「どっちも違う？」

隆州はわざとなのだろう、違うように解釈して、少し体を後ろにずらすと深津紀の脚を膝の裏からそれぞれに持ちあげた。

「あ……待って……っ……あああっ」

体の中心に吐息がかかり、何が待ち受けているか察して制しかけたとき、そこは熱く濡れた舌に舐めあげられた。花片の間を進み、舌先が先端の芽に達したとたん、ぶるっと腰がふるえる。

入り口を舌でつつき、くるくると小さく円を描くようにうごめかせながら、隆州はまた這《は》いのぼる。舌は花片を揺さぶりながら、じわじわと秘芽に迫った。

逃げたくなるのは刺激の強さを知っているからだ。けれど、脚を固定されていてどうにもならなかった。指先とはまったく違うやわらかさで秘芽を摩撫《まぶ》されるともうたまらなかった。がくがくとお尻が上下に振れて双丘の間を蜜がこぼれ伝っていく。また軽く果てたかもしれない。おぼろげに認識した刹那、隆州が秘芽を口に含む。吸着されると、そこから融《と》けだして隆州の口の中にすべて吸収されていく気がした。舌先が芽を剥《む》きあげて転がす。

「う、くぅ……っ」

声が詰《つ》まってしまうほど、激しい快感が弾《はじ》けて、大きくびくんと腰が跳《は》ねあがる。深津紀の感覚を快楽漬けにして体は弛緩《しかん》した。

次から次へと溢れる蜜を舌ですくい、呑み下してから隆州はゆっくりと顔を上げた。深津紀の脇に手をつき、真上から顔を覗きこむ。

「セックスは回数を重ねるごとに慣れるものだと思っていたけど、深津紀の場合、感度がどんどん増していく。深津紀のせいで、おれの欲情も際限がない。どうしてくれる？」

それは不満ではなく誘惑を吐くようで、見上げた隆州は、かつてない美酒を飲み干し、贅《ぜい》の極みを尽くしたばかりといった様子で深津紀を魅惑する。

深津紀は口を開くのも億劫《おっくう》で緩慢に意味もなく首を横に振った。隆州のこもった笑い声は淫らに響き、そして、互いの中心を触れ合わせた。深津紀のそこは敏感で、力尽きたはずが軽く腰が浮く。その反動で、押しつけられていた隆州の欲を咥《くわ》えこんでしまう。

深津紀が喘《あえ》いでいる間に隆州は腰を押しつけて奥を目指した。ゆっくりと穿《うが》たれ、きっちりと隘路《あいろ》がふさがれていく。その摩擦は互いの体に快楽を及ぼして、隆州が漏らす唸《うな》り声に気づかないほど、深津紀はいっぱいいっぱいの快感に占領された。まもなく最奥に到達してずんと突かれ、深津紀の体の隅々まで痺《しび》れた感覚が走った。

「あ、あ、あああぁ……っ」

深津紀の体内は収縮を繰り返し始め、隆州を巻きこむ。もっと奥へと引きずられるように感じるのは錯覚だ。隆州は歯を喰《く》い縛って耐え、それでもすき間から呻《うめ》き声が漏れてしまう。放出の欲求に耐えられるまで待ち、隆州は投げだされた深津紀の手を取って指を絡めた。

隆州は身をかがめると深津紀のほのかに開いた口をふさぐ。荒い呼吸を交わしながら、腰を引き、また奥を突く。深津紀はくぐもった悲鳴をあげ、隆州はそれを呑みこむ。引き返しては最奥にすっぽりと嵌《は》まりこむ。その刺激は深津紀のみならず隆州にも及んで、時折、隆州の腰が微妙にうねる。

隆州の欲は深津紀の中に溺れ、もがいているかのように律動に合わせてグチュリグチュリと重い粘着音を生じさせた。貪《むさぼ》るようなキスの間で、嬌声と熱っぽい呻《うめ》き声を交わし合う。

とっくに力尽きた深津紀は独りのぼせて、快楽に対抗する術を持たず、ただ享受するしかない。今度、大きな波が来れば、体よりも意識が耐えられない気がした。

「だめっ」

口をふさがれたままそれは言葉になることなく、隆州が奪いとる。隆州の口の中に嬌声を放《はな》ち、どこにそんな力が潜《ひそ》んでいたのか、最奥の弱点を突かれたと同時に深津紀はがくんと体を跳《は》ねた。びくびくと跳《は》ね続けて自分では止められない。そうして、隆州があとを追って熱を迸《ほとばし》らせた。

隆州は荒っぽく息をつきながら、深津紀の呼吸と痙攣《けいれん》じみたふるえが落ち着くまで、軽く口づけたりくちびるを舐めたりして戯れていた。

その間、深津紀にはかつてないほどの濃密な時間に感じられた。互いが心の底を晒《さら》して共有しているからに違いなくて――

「ふ……はあぁ――……っ」

満ち足りた長い吐息が深津紀の口からこぼれると、隆州が笑った。その振動が体内の密着点に伝わって快感がぶり返し、深津紀は息苦しく喘《あえ》いだ。

「隆州さん……」

息も絶え絶えに名を呼ぶ。

隆州は深津紀の両脇に肘《ひじ》をついて上体を重ねた。すぐ真上にある隆州の顔には、快楽とは程遠いような生真面目さがある。

「深津紀、愛してる。だれよりも、何よりも」

至福だ。わたしも、とそれは声にできたのか否か、深津紀のくちびるはめいっぱいの笑みを浮かべるのに、視界がぼやけるほど目には涙が浮かぶ。隆州が目尻にキスをして、くちびるで涙を拭《ぬぐ》う。

「プラスマイナス十五センチ」

隆州がつぶやいた。

「……なんですか？」

「最も親密な距離だ。いまマイナス十五センチで繋がっている」

さっきの生真面目さと打って変わって、隆州の声にはからかいが見える。

しばらく考えめぐり、隆州が深津紀に触らせた意味を思いついて――

「……誇張してます？」

と、深津紀はからかい返した。

「深津紀は先回りするおれのプライドをへし折る達人だ。足らないの間違いだろう。覚悟しろ」

隆州は脅しをかけ、出し抜けに意思を主張して腰をうごめかす。

互いの淫蜜が入り混じった最奥で、ぐちゅっとひどい音を立てながら、隆州はいとも簡単に快楽を呼び戻した。

「あっ、待って！　脳が溶けるかもっ」

決してふざけたわけではなかったのに、隆州は口を歪めて笑う。それから、右腕を上げて深津紀の頭上に伸ばしたかと思うと、頭の天辺《てっぺん》あたりでカサコソとかすかな音がし始めた。

「隆州さん？」

隆州のかすかな動きにも反応して、深津紀は喘《あえ》ぎながら呼んだ。

すると、隆州は深津紀の左の手首を取り、手を持ちあげた。隆州は薬指に輪っかをくぐらせる。そこに隆州は口づけ、そうして手をひっくり返して深津紀に見せた。

深津紀は薬指の結婚指輪に重ねられたリングをびっくり眼《まなこ》で見つめた。プラチナのリングのトップには透明の石が三つ並んでいる。

「これ……ダイヤモンド？」

「結婚するとき、エンゲージリングは省略したけど、自分の気持ちを打ち明けるときが来たら渡そうと決めていた。結婚と違って、婚約は約束という意味を持つと思ってる。そのけじめをつけるためにも必要だと思った。深津紀の生涯はおれが与《あずか》る。おれからの約束であり、プロポーズであり、深津紀にしてもらう覚悟だ」

そんな覚悟なら覚悟するまでもなかった。快楽で力尽きながらも力を振り絞って腕を上げ、隆州の首にまわしてしがみついた。

「隆州さん、愛してる。ずっと」

「まだまだ足りない」

深津紀の告白にそんな不満を漏らしながらも——

「愛してる」

と、隆州は密着したふたりの距離をさらに縮めようとするかのように背中に腕をくぐらせてきつく抱きしめた。

「好き、恋しい、惚れてる、愛してる。そして、深津紀、と呼ぶときも、おれが深津紀に吐く言葉は同じ意味を持つ。結婚は一度きりだ。おれは深津紀を放さない」

深津紀は大きく目を見開いた。耳もとに触れる吐息の熱と同じくらい、言葉にも熱がこもっている。同じだ。朦朧《もうろう》とした中で聞いた言葉は夢でも幻聴でもなかった。

深津紀にはすぎるほど隆州の恋の病は重篤だ。結婚した当初、時折『おまえ』と言っていたけれど、いつの間にかそれはなくなって、隆州は『深津紀』としか呼ばなくなった。そこに愛が潜《ひそ》んでいるとは思ったこともなかった。

隆州は無意識でも深津紀に力を注いでいる。理想の人生にも結婚にも誤算が生じて、それはかえって深津紀の在り処をより確かなものにした。だから――またちょっとさきでは悩んでいるかもしれない。けれど、深津紀だって恋の病は重篤だ。ずっと一緒に生きていきたい、触れていたい、とそんな気持ちは限りがない。

「隆州さん、隆州さんはわたしの力になってる。お義母《かあ》さんのことでわたしが少しでも役に立てたのがうれしい。わたしのほうが頼ってること多いけど、お互いがお互いの力になれる。それが、わたしのこれからの理想になりそうです。沖縄のあの岩、寄りかかってるんじゃなくて寄り添っているのかもって。あのとき――隆州さんがわたしを抱きしめてくれた気持ちと同じで」

深津紀のありのままの気持ちに応《こた》えたのは――

「愛してる」

無意識にこぼれた。そんな愛の告白だった。

A. 書き下ろし番外編

結婚して二年がすぎた。

——何も不足してない。

そう確かめ合ってから気が軽くなったかもしれない。

ううん、そんな言葉では足りなくて——うれしくて体が弾むようで、だから気分が軽く感じるのかもしれない。

それに……

『ロビーで待ってる』

深津紀はメッセージを読むと知らず知らず笑みを浮かべた。


「城藤くん」

残業せずに仕事を切りあげて一服したあと、ロビーの待合スペースに来てまもなく、なじみのある声に呼ばれて隆州は振り向いた。

「松崎」

七月の第二金曜日、梅雨明け間近の雨のなか外回りから帰ってきたようで、同期の彼女は傘を手にしている。

お疲れさま、と互いに労《ねぎら》いを交わすなか近寄ってくる松崎はからかった面持《おもも》ちに変わった。隆州はなんとなく身構える。

「もしかして愛しの奥さまを待ってるの？」

松崎は深津紀を名前ではなく、そう形容して呼ぶ。きっと隆州の反応を楽しむつもりだ。

「まさか目障《めざわ》りとか言うんじゃないだろう？」

「去年、波風立ててやろうと思って碓井さんに瑠里のことをチクったのに、ふたりとも全然応《こた》えてないんだもの。目障《めざわ》りなんて通り越して勝手にしてくれって感じ。ただね、定時そこそこで帰るなんて、〝愛妻家の城藤くん〟が想像もつかなかったからおもしろいなと思ってるだけ」

今日はイレギュラーな私用が入ってふたりそろって早く帰るわけだが、まあ松崎が揶《や》揄《ゆ》した形容には相違ない。

「おれも自分に意表を突かれてる」

正直に言うと松崎は吹きだした。

「ふーん、否定しないんだ」

「否定してもどの道、松崎にとってはおれをからかう材料にしかならないだろう」

松崎もまた否定せず、むしろ認めるように肩をすくめた。

「ほんと、城藤くんて可愛くないよね」

「可愛くないついでに聞かせてくれ。異動から半年以上たったけど碓井の様子はどうだ」

「ぷっ。ほんとに意表を突くわね。元上司だからわかってるでしょ。彼女も上昇志向が高そうだし、油断できないわ。この答えでいい？」

「松崎がそう言うんならこの上なく安心する」

松崎は呆《あき》れ切って首を横に振ると——

「もうおなかいっぱい！　デレデレした城藤くんにがっかり」

じゃあね、と虫を払うように手を振って彼女は立ち去った。

隆州は思わず苦笑いをする。

去年の四月、このロビーでいまと同じように帰社した松崎とばったり会った。

その日の夜のことを素直にいい思い出と言うには、それまでの一カ月、松崎の言葉を借りれば隆州は応《こた》えていた。ダメージを喰《く》らうほど、深津紀に対して抱く感情は、ついさっき言ったとおり自分の意表を突いた。

離婚。深津紀の口からその言葉が飛びだした瞬間、隆州ははじめて無力感を味わったのだ。それが恋などという、まるで実体のない自分の感情が相手とは思ってもいなかった。

深津紀に嫌われていると思ったことはない。少なくとも結婚後は。離婚を切りだされたときも。ただ、欲しかった宝物を手に入れた瞬間に砕かれた感覚だった。

それなら粉々にしてしまえ。ガキみたいにやけになって乱暴に深津紀を抱いた。放《はな》さない――と、昏睡《こんすい》した深津紀に吐露して、翌朝まで言葉どおりに放《はな》さなかったのは隆州の本心に違いなく。

一カ月後に隆州が渡した離婚届はまったくもって消極的な手段だった。すぐにサインするとしたらそれまで。深津紀の気持ちがそんな簡単なものなのか知りたかった。そうして飾らず話して気持ちを確かめ合ったところで隆州の気持ちが落ち着くことはない。どんな感情もいつかは褪《あ》せていくもの。そう思っていたが、深津紀に対して抱く気持ちにはその気配すらない。

それどころか――

「お疲れさまです、城藤課長」

エレベーターホールのほうから現れた深津紀は、取って付けたように隆州を肩書きで呼んだ。

オフィスが離れてしまったいま、社内で顔を合わせることは少ない。そのせいか、深津紀の顔を見ると心身が疼《うず》くような感触を覚える。

「お疲れ。区切りついたのか」

隆州が訊《たず》ねるとすぐ傍で満面の笑みが向けられた。

「万々歳の区切りがつきましたよ」

「万々歳？」

「国立の感染疫学研究所の協力も得られることになりました。平尾リーダーにもがんばってもらいましたけど」

深津紀は嬉々としつつ茶目っ気たっぷりだ。

「なるほど」

「なるほどって？」

深津紀は不思議そうに首をかしげ――

「さっき松崎と話したら、深津紀のことを油断できないって言ってた」

一転、隆州の言葉に深津紀は不安そうにした。

「わたし、何か気に障《さわ》るようなことしてました？」

「そういう意味じゃなくて。松崎は単純に深津紀の仕事ぶりを褒めてるってことだ」

「ほんとに？」

「おれは嘘吐きだって？」

隆州が問い返すと、深津紀は少し考えこむようにしたあとパッと顔を綻《ほころ》ばせた。

「それはないです。隆州さんは容赦《ようしゃ》ない冷徹上司だから」

「冷酷じゃないぶんだけマシだろう」

そろそろ行こう、と深津紀の背中に手を当ててエントランスに向かった。

「マシっていう以前に家では至れり尽くせり、隆州さんが気遣いの押し売り屋ってことは知ってます」

外に出て傘を差しながら深津紀は隆州をからかった。

「押し売りって、迷惑だってことか」

「冷酷よりは全然いいです。わたしは隆州さんが疲れないかって思ってるだけ。性分《しょうぶん》だろうけど、結婚がめんどくさいってならないか心配」

はっ、と隆州は思わず気の抜けた笑みを漏らした。

「当面、大丈夫だ」

わざと当面という言葉を使って将来の保証はしなかった。隆州のほうが深津紀の『心配』という言葉に安心して——心配するのは即《すなわ》ち結婚が順風満帆であってほしいと深津紀が望んでいる証で、心底うれしいという本音は隠した。

無論、深津紀には無駄な抵抗か。きっと彼女は百も承知、おかしそうに笑った。


会社を出て隆州の車で向かった先は城藤の実家だ。今日、兄夫婦は知人の結婚式に出席するため沖縄に発《た》ち、明日、土曜の夜に帰る。その間、隆州と深津紀は甥姪の面倒見を兼ねて日曜日まで実家にいる予定だ。

面倒を見るといっても両親がいるからそう手がかかることもないが、深津紀は頼まれて以来、この日を楽しみにしていた。

この一年、城藤の実家を訪ねることは格段に多くなり、深津紀だけでなく隆州も甥姪とずいぶん親しくなっている。

六歳になった甥の陽太《ようた》は特に深津紀がお気に入りの様子で、今日は一緒にお風呂に入ると言って聞かなかった。隆州は幼い甥にも嫉妬する始末で少々不満だったが、深津紀自身は歓迎しているのだからしかたない。

そうして、姪の明里《あかり》とともに三人で入浴をすませた深津紀が戻ってきた。

「深津紀さん、ありがとう。大変だったでしょ」

母が紅茶を持ってきてリビングのテーブルに据《す》える。

「大変だけど楽しいです。だんだん懐《なつ》いてくれるのがうれしくて」

「わたしも深津紀さんとこうやってすごせるようになったことがうれしいわ。気を遣わないで、自分の家だと思ってね」

「はい。もうそうさせてもらってます」

という優等生の言葉は深津紀の本心で、おべっかでは決してない。が――

「本当にそうだっていう証明を楽しみにしてる」

と、隆州は上機嫌の母に釘を刺した。

「嫌みなんて子供っぽいわよ、隆州」

「悪かったな。きっと母親に似たんだろ」

深津紀が吹きだして、まあ、と抗議しかけた母はいったん口を噤《つぐ》み、気を取り直してまた口を開いた。

「この歳になっても親子げんかなんて恥ずかしいわ」

「いいえ、お義母《かあ》さん、楽しいですよ。子供っぽい隆州さんなんて、お義母《かあ》さんの前でしか見られないので」

「この子、普段はそんなに気取ってるの？」

深津紀はおかしそうにうなずく。

「おれの前でおれの話はやめてくれ。風呂に入ってくる」

隆州は立ちあがった。

「ばつが悪いのね」という母の言葉に重ねるように陽太が「ねえ、深津紀叔母ちゃん」と呼びかけた。

「それ、食べないの？」

振り返ると、陽太が深津紀の前に紅茶と一緒に据《す》えられたシュークリームを指差して彼女を覗きこんでいる。

「ちょっといまはおなかいっぱいかな。陽太くんが食べたいなら明日のおやつに取っておこっか?」

「うん、食べる!」

「あらあら。また買ってくるわよ」

母が陽太をたしなめているなか、紅茶を飲んだ深津紀が「美味《お》しい」と本当に美味《お》しそうにしているのを見て、隆州は何気に安心する。

「おばちゃ……抱っこ!」

「はい、おいで」

舌っ足らずな明里のおねだりに、深津紀はカップをテーブルに置くとすぐさま手を広げて応じる。明里がはしゃいで深津紀に抱きついた。

陽太と明里はパジャマを着るのにも騒がしかったが、うるさいということはない。心地良いにぎやかさだ。穏やかに笑う深津紀を見ると、隆州は漠然と願望を叶えてやりたいとそう思った。


翌日の土曜は雨が上がって、隆州と深津紀は子供たちを連れて公園へ行った。

子供たちは完全に乾いていない芝生や砂地を駆けたり転んだり、目いっぱい楽しんだ。家に帰れば汚れた服を着替えさせたりおやつのパンケーキを一緒に作ったり、隆州と深津紀にとってはひと騒動といった一日だった。

予定どおり夜になって兄夫婦が戻ると、沖縄の話で盛りあがった。隆州たちが蜜月旅行で行った斎場御嶽も話題になり、あの岩の場所、三庫理はいま立ち入り禁止になっているようで、聖地に入った隆州たちは羨ましがられた。

「ほんとにあの聖地は特別な場所になりましたね」

寝室に引きあげてベッドに入るなり、深津紀はしみじみとして言った。

また行きたくなったな、と隆州が沖縄の思い出を語るうち、陽太を真ん中にして眠った昨夜に続き、襲う間もなく深津紀は寝入ってしまった。甥姪と一緒に少し昼寝をしていたはずが、子供の相手は慣れないゆえによほど疲れたのだろう。

深津紀のかすかな呼吸音が子守唄になって、隆州も釣られたようにいつしか眠りについていた。


隆州はかすかな空気の流れを感じて眠りの中から浮上していく。

軽い振動が連続するのを感じながら、目を薄《うっす》らと開けた瞬間にベッドが弾む。横向きに寝た体にいきなり重しが伸《の》しかかり、隆州は呻《うめ》いた。

「タカ叔父ちゃん、おはよ！」

「はぁ……陽太、おはよう」

腕のなかで深津紀がかすかに身じろぐ。

「今日はバーベキューだよ！」

隆州は顔を起こして壁時計を見た。九時十五分。思いのほか眠っていた。

体を仰向《あおむ》けるにつれ、隆州の脇腹に伸《の》しかかっていた陽太はずるっと落ちるようにしながら床に立った。

「バーベキューは昼ごはんだろう」

「おばあちゃん、早く起きてって。テント立てるんだって。お天気いいよ！」

隆州はふぅーっと大きく息を吐く。

こっちのペースを優先してくれる気はないらしい。自分の家だと思って――と、あれは空耳だったか？

「ったく。有言不実行だな」

まあ、あれは息子に向けたものではなく深津紀に向けたものだろうが……

「ユーレイが十個？」

「ははっ。幽霊がそんなにいたら怖いかもな」

「僕、怖くない！」

「陽太は勇敢だ。ばあちゃんが怖い鬼になって叔父さんを怒るまえに、すぐ行くって言ってきてくれるか？」

「うん！」

陽太はパタパタと足音を立てて部屋を出ていき、同時に深津紀が伸びをする。

「いま……何時？」

「そろそろ九時二十分だな」

「え!?」

勢いよく起きあがりかけた深津紀は直後、力尽きたように頭を枕に預けた。

「深津紀？」

今度は隆州が片肘《かたひじ》をついてがばっと体を起こした。

「大丈夫、ただの目眩《めまい》。急に動いたせい」

「まえにあった貧血か？」

「ちょっと違うかも」

深津紀は眉間に少ししわを寄せていて、どう見てもすっきり大丈夫とはいかない様子だ。加えて曖昧《あいまい》な返事に、ここ数日感じていた異変、そしてそれに伴《ともな》う怖《おそ》れが急に表面化して隆州の体がこわばった。

「どうした？　最近、疲れてるんじゃないか。食欲なさそうだし。隠し事はなしだ。おれに関係することで、先に他人に相談するなんてことも独りで考えこむこともやめてくれ。念のため言うけど、深津紀の体調はおれにとって密接に関係のあることだ」

「つまり、心配してるってこと?」

病気かと不安すら抱いて心配しているのに、深津紀は微笑を浮かべてのんびりとしたものだ。

「あたりまえだ」

不機嫌さを丸出しにして認めると、深津紀はからかっている場合ではないと気づいたようで寝転がったまま首をすくめた。

「まえにね、丸山さんが言ってたんだけど、男の人は仕事とかでプレッシャーあるとストレスになってセックスレスになるらしいんです」

また『丸山さん』か――と隆州は内心でぼやいてしまう自分自身にうんざりする。それに、ストレスとかセックスレスとかいまなんの関係があるのか、さっぱりだ。

「それで? というか……プロジェクトが落ち着くまでいちおう避妊はしてきたけど、おれがレスだったことはない」

隆州が言うなり深津紀はハッと目を見開き――

「あ、それは身に沁《し》みてわかってますから!」

と、隆州がいまそれを証明しようとしているかのように慌て、隆州の胸に手を当てて押しやるようなしぐさをする。

「いまそうする気はない。襲いたいのは山々だけど、具合が悪そうなのに襲うほど無神経じゃない」

「それもわかってます」

気を悪くした隆州と違って、深津紀は機嫌よさそうに笑う。さっきの目眩《めまい》はどこへやら、さして具合が悪そうでもないことに隆州の気が休まる。

「で、ストレスとかなんとか、いったいだれの話だ」

「わたしの話です」

「……は？」

「わたしもやっぱりストレスになってたんだと思うんですよね」

「つまり……セックスは嫌々おれの欲求に付き合ってたってことか。あれだけ感じてるくせに……っていうのはおれの勘違いなのか」

「演技だとしたら隆州さんのプライドが傷つく？」

深津紀は完全に楽しんでいる。

「ふざけるな」

「はい、ごめんなさい。そうじゃなくて、プロジェクトが認められるまで焦るような気持ちはあったんです。いまは隆州さんが言ってたようにすごく乗ってる感じで、余裕ができたのかも。だから、ひょっとしたら願望が叶ったんです」

「……願望？」

「子供が欲しいって思うのもストレスだったかもしれないし、えっと……もしかしたら妊娠してるかも、です」

隆州は一瞬、日本語の理解力を失ったかもしれない。

「おれは避妊してた」

「完璧にはそうしてないですよね。それに結婚記念日はうっかりしてませんでした？」

「……『もしかしたら』ってことは、確定はしてないんだよな」

「まだです」

隆州はがっくりとうなだれ、深津紀の体半分に伸《の》しかかるようにしながら枕に顔を埋《うず》めた。

「隆州さん？」

「頼むから、はっきりしてから教えてくれ」

隠し事はなしだと自分が言ったくせに、隆州はいまさらの無理難題をこぼした。

たった二日前、願望を叶えてやりたいと思った。同時に叶わずに落ちこむ深津紀は見たくないという、わがままな臆病さもある。

思わず吐いてしまった弱音の意は伝わったようで。

「大丈夫です。間違ってても隆州さんがいるなら充分」

「本当にそうであることを祈ってる。心から」

気分はひと目惚れ、褪《あ》せるどころか同じぶんだけ愛してくれと欲求は募《つの》っていく。結婚は誤算だらけで正解にたどり着くことはない。ただひとつの答えを除いて。

深津紀は隆州の耳もとでくすくすと笑う。

「弱虫ですね」

そのとおりだ。愛しているから。

日本酒の輸出をおこなう商社で働く璃歌《りか》はプライベートで訪れた酒蔵でなんと強盗に遭遇！　運よくその場にいたオレ様イケメンの男性に助けられて事なきを得るが、事件の後に璃歌は、彼が自分の勤める会社の取締役である煌人《あきと》だと知る。会社での優しい彼との正反対の一面を知った璃歌は面倒事の気配を感じて、彼に関わらないことを決意。ところがそんな璃歌に煌人は興味を持ったらしく、情熱的にアプローチしてきて……

無料で読み放題
今すぐアクセス！
エタニティWebマンガ

B6判　定価：770円（10%税込）
ISBN 978-4-434-33903-5

本書は、2021年5月当社より単行本として刊行されたものに、書き下ろしを加えて文庫化したものです。


この作品に対する皆様のご意見・ご感想をお待ちしております。

おハガキ・お手紙は以下の宛先にお送りください。

【宛先】

〒150-6019 東京都渋谷区恵比寿4-20-3 恵比寿ｶﾞｰﾃﾞﾝﾌﾟﾚｲｽﾀﾜｰ19F
（株）アルファポリス　書籍感想係

メールフォームでのご意見・ご感想は右のＱＲコードから、
あるいは以下のワードで検索をかけてください。

アルファポリス　書籍の感想　検索

ご感想はこちらから

エタニティ文庫

誤算《ごさん》だらけのケイカク結婚《けっこん》～非情《ひじょう》な上司《じょうし》はスパダリ!?～

奏井《そうい》れゆな

2024年7月15日初版発行

文庫編集－熊澤菜々子・大木 瞳
編集長 －倉持真理
発行者 －梶本雄介
発行所 －株式会社アルファポリス
〒150-6019 東京都渋谷区恵比寿4-20-3 恵比寿ｶﾞｰﾃﾞﾝﾌﾟﾚｲｽﾀﾜｰ19F
TEL 03-6277-1601（営業） 03-6277-1602（編集）
URL https://www.alphapolis.co.jp/
発売元－株式会社星雲社（共同出版社・流通責任出版社）
〒112-0005 東京都文京区水道1-3-30
TEL 03-3868-3275
装丁イラスト－浅島ヨシユキ
装丁デザイン－ansyyqdesign
印刷－中央精版印刷株式会社

価格はカバーに表示されてあります。

落丁乱丁の場合はアルファポリスまでご連絡ください。

送料は小社負担でお取り替えします。


ISBN978-4-434-34160-1 C0193